ハヤカワ文庫JA

〈JA1505〉

君の話

三秋縋

早川書房

8739

俺たちはな、ただ名前ばかりがシャボン玉のように膨らんだ、夢幻の恋人に恋焦がれている。さあ、受け取れ。この偽りを、真実に変えるのは君だ。

エドモン・ロスタン『シラノ・ド・ベルジュラック』（渡辺守章訳）

君の話

01　グリーングリーン

一度も会ったことのない幼馴染がいる。僕は彼女の顔を見たことがない。声を聞いたことがない。体に触れたことがない。にもかかわらず、その顔立ちの愛らしさをよく知っている。その声音の柔らかさをよく知っている。その手のひらの温かさをよく知っている。

彼女は実在しない。より正確にいうと、彼女は僕の記憶の中にのみ存在する。まるで故人の話をしているようだが、そうではない。初めから実在していなかったのだ。

彼女は僕のためにつくられた女の子で、その名を夏凪灯花《なつなぎとうか》といった。

義者。いわゆる義憶の住人。身も蓋もない表現をすれば、架空の人物だ。

僕の両親は虚構を何より愛していた。あるいは現実を何より憎んでいた。旅行をするくらいなら、旅行をした義憶を買う。パーティーを催すくらいなら、パーティーを催した義憶を買う。結婚式を挙げるくらいなら、結婚式を挙げた義憶を買う。そういう両親のもとで、僕は育った。

実にいびつな家庭だった。

父はよく母の名を呼び間違えた。僕が実際に耳にしただけでも、五通りほどの間違え方があった。所帯持ちでありながら、父は〈ハネムーン〉を複数購入していた。母親といっていいくらいの年齢から娘といっていいくらいの年齢まで、およそ十歳刻みで先妻の義者を揃えているようだった。

母が父の名を呼び間違えたことは一度もなかった。その代わり、よく僕の名を呼び間違えた。僕はひとりっ子のはずなのだけれど、母には子供が四人いるようだった。僕のほかに、〈エンジェル〉による子供の義者が三人。三人の名前には共通点があったが、僕にはなかった。

これで僕が父の名を呼び間違えていれば完璧な循環ができていたのだけれど、残念ながら少年時代の僕には義憶が一つもなかった。両親は僕の記憶には一切手をつけなかった。子供に義憶を買う金が惜しかった、というわけではない。欠陥だらけの家庭だが、金だけはあった。単にそういう教育方針だっただけだ。

人格形成期に無償の愛や成功体験の義憶を刷り込んでおくことが子供の情動の発達に好

ましい影響をもたらすというのは、広く知られた話だ。それはときとして、本物の無償の愛や成功体験の影響を上回る。一人一人の個性に合わせて適切に調整された疑似記憶は、ノイズだらけの実経験よりもダイレクトに人格に働きかけるからだ。

僕の両親がその効用を知らなかったはずはない。それなのに、彼らは僕に義憶を買い与えようとはしなかった。

「義憶っていうのは、義肢や義眼と同じで、あくまで欠落を補うものなんだ」と父は一度だけ僕に語った。「お前が大人になって、自分に何が欠けているかわかったら、そのときは好きに義憶を買うといい」

どうやら彼らはメーカーやクリニックが記憶改変を擁護するときの決まり文句――義憶によって過去を捏造することへの後ろめたさを緩和する体《てい》のよい言い訳――を鵜呑みにしているようだった。五人の先妻がいなければ補えない欠落というのが具体的にどういうものなのか、僕にはちょっと想像できない。

架空の過去に生きる二人は、家族との現実的な関わりを避けて生活していた。コミュニケーションは最低限に済ませ、食事を別々に取り、毎日朝早くに家を出て夜遅くに帰宅し、休日はそれぞれ行き先を告げずに遠出した。ここにいる自分は本当の自分ではないんだ、と彼らは思い込んでいるようだった。あるいはそう思わないとやっていけないようだった。

そしていうまでもなく、彼らが家を空けているあいだ、僕はほったらかしにされていた。

親としての務めをまともに果たせないのなら、いっそ子供も義憶漬けにしてしまえばよかったのに。少年時代の僕はいつもそのように思っていた。

本物の愛も偽物の愛も知らずに育った僕は、果たして、人の愛し方とか人からの愛され方といったものがまるでわからない人間に育った。自分が他人に受容されている状態をうまく想像できず、初めからコミュニケーションを放棄してしまう。運よく誰かに関心を持ってもらえても、いずれこの人は僕に失望するだろうという根拠のない予感に襲われ、そうなる前に自分から相手を突き放してしまう。おかげでひどく孤独な青春時代を送ることになった。

僕が十五歳になったとき、両親は離婚した。ずっと前から決めていたことなのだと二人は弁解したが、だからなんなのだという感想しか浮かばなかった。よく考えて決めたことなら罪が軽くなるとでも思っているのだろうか。衝動殺人より計画殺人の方が罪は重いのに。

押しつけあいの末、親権は父が持つことになった。その後、一度だけ旅先で母に出くわしたのだが、母は僕なんて視界に入っていないかのように目もくれず脇を通りすぎていった。僕の知る限り、母はそういう演技ができるほど器用な人間ではない。とすると、おそらく〈レーテ〉で家族に関する記憶を丸ごと消去してしまったのだろう。

今の彼女にとって、僕は赤の他人なのだ。

呆れるのを通り越して、ちょっと感心してしまった。そこまで割り切った生き方ができるのは素直に羨ましい。僕も見習おうと思った。


十九歳になって半年ほど経過した頃のことだ。

明かりを消した部屋で安酒を飲みながら何気なく半生を振り返ってみたとき、僕はその十九年間に思い出らしい思い出が一つもないことに気づいた。

それはまったくの灰色の日々だった。幼稚園、小学校、中学校、高校、大学……濃淡もなく、明暗もなく、強弱もなく、単調なグレーが地平線の果てまで続いていた。ままならない青春の青臭ささえ、そこには見受けられなかった。

なるほど、こういうからっぽの人間が偽りの思い出にすがるのだな、と僕は実感的に理解した。

けれども、義憶を買い求める気にはなれなかった。嘘だらけの家庭に育ったことへの反動か、僕は義憶を始めとしたあらゆる虚構を憎むようになっていた。どんなに味気ない人生でも、虚飾に満ちた人生よりはずっとましなように感じられた。どんなに優れた物語も、それがつくりものというだけで無価値に映った。

義憶はいらないが、記憶を弄《いじ》るという発想そのものは悪くない。その日から、僕はアルバイトに明け暮れるようになった。父から十分な額の仕送りをもらっていたが、この問題に関してはできる限り独力で片づけたかった。

目的は、〈レーテ〉を買うことだった。

何もない人生なら、いっそ全部忘れてしまおうと思ったのだ。

何かがあるはずの空間に、何もないから虚しくなる。空間ごとなくしてしまえば、この虚しさも霧消するだろう。

「からっぽ」は、器がなければ成立しない。

僕は完全なゼロに近づきたかった。

四ヶ月で資金が貯まった。口座からアルバイト代を下ろすと、僕はその足でクリニックに赴き、〈履歴書〉の作成のために半日に及ぶカウンセリングを受け、くたくたに疲弊して帰宅した。そして一人で祝い酒を飲んだ。生まれて初めて何かを成し遂げたという達成感があった。

カウンセリング中は脱抑制剤で催眠状態にされていたので、自分が何を喋ったかは覚えていない。しかし、クリニックを出て一人になったあと、「喋りすぎた」という後悔の念が沸々と湧いてきた。大方、何か恥ずかしい願望でも打ち明けてしまったのだろう。漠然とだが、そんな感覚があった。頭では覚えていなくても、体のどこかが覚えているらしい。

本来ならば数日かけて行うカウンセリングが半日で終わったのは、ひとえに僕の過去がからっぽだったからに違いない。

一ヶ月後、〈レーテ〉の入った小包が届いた。両親が記憶改変ナノロボットを服用するところを何度もそばで見ていたから、添付文書を読むまでもなかった。僕は分包紙に入っている粉末状のナノロボットを水に溶き、ひと思いに飲み干した。そして床に横たわり、灰色の日々がまっしろに染まるのを待った。

これで全部忘れられる、と思った。

もちろん、実際にはすべての記憶が取り除かれるわけではない。日常生活を営む上で必須の記憶は保全されるようになっているし、そもそも〈レーテ〉の影響を受けるのはエピソード記憶のみだ。同じ陳述記憶でも、意味記憶は阻害されない。非陳述記憶に至っては手つかずで残る。これは記憶改変ナノロボットに共通する特徴であり、従って記憶の植えつけの際にも同様の制限がかかる。インスタントな全知全能を提供する〈ムネモシュネ〉の開発が難航しているのもこのためだ。〈レーテ〉によって知識を忘れたり技術を失ったりということは起こり得ない。損なわれるのは思い出だけだ。

六歳から十五歳までの記憶すべてを、僕は消去の対象とした。記憶除去のオーダーは「〜に関する記憶」といった風に対象を指定するのが一般的で、僕のように一定の期間の記憶を丸ごと消去するようなやり方を選ぶ客は稀らしい。当たり前といえば当たり前だろう。彼らの目的は人生から苦悩を排除することであって、人生そのものを抹消することではないのだから。

卓上の時計を眺める。記憶喪失の兆候はいつまで経っても現れなかった。本来であれば五分もすればナノロボットが脳に行き渡り三十分で記憶除去が完了するはずなのだが、一時間が過ぎても少年時代の記憶に変化は見られなかった。七歳の頃に通っていたスイミングスクールで溺れかけたことも思い出せたし、十一歳の頃に肺炎で一ヶ月入院したことも思い出せたし、十四歳の頃に事故に遭って膝を三針縫ったことも思い出せた。母の架空の娘たちの名前も、父の架空の前妻たちの名前も一つ残らず思い出せた。僕はだんだんと不安になってきた。まさか偽物を摑まされたのだろうか？　いや、記憶除去というのはこういうものなのかもしれない。ある記憶が完全に失われるとき、人はその記憶が消えたという事実にすら気づかないのかもしれない。

そう自分に言い聞かせて不安を打ち消そうとした矢先、僕は僕の過去に紛れ込んだ異物の存在を感知した。

慌てて身体を起こし、屑籠に放り込んだ小包を取り出して添付文書を読んだ。

そうでないことを祈った。でも、そうだった。

なんらかの手違いがあったらしい。僕の手元に届いたのは〈レーテ〉ではなかった。それは主として青春コンプレックスの解消のために用いられる、架空の青春時代を使用者に提供するようプログラムされたナノロボット。

〈グリーングリーン〉。

灰色は、白ではなく緑に染められた。

クリニック側がその二つを取り違えた気持ちはわからなくもない。おそらく僕を担当したカウンセラーは、「青春時代にいい思い出がないので、すべて忘れたい」という僕の要望の前半だけを聞いて早合点してしまったのだろう。

確かに、普通はそうする。いい思い出がなければいい思い出を得ようとするのが自然な発想だ。念を押さなかった僕にも責任はある。何より、書類にサインする際中身をろくに確認しなかったのが致命的だった。

この手違いによって、僕はもっとも軽蔑していた連中への仲間入りを図らずも果たしてしまうこととなった。

何かしら、宿命めいたものを感じずにはいられない。

注文と異なる品が届いたことをクリニックに伝えるとすぐに謝罪の電話があり、半月後に二つの〈レーテ〉が郵送されてきた。一方は少年時代の記憶を消すためのものであり、もう一方は〈夏凪灯花〉という架空の人物に関する疑似記憶を消すためのものだった。

しかし僕はどちらも服用する気になれず、封も開けずにチェストの奥にしまい込んでしまった。それらを目に触れるところに置いておくことすらためらわれた。

怖かったのだ。

あんな感覚は、もう二度と味わいたくなかった。

実をいうと、自分が飲んだのが〈レーテ〉ではなく〈グリーングリーン〉だとわかったとき、僕は内心ほっとしていた。

他のナノロボットに比べ、〈レーテ〉のリピーターだけは極端に少ない理由が、やっとわかった気がした。

かくして僕の頭に架空の青春時代の記憶が刻まれたわけだが、その青春像には少々偏りがあった。本来〈グリーングリーン〉が提供する義憶には、友人と楽しく過ごした思い出や仲間と困難を乗り越えた思い出といったものが万遍なく含まれるはずだ。しかしどういうわけか、僕の義憶の内容は一人の幼馴染に関するエピソードに絞られていた。

義憶は、カウンセリングによって得られた情報をプログラムが分析し系統的に整理したドキュメント――通称〈履歴書〉――に基づいて作成される。つまりこの義憶をつくった義憶技工士は、僕の〈履歴書〉に目を通した上で、「こいつにはこういう過去が必要だろう」と判断したということだ。

登場人物を幼馴染一人に絞った理由は、なんとなくわかる。家族から愛情を享受できず、友達も恋人もいない孤独な青春時代を送ってきた僕のような欠陥人間には、家族と友達と恋人を兼ねた相手を与えてやるのがもっとも効果的だと義憶技工士は考えたのだろう。役割を一人に集中させれば複数の登場人物を作る手間が省け、浮いた労力で一人のキャラクターを深く掘り下げられる。

実際、夏凪灯花は僕にとって理想的な人物だった。何から何まで僕の好みに合致した、いってみれば究極の女の子だった。彼女のことを想うたび、「ああ、こういう子が本当に幼馴染だったら、僕の青春時代はさぞ素晴らしいものになっていたのだろうな」と考えずにはいられなかった。

そしてだからこそ、僕はこの義憶が気に入らなかった。

自分の頭の中で一番美しい記憶が他人の作り話だなんて、虚しすぎるではないか。

そろそろ目を覚ました方がいいんじゃないかな、と彼女が言った。

まだ大丈夫だよ、と僕は瞼を閉じたまま答えた。

起きないといたずらするよ、と彼女が耳元で囁いた。

すればいい、と僕は言って寝返りを打った。

何をしてやろうかなあ、と彼女がくすくす笑った。

あとでしっかり仕返しするから、と僕も笑った。

お客様、と彼女が遠慮がちに言った。

灯花もここで寝ていけばいい、と僕は誘った。

「お客様」

目が覚めた。

「大丈夫ですか？」

声のする方を向くと、浴衣風の制服を着た女店員が屈んで僕の顔を覗き込んでいた。僕は焦点の定まらない目で辺りを眺め回し、少し間を置いてそこが居酒屋であることを思い出した。酒を飲んでいるうちに眠ってしまっていたらしい。

＊

「大丈夫ですか？」と女店員が再び僕に訊いた。夢の中身を覗き見られたようで、なんとなく決まりが悪かった。水をいただけますか、と平静を装って言うと、女店員は微笑んで肯《うなず》きピッチャーを取りに行った。

腕時計に目をやる。飲み始めたのは確か午後三時だったが、既に六時を回っていた。

店員が注《つ》いでくれた水を一息に飲み干すと、会計を済ませて店を出た。屋外に出た途端、粘ついた熱気が体にまとわりつく。冷房の壊れた自室のことを考えると、今から気が滅入った。今頃ちょっとしたサウナみたいになっていることだろう。

商店街は人で溢れかえっていた。先ほどの店員が着ていた制服のようなまがい物ではない、本物の浴衣を着た女の子たちが僕の前を賑やかに通り過ぎていく。ソースの焦げる匂いや肉の焼ける匂いを乗せた白い煙がどこからともなく流れてきて鼻腔を刺激する。人々の話し声、屋台の呼び込み、歩行者用信号の誘導音、発電機の立てる低いエンジン音、それに遠くから聞こえる笛の音や地響きめいた太鼓の音が混じりあって町全体を震わせていた。

八月一日。今日は夏祭りだ。

自分とは無関係な行事だ、としか思わなかった。

会場に向かう人波に逆らい、アパートの方角に向けて歩き出す。日が沈むにつれて波は密度を増していき、気を抜くと押し戻されそうになる。すれ違う人々の汗ばんだ顔は西日に照らされて淡い橙色に輝いていた。

抜け道に使うつもりで神社に入ったのが失敗だった。参道に並ぶ屋台目当ての人々と休憩しにきた人々とで、境内はごった返していた。人混みに揉まれるうちに、胸ポケットに入れておいた煙草はくしゃくしゃに潰れ、シャツにソースの染みをつけられ、下駄で爪先を踏まれた。もはや自分の意志で進行方向を定めることさえままならず、僕は諦めて流れに身を任せ、自然に外まで辿り着くのを待った。

やっとのことで境内を抜け、出口へと続く石段を下り始めたときのことだ。

不意に、声が聞こえた。

――ねえ、キスしてみよっか。

わかっている。〈グリーングリーン〉の仕業だ。夏祭りが引き起こした連想に端を発する幻聴にすぎない。居酒屋で見た夢がまだ尾を引いているのだろう。

僕は気を逸《そ》らすために別のことを考えようとした。けれども一度始まった連想は止めようとするほどかえって加速していき、脳裏に浮かんだ義憶は思い出すまいとするほど鮮やかさを増していく。気がつくと、僕の意識は架空の少年時代に遡《さかのぼ》っていた。

「私たち、つきあってると思われてるらしいよ」

僕と灯花は近所の神社の夏祭りに来ていた。一通り屋台を巡り終えて、拝殿裏手の石段の隅に並んで座り、眼下の人混みを眺めるともなく眺めていた。

僕は普段と変わらない服装だったけれど、灯花はきちんとした浴衣を着ていた。花火柄の入った紺の浴衣に、紅菊の髪飾り。どちらも去年身に着けていたものと比べると落ち着いた色合いで、そのせいか彼女はいつもより大人びて見えた。

「ただの幼馴染なのにね」

そう言うと、灯花は身体に悪そうな色をしたジュースを一口飲み、軽く咳をした。そして僕の反応を窺うようにこちらを盗み見た。

「こうやって二人でいるところを誰かに見られたら、誤解が深まるかもね」と僕は言葉を選んで言った。

「確かに」灯花はくすくす笑った。それからふと思いついたように、僕の手に自分の手を重ねた。「こんなところを見られたら、さらに誤解が深まるかも」

「よせよ」

口ではそう言いつつも、僕は灯花の手を拒みはしなかった。代わりに、さりげなく周囲を見回した。知りあいに見つかって冷やかされやしないかという不安と、いっそのこと冷やかされてしまいたいという期待が半々だった。

いや、期待の方が少しだけ大きかったかもしれない。

僕は十五歳で、その頃には灯花を異性として強く意識するようになっていた。中学二年でクラスが別々になり、二人で過ごす時間が一時的に激減したことがきっかけだった。それまで家族と同じ括りに入れていた幼馴染が、実はクラスの女の子たちとなんら変わらない一人の異性であることを、僕はその一年を通して痛感した。

そして同時に、自分が異性としての彼女に強く惹かれていることを自覚した。色んな先入観を捨てて一歩引いたところから眺めると、夏凪灯花はとても美しい女の子だった。それからは、見慣れているはずの横顔にふと見とれてしまったり、彼女が他の男子と話しているだけで落ち着かなくなったりといったことが増えた。

今まで僕が異性に興味を持てずにいたのは、最初から理想的な相手が隣にいたからかもしれない。そう思った。

灯花の方も同じような心境の変化を迎えていることは、長いつきあいなのですぐにわかった。中学二年の夏頃から、僕への接し方が妙にぎこちなくなった。表面的なふるまいは以前とまったく変わりないのだが、注意深く観察すると、彼女が過去の彼女自身のふるまいを模倣しているだけなのが見て取れた。気さくな関係を維持するために彼女なりに努力していたのだろう。

　三年で再び同じクラスになると、僕たちはそれまでの反動のように常にぴったりとくっついて過ごすようになった。直接的に互いの気持ちを確認するようなことはしなかったけれど、ときどきさりげなく探りを入れあった。先ほど彼女がしたように「また恋人と間違われた」と言って相手が嫌な顔をしないか試してみたり、冗談半分で手を握って反応を窺ってみたりといった方法で。

　数々の試行錯誤を経て、僕たちは互いが同じ気持ちでいるという確信を深めていった。

　そしてその日、灯花は最後の確認作業に入った。

「ねえ、キスしてみよっか」

　眼下の光景に視線を固定したまま、彼女は隣に座る僕に言った。

　ふとした思いつきみたいな言い方だったけれど、その言葉を彼女がずっと前から温めていたことが僕にはわかった。

　同じような言葉を、僕もずっと前から用意していたからだ。

「ほら、私たちが本当にただの幼馴染なのかどうか、確かめてみようよ」軽い調子で灯花は言った。「ひょっとしたら、案外どきどきするかもしれないよ」

「どうだろうね」僕も軽い口調で返した。「多分、何も感じないと思うけど」

「そうかな」

「そうだよ」

「じゃあ、やってみせて」

灯花は僕の方を向いて瞼を閉じた。

これはあくまで遊び。好奇心を満たすための実験。そもそもキスなんて大したことじゃない。そうやっていくつもの予防線を張り巡らせた上で、僕たちはずる賢く唇を重ねた。

唇を離したあと、僕たちは何事もなかったかのように正面に向き直った。

「どうだった？」と僕は訊いた。その声は妙に低く乾いていて、なんだか自分の声じゃないみたいだった。

「んー……」灯花はゆっくりと首を傾《かし》げた。「大してどきどきしなかった。そっちは？」

「僕も同じ」

「そっか」

「ね、言っただろう？　何も感じないって」

「うん。やっぱり、ただの幼馴染だったみたいだね」

白々しい会話だった。僕は今すぐにでももう一度灯花とキスしたかったし、その先にあるものを一つ残らず確かめたくてしかたなかった。彼女も同じ気持ちでいることは目の動きや声の震えから伝わってきたし、最初の返事までに僅かな間があったのは、「よくわかんなかったからもう一回やってみようよ」という台詞を寸前で飲み込んだからだと知っていた。

本当は、このまま流れに任せて告白するつもりだったのだろう。実際、僕も似たような計画を立てていた。けれども彼女と唇を重ねたほんの数秒のあいだに、僕の考えは大きく変わった。これ以上先に進んではいけない、と体中の細胞が警告を発していた。

これ以上進んだら、何もかもが変わってしまう。

ひとときの刺激や高揚と引き替えに、二人のあいだにある心地よい何かがすべて失われてしまう。

そうして、二度と今みたいな関係には戻れなくなる。

灯花もそれに気づいたのだろう。急遽計画を変更して、すべてを冗談のまま終わらせることにしたようだ。

彼女の慎重な判断を、僕はありがたく思った。もし彼女があのまま思いの丈を打ち明けてきたら、まず拒むことはできなかっただろうから。

帰り道、灯花はふと思い出したように言った。

「ちなみに、私は初めてだったよ」

「何が？」僕はとぼけた。

「キスが。千尋《ちひろ》くんは？」

「三回目」

「えっ」灯花は目を丸くして足を止めた。「いつ？　誰と？」

「覚えてないの？」

「……もしかして、その相手、私？」

「七歳のときに僕の家の押し入れの中で、十歳のときに灯花の家の書斎で」

数秒の沈黙のあと、「あ、本当だ」と灯花は納得した。

「すごい。よく覚えてたね」

「灯花が忘れっぽいだけだよ」

「すみません」

「今日のことも、数年後には忘れてそうだね」

「そっか、三回目だったのか」

灯花は少し黙り込み、それからふっと微笑んだ。

「じゃあ、本当は四回目だね」

今度は僕が驚く番だった。

「いつ？」

「教えない」澄まし顔で彼女は言った。「でも、結構最近」

「記憶にないな」

「だって千尋くん、眠ってたもん」

「……気がつかなかった」

「あはは。ばれないようにやったからね」

「ずるいな」

「ずるいでしょう」

灯花は胸を反らして笑った。

じゃあ、本当は五回目か。僕は彼女に聞こえないようにつぶやく。

ずるいのは、お互いさまだ。


そんな砂糖菓子みたいな疑似記憶が、僕の頭には無数に存在している。そしてことあるごとに本物の記憶以上の鮮明さで脳裏に蘇り、僕の心を激しく揺さぶっていく。

困ったことに、通常の記憶と違い、義憶は時間経過による忘却を期待できない。刺青《いれずみ》みたいなもので、自然には消えてくれないのだ。ある臨床試験によると、新型アルツハイマー病の患者に義憶を移植したところ、自分自身の記憶がすべて損なわれてしまったあとも、義憶はしばらくのあいだ残っていたという。ナノロボットによる記憶改変はそれだけ強固だということだ。〈グリーングリーン〉の義憶を忘れたければ、義憶消去用にチューニングされた〈レーテ〉を飲むほかない。

恐怖を克服して〈レーテ〉を飲むか、義憶と折りあいをつけるか。二つの選択肢のあいだで、僕は長いあいだ揺れていた。

義憶を消さない限り、僕はいつまでも実在しない幼馴染の思い出にとらわれ続けることになるのだろう。

うつむき、溜め息をつく。優柔不断な自分にうんざりする。

鳥居が目の前にあった。義憶の海を漂っているうちに出口まで辿り着いたようだ。これでようやく夏祭りから逃れられる、と僕は安堵した。ここにいると、ありもしない過去のことばかり考えてしまう。

と、どこからか破裂音が聞こえた。反射的に顔を上げると、遠い夜空に打ち上げ花火が見えた。隣町で花火大会をやっているのだろう。僕は視線を下ろし、

今すぐ振り返れ、と誰かに言われた気がした。

無意識に歩を緩める。

肩越しに後ろを振り向く。
人混みの中から、僕はその姿を一瞬で見つけ出す。
彼女もまた、振り向いていた。
そう、それは女の子だった。
肩甲骨まで伸びたまっすぐな黒髪。
花火柄の入った紺色の浴衣。
人目を惹く白い肌。
紅菊の髪飾り。
目が合う。
時が止まる。
僕は直感的に悟る。
彼女も同じ記憶を持っている。
夏祭りの喧騒が遠ざかっていく。
彼女を除いたすべてが色を失っていく。
追いかけなければ、と思う。
話を聞かなければ、と思う。

僕は彼女のもとへ向かおうとする。
彼女も僕のもとへ向かおうとしている。
しかし、人波は容赦なく僕たちを浚《さら》い、引き離していく。
あっという間に、姿が見えなくなった。

02　蛍の光

もし僕のようなからっぽの人間に友達ができるとしたら、それはやはり僕と同じようにからっぽの人間なのだろうな、と少年時代の僕は漠然と想像していた。友達も恋人もいなくて、優れた資質も誇れる経歴もなくて、心温まる思い出なんて一つも持っていない、そんな絵に描いたような「持たざる者」と出会ったとき、僕に初めて友達と呼べるような相手ができるのではないかと。

江森《えもり》さんは僕にとって最初の友人（そして今のところ最後の友人）だったが、僕の想定していた空虚さとは無縁の「持てる者」だった。友達は大勢いたし、恋人は取っ替え引っ替えだったし、三ヶ国語を自由に操れたし、僕と知りあった時点で超大手企業への就職が決まっていた。要するに、僕とは正反対の人間だった。

江森さんと親しくなったのは十九の夏だった。当時、僕たちは同じ大学に在籍していて、同じアパートに住んでいた。僕が二〇一で彼が二〇三と二つ隣の部屋だったので、彼が女の子を連れ込むところを頻繁に目にしたものだ。相手は毎月のように変わり、しかも揃いも揃って桁外れの美人だった。キャンパスでもたびたび彼の姿を見かけたが、いつもたくさんの友人に囲まれて幸せそうに笑っていた。大学で何かしらのイベントがあると、大抵その中心に彼がいた。彼がステージに姿を現すだけでそこら中から黄色い歓声が上がった。なるほど、そういう人生もあるのか、と僕は感心しきりだった。それは僕の想像がまったく及ばない世界だった。

人から好かれるのが当たり前というのは、一体どんな気分なのだろうな。

そんな江森さんがどうして僕のような日陰者と親しくする気になったのか、今もってわからない。あるいはそれは異文化交流みたいなものだったのかもしれない。彼もまた僕の中に自分の想像の及ばない世界を見出して、それを一種の社会勉強として間近で観察しようと目論んでいたのかもしれない。

もしくは、絶対に秘密の洩れない話し相手として重宝されていたという可能性もある。多くの人が彼に好意を持っていたが、それだけに、彼を目の敵にしている人間だって少なからずいた。そういう人々の耳に届いたらまずい秘密を打ち明ける相手として、僕は最適だったのかもしれない。

とにかく僕たちは友達になった。それがすべてだ。江森さんからのアプローチの結果だった。彼は自分が拒絶されるなんて万に一つもあり得ないという態度で僕に接してきて、そういう態度を取られると、僕も自分が彼を拒絶するのは正しくないことだという風にしか考えられなくなった。そうか、愛されて育った人間はこうしてさらに愛されるようになっていくのだな、と思った。

他人と共有できる話題を僕はまるで持ちあわせていなかったから、二人でいるときは彼が一方的に喋るのが常だった。僕はその話にただなんとなく耳を傾け、ときおり気まぐれに見当違いなコメントを返した。そのうち僕の中身のなさに失望して勝手に離れていくだろうと思ったが、結局その関係は彼が大学を卒業して遠くにいった今でも続いている。

半年ぶりの再会だった。江森さんは電話をかけて予定を聞くなどという悠長なことはせず、いきなり僕の部屋を訪ねてきた。ドアを開けて応じると、彼は「よう」と持っていた袋を掲げて見せた。袋には缶ビールの六缶パックが二つ入っていた。何もかもがあの頃のままだった。その一瞬で半年分のブランクが埋まった。

僕はつまみになりそうなものを適当に選ぶと、部屋着のままサンダルをつっかけて外に出た。江森さんは無言で肯いて歩き出し、僕はそれについていった。

言われなくてもわかっている。行き先は近所の児童公園だ。

寂れた公園だった。背の高い雑草が生い茂っていて、遠目にはただの空き地にしか見えない。遊具はどれも赤錆塗れで、触れるだけでよくわからない病気に罹《かか》ってしまいそうだ。そんな子供の夢の終わりみたいな場所で酒を飲むのが僕たちの流儀だった。

月の綺麗な夜だった。木立に囲まれた狭い園内はブランコの前にポールライトが一つあるきりで、そのライトも電球が切れてしまっていたが、月明かりのおかげでなんとか遊具の形が判別できた。

草むらを掻き分けて中に入っていく。示しあわせたように、江森さんはパンダに、僕はコアラに腰かけた。隅にあるベンチは雑草に埋もれて使いものにならなかったので、僕たちはスプリング遊具を椅子代わりにしていた。ひどく不安定で座り心地も悪いけれど、地面に直接座るよりはましだ。

缶ビールのプルトップを開けると、僕たちは乾杯もせずそれを飲み始めた。買ってから大分時間が経っていたのか、ビールは既に温《ぬる》くなっていた。

僕たちが公園で酒を飲むようになったのにはちょっとした事情がある。僕が入学する前の年に、大学で急性アルコール中毒による死者が出た。その死者が未成年だったために、近隣の店では年齢確認をやたら厳しく行うようになった。だから江森さんが酒を買い、僕がつまみを用意し、公園で二人で飲むというスタイルが定着したのだ。

同じアパートに住んでいるのだし、どちらかの部屋で飲んでもよかったのだけれど、「酒は家から離れれば離れるほどおいしくなる」というのが江森さんの持論だった。そういうわけで、歩いて行ける距離で人目を気にせず酒を飲める場所として僕たちが探し当てたのが、この児童公園だったのだ。

「どうだ。最近、何か面白いことあったか?」江森さんが大して期待もしていない様子で訊いた。

「いいえ。相変わらず独居老人みたいな生活を送ってますよ」と僕は答えた。「江森さんはどうです? 何か面白いことはありましたか?」

彼は夜空を仰ぎ、四十秒ばかり考え込んだ。

「知人が詐欺に遭った」

「詐欺?」

彼は肯いた。「いわゆるデート商法ってやつだな。恋愛感情を利用して、絵画を売りつけたり、マンションを買わせたり。詐欺の手口としてはありふれていて面白くもなんともないんだが、その騙された知人の証言がちょっと面白くてな」

被害者は岡野《おかの》という男性で、詐欺師は池田《いけだ》と名乗る女性だったらしい。

話はこうだ。ある日、岡野のもとにSNSを通じてメッセージが届いた。送信者は池田という女性で、メッセージの内容は「自分はあなたの小学校時代のクラスメイトなのだが、覚えているだろうか」というものだった。

彼は記憶を遡ったが、池田という名前の女の子には心当たりがない。悪徳商法の類《たぐい》かもしれないと思って無視を決め込むと、一日置いてまたメッセージが届いた。いきなり妙なメッセージを送ってしまって申し訳ない、最近ずっと一人きりだったせいで少しおかしくなっていた、同じ町に昔の知りあいが住んでいると知って嬉しくなりついあんなことをしてしまった、返信は不要。

それを読んだ岡野は急に不安になってきた。ひょっとしたら自分が忘れてしまっているだけで、池田という女の子は本当に知りあいだったのではないか。メッセージを無視することで、自分は彼女を傷つけてしまったのではないか。孤独に耐えかねて藁にもすがる思いで連絡を取ってきた彼女を、より深い暗闇に突き落としてしまったのではないか。

悩みに悩んだ挙げ句、彼は池田と名乗る人物にメッセージを返した。そこから二人の関係が始まった。池田はとても感じのよい女の子で、岡野はあっという間に恋に落ちた。

二ヶ月後、彼はまんまと高価な絵画を売りつけられ、翌日池田と名乗る女の子は彼の前から姿を眩《くら》ませた。

「念のために言っておくと、その岡野っていう男は、決して頭は悪くないんだ」と江森さんは補足した。「かなりいい大学を出てるし、本もたくさん読む。頭の回転は速い方で、人一倍用心深い。なのに、そんな古くさい手口に騙された。なぜだと思う？」

「人がよすぎたから、でしょうか」

江森さんは頭を振った。

「寂しかったからさ」

なるほど、と僕は少し考えてから相槌を打った。

彼は続けた。「興味深いのは、池田がＳＮＳアカウントを削除して消えたあとも、岡野が彼女を小学校時代のクラスメイトだと頑《かたく》なに信じ込んでいたことだ。あいつの頭の中には、確かに記憶があった。少女時代の池田と同じ教室で過ごした過去をありありと思い出すことができた。実際にはそんなクラスメイトは存在していなかったにもかかわらず」

「それは……知らないうちに義憶を植えつけられたということですか？」

「いや。それじゃあコストが高すぎて、詐欺として割に合わない」

「なら、どうして？」

「自分自身で無意識のうちに記憶を書き換えたんだろうな」と江森さんはおかしそうに言

った。「記憶なんて、気分次第で簡単にねじ曲がっちまうんだよ。ナノロボットの力なんて借りなくても、人は日常的に自分の記憶を改竄《かいざん》してる。天谷《あまがい》は〈フェルスエーカーズ事件〉って知ってるか？」

聞き覚えのない言葉だった。

「簡単に言えば、犯罪の証言がいかに当てにならないかって話の典型例だ。『あなたはこんな被害に遭ったんじゃないか』と何度も言われるうちに、本当にそんな被害に遭った気がしてくる。岡野も、池田って女に『あなたは私の同級生だった』って何度も言われるうちに、そう信じ込んじまったんだろう。『彼女の言うことが本当であってほしい』っていう願望が、記憶の変性を後押ししたんじゃないか。卒業アルバムを見るだけで池田なんてクラスメイトがいなかったことは確認できたはずなのに、岡野はそれをしなかった。要するにやつは、騙されたくて騙されたのさ」

江森さんはポケットから煙草を引っ張り出して火をつけ、おいしそうに吸った。出会った当初から変わらない銘柄で、その甘ったるい香りで僕は今さらのように再会を実感した。

「最近、この手の古典的な詐欺が流行してるそうだ。なんでも孤独な若者が狙われやすいらしい。天谷もそのうち標的にされるかもな」

「僕は大丈夫だと思いますよ」

「なぜそう言える？」

「子供の頃、僕には友達なんて一人もいませんでした。いい思い出なんて一つもありません。だから、昔の同級生から連絡があったとしても期待のしようがない」

　すると江森さんはゆっくりと首を振った。

「違うんだよ、天谷。やつらは思い出につけ込むんじゃない。思い出のなさにつけ込むんだ」

＊

　結局、公園に持ってきた分だけでは飲み足りず、そのあと僕たちは駅前まで行って居酒屋に入った。そこで取るに足らないことを語りあい、九時前に別れた。

　商店街を一人歩いていると、また例の発作が始まった。

　今回のトリガーは、営業時間の終了を知らせる『蛍の光』だった。


「遅かったね」

　部活を終えて教室に戻ると、灯花はむすっとした顔でそう言った。

「ミーティングが長引いたんだ」と僕は弁解した。「今年の三年、すごく気合いが入ってるみたいでさ」

「ふうん」

「先に帰っててもよかったのに」

彼女は不服そうにじっと僕を見つめた。

「違うよ千尋くん。こういうときは、『待たせてごめん』って言うの」

「……待たせてごめん。それと、待っていてくれてありがとう」

「よろしい」灯花は微笑み、鞄を手に取った。「じゃ、帰ろっか」

教室に残っているのは僕たちが最後だった。窓の施錠を確認し、照明を消して廊下に出る。運動部の連中が使った制汗スプレーのつんとした匂いが鼻につく。灯花が口元を押さえ、小さく咳をする。喉が弱い彼女は、煙草の副流煙やエアコンの冷気みたいなちょっとした刺激でも咳が出るらしい。

玄関で靴を履き替えながら、灯花は下校時間を知らせる『蛍の光』の旋律に合わせて自作の歌詞を口ずさんでいた。

ほたるのひかり

やみよにきえて
はかなきわたしの
こいごころよ

もの悲しい歌詞だった。

「そういえば、『蛍の光』のちゃんとした歌詞って聞いたことないな」

「私も。『ほたるのひかり』ってとこまでしか知らない」

「だからって、勝手に失恋の歌にするのはどうかと思うけど」

「でも、千尋くんもこの歌詞で覚えちゃったでしょう？」

「うん。今から本来の歌詞を覚えても、いざ曲が流れると、灯花のつくった歌詞を先に思い出すと思う」

「そして同時に、私の顔も思い浮かべるんじゃないかな」

「そうだろうね」

きっと今日のことも思い出すのだろう、と僕は秘かに思う。心温まる思い出として。

「私ね、こういうのって、一種の呪いだと思うの」

「……どういう意味？」

「川端康成はこう書いています。『別れる男に、花の名を一つは教えておきなさい。花は毎年必ず咲きます』」

灯花は人差し指を立てて得意気に言った。

「千尋くんはこれから一生、『蛍の光』を聞くたびに、私のつくった歌詞と、私のことを思い出すんだよ」

「確かに呪いだ」僕は笑う。

「まあ、私は千尋くんと別れないけど」彼女も笑う。


短く首を振り、僕は回想を打ち切った。

ここ数日で、夏凪灯花のことを思い出す頻度が激増した。

原因はわかりきっている。神社での一件のせいだ。

あれは一体なんだったのだろう?

浴衣も、髪飾りも、髪型も、背格好も、顔の造作も、全部同じだった。

唯一異なるのは、年の頃だった。義憶の夏凪灯花は十五歳までの姿しか設定されていないが、あの日すれ違った彼女はそれよりもいくらか大人びて見えた。

まるで、義憶の中の幼馴染が僕と足並みを揃えて育ち、目の前に現れたかのようだった。

考える。大前提として、義憶の登場人物のモデルに実在人物を用いるのは禁じられている。現実と義憶の混同によるトラブルを防ぐためだ。だから、あの日僕が見たのは夏凪灯花のモデルとなった人物だったという仮説は真っ先に棄却される。彼女が夏凪灯花本人であるなどという戯言《ざれごと》は検討にも値しない。

他人の空似で片づけることも、決して不可能ではないだろう。あの日は県の内外から大勢の人が祭りを観にきていた。その中に、夏凪灯花にそっくりな女の子が偶然混じっていたという可能性はゼロではない。浴衣や髪飾りだって、考えてみればありふれたデザインだ。

しかし、それでは彼女の反応をどう説明するのか。僕と目が合ったとき、彼女は僕と同じかそれ以上に動揺していた。こんなことがあるはずがない、きっと何かの間違いだ、という顔をしていた。そして人波を掻き分けて僕のもとへ向かおうとしていた。あれも人違いで片づけるのか？　僕はたまたま彼女とよく似た人間を知っていて、彼女もたまたま僕とよく似た人間を知っていた。そこまで都合のよい偶然が生じうるものなのだろうか？

もっと簡単な説明がある。あの日すれ違ったのは、アルコールと孤独と祭りの熱気が生みだした夏の幻だった、というものだ。自分の正気を疑わなければならないという一点を除けば、この仮説は完璧だ。

いや、そもそも深く考える必要はないのかもしれない。人違いにせよ幻覚にせよ、結局のところ僕が取るべき対応は一つしかない。

義憶を消してしまうことだ。

そうすれば、もう二度と人違いをしたり幻覚を見たりすることはなくなる。

折に触れて、ありもしない記憶を想起して心を惑わされることもなくなる。

部屋に着いた。チェストの奥にしまった二つの〈レーテ〉の一方を取り出す。少年時代の記憶を消す方ではなく、夏凪灯花に関する記憶を消す方だ。グラスに水を注ぎ、〈レーテ〉とともに座卓の上に並べる。

準備は整った。あとは分包紙を破り、中身を水に溶いて飲むだけだ。

手を伸ばす。

指先が震える。

別に痛みを伴うわけではない。強烈な苦みがあるわけでもない。意識を失うわけでもない。何を恐れる必要がある？　誤って書き込まれた記憶が消えて元通りになるだけだ。〈レーテ〉の安全性は保証されている。

第一、仮に何かあったところで、お前には失って困る記憶なんてないじゃないか。

分包紙を手に取る。

腋《わき》の下を冷たい汗が流れる。

生理的な恐怖を理性的に乗り越えようとするのが間違いなのかもしれない。考え方を変えよう。ほんの十秒間、頭をからっぽにするだけでいい。そのあいだにすべて終わる。自分を百パーセント納得させる必要はない。何も考えず無責任に飛んで、後始末は未来のお前に任せればいい。からっぽになること。それはお前の得意分野じゃないか。

しかし、頭を空にしようとすればするほど、かえってその隙間に思考が流れ込んでくる。レンズについた指紋を拭き取ろうとして余計に汚してしまうみたいに、どんどん事態は悪化していく。

長い自問自答が続いた。

ふと、僕は思った。場所が悪い。

この部屋には、あの日僕が感じた生々しい恐怖がまだ色濃く残っている。畳、壁紙、天井、布団、カーテン、至るところに僕の恐れがべったりと染みついてしまっている。古い建物にこびりついた煙草の脂《やに》のように。

何を行うにも相応《ふさわ》しい場所があるのだ。〈レーテ〉を飲むにも相応しい舞台を用意する必要がある。どこがそれに最適だろう？

答えはすぐに出た。

＊

翌日、アルバイトが終わると、僕はアパートとは反対方向のバスに乗った。ポケットには〈夏凪灯花〉の記憶を消去するための〈レーテ〉が入っていた。いささか冷房の効きすぎた車内で、僕はそれを取り出して意味もなく色んな角度から眺めた。

ほどなくバスが目的地に到着し、僕は〈レーテ〉をポケットに戻してバスを降りた。停留所の目と鼻の先に、例の神社があった。

鳥居をくぐり、境内に足を踏み入れる。夏祭りの夜とは打って変わって、人一人見当たらなかった。曇り空を夕闇と取り違えたひぐらしの鳴き声が辺り一帯に響いていた。

自販機でミネラルウォーターを買い、石段に腰を下ろした。ポケットの上から〈レーテ〉の感触を確かめた後、まず気分を落ち着けようと思い煙草に火をつけた。

吸い終えた煙草を靴底で踏み消したそのとき、遠くから救急車のサイレンが聞こえた。まずいと思ったときには、もう手遅れだった。サイレンの音をトリガーに、僕は思い出の渦に飲み込まれた。

パジャマ姿の灯花を見るのは久しぶりだった。昔は日常的に互いの家に寝泊まりしていたので彼女の寝巻き姿も寝癖のついた髪も飽きるほど目にしていたのだが、十一歳を過ぎた辺りからどちらからともなく過干渉を控えるようになり、ぽつぽつと互いに関する知識に穴が開き始めていた。

一年ぶりに見る彼女のパジャマ姿は、ひどく脆弱《ぜいじゃく》に見えた。生地の薄い白無地のパジャマだからというのもあるけれど、襟元から覗く鎖骨や半袖から伸びる細い腕はちょっとでも粗雑に扱ったら簡単に折れてしまいそうだった。

僕は自分の手足に目をやり、その差異をしみじみと再確認した。少し前まで同じくらいの身長だったのに、いつの間にか僕の方が彼女より十センチ以上高くなっていた。おかげで近頃は、手を繋いだり寄りかかられたりするたびに嫌でも体格差を意識してしまう。自分たちの肉体がどうしようもなく別々の方向に向かい始めたことを、彼女の細い脚や華奢《きゃしゃ》な背中を通じて、僕は強く実感していた。

そしてその実感は、僕を少なからず居心地の悪い気持ちにさせた。たとえ中身は変わらなくても、容れ物のかたちが変わってしまえば、それが意味するところも変わってしまう。以前と同じやりとりを交わしているだけなのに、何かが過剰に感じられたり、何かが過少に感じられたりする。だからといってその感覚に合わせてふるまいを変えると、それはそれで別種の気まずさを覚えるのだった。

その日の灯花のパジャマ姿も、僕をなんとなく落ち着かなくさせた。見舞いのために病室を訪れてからしばらくのあいだ、僕は彼女とうまく目を合わせることができなかった。緊張が解けるまで、病室の内装や見舞いの品に興味を示すふりをして彼女から視線を逃がしていた。

もっともそこには取り立ててめずらしいものは見当たらなかった。平凡な病室だ。白い壁紙、色褪せたカーテン、薄緑色のリノリウムの床、簡素なベッド。四人部屋だが、灯花以外の入院患者はいない。入口から見て右奥の、一番日当たりのいいベッドが彼女にあてがわれていた。

「先生はね、気圧の変化のせいじゃないかって」

彼女は空模様を確かめるように窓の外を眺めやった。

「ほら、台風が近づいてたでしょう？　それで気圧が急激に低下したから、発作が起きちゃったみたい」

僕は昨日の出来事を回想する。

灯花が倒れているのを発見したのは午後四時過ぎだった。いつもなら彼女が宿題を持って部屋に上がり込んでくる頃合いなのに、その日はいつまで経っても姿を見せなかった。嫌な予感がして向こうの部屋を訪ねてみたら、床に蹲《うずくま》って動けなくなっている彼女がいた。チアノーゼの症状が出ており、一目で喘息《ぜんそく》の発作だとわかった。近くには吸入器が転がっていたが、見たところ薬はほとんど効果を示していない。これまで耳にしたことのないような激しい喘鳴《ぜんめい》を聞いて、僕は即座にリビングに行って救急車を呼んだ。

呼吸不全寸前の大発作だったらしい。

「息、もう苦しくないの？」と僕は尋ねた。

「うん、もう大丈夫。ひょっとしたらまた発作が起きるかもしれないから入院して様子を見てるだけで、別に具合が悪いわけじゃないの」

快活そうにふるまっていたけれど、その声はか細く、弱々しかった。本当に、もう喋っても平気なのだろうか。僕の前だからと無理をしているのではないか。でもそれを尋ねてみたところで、彼女はより巧みな演技を自身に要求するだけだろう。

せめて彼女が声を張らなくても済むように、僕は椅子をできるだけベッドに近づけ、僕自身も小声で喋るように心がけた。

「本当に、今回ばかりは死ぬんじゃないかと思ったよ」

「私も死ぬかと思った」灯花は他人事《ひとごと》のように笑った。「でもね、あのとき千尋くんの判断が遅れてたら、もっとひどいことになってたみたい。先生が褒めてたよ。迷わず救急車を呼んだのは英断だったって」

「灯花の発作には慣れてるからね」と僕はぶっきらぼうに言った。

「助かったよ。ありがとう」

「どういたしまして」

短い沈黙が生じた。

僕は思い切って尋ねてみた。

「……それ、治らないの？」

彼女は唇を結んで首を傾げた。

「わかんない。成長の過程で治る人が多いらしいけど、大人になっても治らない人もいるみたい」

「そっか」

「それにしても」彼女はわざとらしく話題を切り替えた。「千尋くん、よく笛声《てきせい》喘鳴とか陥没呼吸とか知ってたね。お医者さんみたい」

「たまたま本で読んだんだ」

「私のために調べてくれてたんでしょう？」

彼女は僕を下から覗き込むように首を傾げた。

長い髪が、その動きに合わせて揺れた。

「うん。目の前で死なれると困るから」

「あはは。それもそうだね」

彼女は困り顔で笑った。

今の言い方はちょっと冷たかったかな、と内心後悔した。

「それにしても、千尋くんに抱っこされるなんて、ずいぶん久しぶりだったなあ」からかい気味に灯花は言った。「ひょいって軽々と持ち上げるから、びっくりしたよ」

「ほかに運び方を思いつかなかったんだよ」

「いいよ、別に。毎回ああしてもらえるなら、発作も悪くないかもなあ」

いたずらっぽくそう言った灯花を、僕は軽く小突いた。灯花は「いたい」と大袈裟に頭を抱えた。

「あんなのは二度とごめんだよ。心配で心配で、こっちまで息が止まるかと思った」

奇妙な間があった。灯花は虚を衝かれた様子で口をぽかんと開けて僕を見つめていた。

その表情は、しかし少しずつ、こそばゆそうな笑顔へと変わっていった。

「ごめんごめん。言い直します」と彼女は訂正した。「発作はいやです。私はただ千尋くんと触れあえて嬉しかっただけです」
「じゃあ、早くよくなりなよ」
「うん」彼女は素直に肯いた。「心配かけてごめんね」
「いいよ、別に」と僕は素っ気なく返した。今になって自分の発言が恥ずかしくなってきて、顔が熱くなるのがわかった。

首筋の冷たい感触で我に返った。指先で触れると、かすかに濡れていた。それとほぼ同時に、石段に点々と黒い染みができていることに気づく。境内を強い風が吹き抜けた。雨が降り始めていた。

救われた気分だった。この風雨の中で〈レーテ〉を使用するわけにはいかない。このまま何もせず帰宅する口実ができた。

僕は膝に手をついて立ち上がり、石段を下りた。安堵感で足取りが軽かった。ひとまずアパートに戻ろう。あとのことは、それから考えればいい。

今日は記憶を消すのに良い日ではなかったのだ。

バスを待っているあいだにも雨脚は強まっていった。僕は停留所近くの店の軒先で雨を凌ぎ、五分後にやってきたバスに乗り込んだ。窓を閉め切った車内はクーラーの吐き出す黴臭い空気が充満し、乗客の傘から滴り落ちた雨水で床のあちこちが濡れていた。

後方右側の座席に着き、僕はほっと一息ついた。それから何気なく反対車線の停留所に目をやった。今日もどこかで祭りがあるようだ。浴衣を着た女の子が、憂鬱そうに雨雲を見上げていた。この雨はいつまで続くのだろう、おろしたての浴衣なのに、まったくついていない、祭りが中止にならないといいんだけど、なんて考えているのかもしれない。

バスが出発する。

やっちまったな、と誰かが言う。

お前は今とんでもないものを見逃したんだぞ。

僕は湿気で曇った窓ガラスを手で拭いて、もう一度浴衣の女の子の姿を確認する。

肩甲骨まで伸びたまっすぐな黒髪。

花火柄の入った紺色の浴衣。

人目を惹く白い肌。

紅菊の髪飾り。

指が、無意識に降車ボタンを押していた。

次の停留所までの五分が、永遠のように感じられた。

バスを降りると、僕は一つ前の停留所まで全速力で走った。次から次へと湧いてくる疑問を一旦すべて飲み込んで、大降りの雨の中を駆け抜けた。道行く人々が何事かと振り返るが、人目を気にする余裕はない。

今にも破裂しそうな肺を押さえつけて走りながら、一方で僕は悠長に考える。最後に全力で走ったのはいつのことだっけ？　少なくとも大学に入ってからそういう機会は一度もなかった。おそらく高校の授業が最後だろう。いや、高校で徒競走なんてあっただろうか。球技のときも、長距離走のときも、体力測定のときも、疲れが残らないようほどほどに手を抜いていた。となると、中学校まで遡ることになるだろうか。全力で走った記憶……

真っ先に浮かぶのは、やはり偽りの記憶だ。中学三年生の体育祭の義憶。

本番の一週間ほど前から、僕はずっと憂鬱だった。運動が苦手だったわけではない。むしろ中途半端に得意だったことが災いした。何かの間違いで、陸上部のクラスメイトを差し置いて800メートルリレーのアンカーに選ばれてしまったのだ。よりによって中学生活最後の体育祭でこんな大役を務めることになるとは思ってもみなかった。逃げ出してしまいたかったが、多数決の結果に逆らい辞退する勇気はなく、かといって腹を括ることもできず、ぐずぐずしているうちに本番当日になっていた。

普段は灯花の前で愚痴をこぼさないようにしていたが、その日ばかりはつい弱音を吐いてしまった。登校中の出来事だ。正直にいうと今すぐ家に引き返したい、自分の走り次第でクラスメイトの思い出が台なしになるかもしれないと思うと重圧に押し潰されそうになる。そう打ち明けた。

すると、灯花はじゃれるように僕に肩をぶつけ、無邪気に言った。

「クラスメイトなんてどうでもいいよ。誰かのために走りたいなら、私一人のために走って」

重い小児喘息を患っていた彼女は、生まれてこの方一度も全力で走ったことがなかった。体育の授業はいつも見学していたし、遠足やスキー教室といった体力を使う行事もほとんど欠席していた。その年の体育祭も、出席はしていたものの、選手としては登録されていなかった。迷惑をかけるといけないから、と彼女の方から辞退したのだ。

「私一人のために走って」という台詞は、そんな彼女の口から発されると、とても特別な意味を帯びて聞こえた。それでいて、押しつけがましいところはまったくなかった。

そうだ。そもそも僕は何を恐れていたんだろう？　僕にとって一番重要なのは灯花だ。そしてその灯花は、たとえ僕の走りがどんな結果を導こうと僕に失望することはない。むしろ何がなんでも称えてくれるはずだ。

肩の荷が下りたようだった。

その日のリレーで、僕は二人の選手を抜いて一位でゴールした。そしてクラスメイトのもとに戻ろうとしたところで倒れて保健室に運ばれた。ベッドに横たわる僕の隣で、灯花が「かっこよかったよ」と何度も褒めてくれたことを覚えている。でも僕は肉体疲労と極度の緊張からの解放で意識が弛緩し切っていて、そのあとすぐに眠りに落ちてしまった（ひょっとすると、彼女の言う「三回目のキス」というのはこのときに行われたのかもしれない）。

目を覚ますと、とっくに閉会式は終わっていた。窓の外は薄暗くなっていて、灯花がベッドの脇に立って僕の顔を覗き込んでいた。

「帰ろっか」

そう言って彼女は微笑んだ。

意識を現実に引き戻す。

やれやれ、お前には本当に自分の人生というものがないのだな、と自分自身に呆れ果てる。

この分だと、死に際の走馬灯まで架空の記憶で済ませてしまいそうだ。

紺色の浴衣が見えた。同時に、停留所にバスが迫るのも見えた。僕は余力を振り絞って彼女のもとへ急いだ。大学に入ってからは運動なんてほとんどしていなかったし、毎日煙草を一箱吸っていたので、肺も心臓も脚もとっくに限界を迎えていた。酸欠で視界の隅が霞み、喉からは自分の呼吸音とは思えない音がした。

多分、本来なら間にあわないタイミングだったのだと思う。でも傘も差さずびしょ濡れで走ってくる僕を見かねて、運転手が少しだけ発車を待ってくれたようだった。

バスに乗り込めたはいいものの、すぐには声をかけられなかった。手すりに摑まり、中腰で息切れが収まるのを待った。髪から滴り落ちる雨水が床を濡らしていく。心臓が工事現場みたいにやかましく鼓動を打っている。全身ずぶ濡れなのに、血液が沸騰したかのように身体が火照《ほて》っている。脚はがくがくと震えて踏ん張りがきかず、バスが揺れるたびに転びそうになった。

やっとのことで息を整えると、僕は顔を上げた。

もちろん彼女はまだそこにいた。

最後部座席の一つ前に座り、物憂げに窓の外を眺めていた。

落ち着きかけた心臓が再び取り乱す。

僕はまっすぐ彼女に近づいていった。

全力疾走した際に分泌された脳内麻薬の影響か、今なら臆せず彼女に声をかけられそうだった。

話の内容は決めていなかった。でも、何もかも上手くいくという確信があった。ひとたび声をかければ、そこから自然と言葉が湧き出てくるだろう。

僕の中にはそれだけの蓄えがある。

彼女の真横で足を止め、手すりを摑む。

軽く深呼吸する。

「あの」

その一言がきっかけだった。

夏の魔法は、あっけなく解けた。

窓の外を見ていた女が振り向く。

「……なんですか?」

怪訝な顔で問う。

似ても似つかなかった。

辛うじて似ているのは体型と髪質くらいで、それ以外の要素は何もかもが夏凪灯花とはかけ離れていた。まるで僕の早とちりを知っていた誰かが明確な悪意を持ってそこに罠を仕掛けておいたみたいに。

見れば見るほど似ていなかった。あの日神社で目撃した女の子が漂わせていた繊細さや優美さといったものは、そこからは微塵も感じられない。

どうしたら、これを彼女と見間違えるのだろう？

「あの、何か用ですか？」

偽灯花が警戒心に満ちた瞳で再度問う。僕は自分が長いあいだ彼女の顔を無遠慮に眺めていたことに気づく。

落ち着け、と僕は自分に言い聞かせる。この女は何も悪くない。たまたま僕の義憶に登場する幼馴染と似た格好をしていただけで、彼女にはなんの落ち度もない。僕が勝手に人違いをしただけだ。

そう、悪いのは僕だ。それはわかっている。にもかかわらず、僕は激しい怒りの発作に襲われていた。自分でも信じられないくらい強烈な怒りだった。真っ黒な粘液が胸の中に広がる感覚があった。こんなに誰かに対して腹を立てるのは生まれて初めてかもしれない。

手すりを摑む指に力がこもる。彼女を罵倒する文句が次々と頭に浮かんでくる。妙な期待を持たせやがって、紛らわしい格好をするな、それはお前みたいな女がしていい格好じゃない、お前なんて夏凪灯花の足下にも及ばない、等々。

もちろん実際に口には出さなかった。僕は人違いを丁重に謝罪し、次の停留所で逃げるようにバスを降りた。そして雨の中を無心で歩いた。

雨宿りのために入った居酒屋で安酒を流し込みながら、僕は思った。

認めよう。

僕は夏凪灯花に恋をしている。

似たような格好をしていただけの赤の他人にその面影を見出してしまうくらいに、彼女との出会いを切望している。

でも、だからなんだというのだろう？　義憶技工士は僕の好みに合わせ、僕が恋をせざるを得ないような人物として夏凪灯花という人物を設計した。それだけの話だ。義憶が正常に機能しているというだけの話。オーダーメイドのスーツが体にフィットするのとなんら変わりない。むしろ恋をしない方がおかしいのだ。

認めたら、少しだけ楽になった。

楽になったので、気持ちよく酒が飲めた。

そして案の定飲み過ぎた。

食べたものを一通り便器に吐き出して、それでも足りずに胃液を吐き続け、席に戻って水を飲んでテーブルに突っ伏し、またトイレに行って吐くということを繰り返しているうちに閉店時間がきて、僕は店から放り出された。しばらく店の前で蹲っていたが、このまま待っていてもどうせ吐き気も頭痛も治まらないだろうと思い、頭をからっぽにして歩き始めた。終電時刻は少し前に過ぎていたし、タクシーに乗る金もなかった。長い夜になりそうだ。

どこかの店から『蛍の光』が聞こえてきて、僕は無意識のうちに灯花のつくった歌詞を口ずさんでいた。

ほたるのひかり
やみよにきえて
はかなきわたしの
こいごころよ

明日こそ、〈レーテ〉を飲もうと思った。

実在しない女の子に恋をしたって、虚しいだけだから。

＊

もっとも、実在する女の子に恋をするのも、それはそれで虚しい。

ある意味では、僕も実在しない人間の一人だ。これまで出会った女の子たちのほとんどは、僕のことを恋愛対象として意識していなかっただろう。いや、ひょっとしたら名前すら覚えていなかったかもしれない。

好かれるとか嫌われるとか、それ以前の問題だった。僕は彼女たちの宇宙に属していなかった。同じ時間と空間にいながら、決して交わりあうことはない。彼女たちの目に映る僕は通りすぎる影に過ぎず、僕にとっての彼女たちもまた同様だった。

実在する人間が実在しない人間に恋をするのも虚しいが、実在しない人間が実在する人間に恋をするのも同様に虚しい。実在しない人間が実在しない人間に恋をするとなると、これはもうまったくの虚無だ。

恋というのは実在する人間同士でするものだ。

＊

アパートに着く頃には空が白み始めていた。

二度と酒なんて飲まないぞと誓いつつ、どうせ二日後にはまた懲りずに飲んでいるんだろうな、とも思う。気持ちよく酔っ払っている僕と二日酔いに悩まされている僕は別人であり、一方の学習結果はもう一方に反映されない。一方の僕は酒の楽しさだけを学び、もう一方の僕は酒の苦しさだけを学ぶ。

早朝の住宅街に、人の気配はない。近所のスナックの裏に住み着いている野良猫が行く手をのんびりと横切る。こちらが弱っていることを知っているのか、いつもは僕を見かけるとすぐに逃げ出す猫は、今日に限ってまるで警戒する気配を見せない。どこかでカラスが一音節だけ鳴き、それに呼応するように別のどこかでキジバトが一小節だけ鳴く。

這々《ほうほう》の体《てい》で階段を上がり、ドアまで辿り着いた。ポケットを探り、キーケースを取り出して複数の鍵から部屋の鍵を見分ける。たったそれだけの作業にもかなりの集中力を要する。金庫破りでもしているのかと錯覚するほど苦労して鍵を開けた。

ドアノブに手をかけたちょうどそのとき、二〇二号室のドアが開いて住人が顔を出した。僕はドアを開けかけたまま、その隣人に目をやった。隣に誰かが住んでいるなんて知らなかったので、一応顔を確認しておこうと思ったのだ。

女の子だった。年の頃は十七歳から二十歳といったところ。ちょっとそこまでジュースを買いにいくといったような軽装をしている。薄明に照らされた手足は透き通るように白く、長く柔らかな黒髪が廊下を吹き抜ける風にふわりと膨らみ、あの日のように、時が止まる。

僕はドアを開きかけたままの姿勢で、彼女はドアを後ろ手に閉めかけたままの姿勢で、見えない釘で空間に固定される。

そこには紺色の浴衣も紅菊の髪飾りも見当たらない。

けれども、僕にはそれがわかった。

言葉という概念が一時的に失われてしまったみたいに、僕たちは長いあいだ無言で見つめあっていた。

最初に動きを取り戻したのは、彼女の唇だった。

「……千尋くん？」

女の子は僕の名前を呼び、

「……灯花？」

僕は女の子の名前を呼んだ。


一度も会ったことのなかった幼馴染がいた。僕は彼女の顔を見たことがなかった。声を聞いたことがなかった。体に触れたことがなかった。にもかかわらず、その顔立ちの愛らしさをよく知っていた。その声音の柔らかさをよく知っていた。その手のひらの温かさをよく知っていた。

夏の魔法は、まだ続いている。

03　パーシャルリコール

ナノテクノロジーによる記憶改変技術は、十五年前に突如として世界中に蔓延《まんえん》した新型アルツハイマー病の治療法を模索する中で急速に発展したと言われている。記憶を修復・保護することを目的に開発されたその技術の用途は、次第に架空の記憶を生成する方向へとシフトしていった。

結局、過去を取り戻したい人より、過去をやり直したい人の方が圧倒的多数だったということだ。たとえそれが捏造された記憶に過ぎなくても。

過去は変えられない。だが、未来は変えられる——そんな考え方は、記憶改変技術の普及とともに時代遅れになりつつある。

未来はよくわからない。だが、過去は変えられる。

初めのうち、ナノロボットによって書き込まれる架空の記憶は〈偽憶〉か〈疑憶〉と表記するのが一般的だった。虚偽記憶・疑似記憶の略称だ。しかし近年では〈義憶〉表記が主流になっている。名称を弄ってみたところで偽物は偽物に違いないのだが、「偽」「疑」という文字につきまとうマイナスイメージを払拭しようという動きがあったらしい。それに伴い、義憶に登場する架空の人物は〈義者〉と呼ばれるようになった。ここで用いられている「義」は義肢や義歯の「義」で、あくまで欠損を補うものという意味合いを強調する意図が窺える。

もっとも、何をもって「欠けている」とするかは議論の分かれるところだ。煎じ詰めれば、人類の大部分は人生経験の不完全な要治療者と見なすこともできてしまう。何一つ欠けていない人生なんてあり得ないからだ。

ともあれ、義憶が人類にとって有用であることは紛れもない事実だ。喪失体験、犯罪被害、虐待経験等がもたらす心的苦痛を取り除くにあたり、架空の記憶によって認知の再構成を誘導したり経験そのものを抹消したりといったアプローチが有効なのはいうまでもない。ある報告によると、素行や性格に問題のある子供を被験者にして〈グレートマザー〉の義憶を移植してみたところ、およそ四割の人格に前向きな変化が見られたという。また別の実験例では、自殺未遂を繰り返していた麻薬中毒者に〈スピリチュアル〉の義憶を与えた結果、人が変わったように敬虔で禁欲的な人間になったそうだ（ここまでくるとちょっと冒瀆的だ）。

現時点ではまだ義憶が社会にもたらした恩恵を実感するには至らないが、それは記憶改変ナノロボットの使用者がその事実を公言することを嫌うからだ。立ち位置としては国内における美容整形の扱いが一番近い。実際、記憶を書き換えることを、嘲りを込めて〈記憶整形〉と揶揄《やゆ》する人々もいる。

人は生まれてくる環境を選べない。ゆえに義憶という救済措置が必要なのだ、というのが記憶改変推進派の主張だ。僕は義憶に拒否感を持っているが、彼らの言うことは筋が通っているように思う。否定派の過半数は哲学的な問題意識からというよりは生理的な不安から義憶を拒んでいるだけのように見える。

なお、肝心の問題、新型アルツハイマー病によって失われた記憶の回復手段は未だに見つかっていない。〈メメント〉という記憶回復用のナノロボットがあるが、これには〈レーテ〉によって消去された記憶を部分的に修復する程度の力しかなく、新型アルツハイマー病による記憶喪失にはまるで効き目がない。

義憶をバックアップとして利用する方法も考案されたが、こちらもうまくはいかなかった。一度消えてしまった記憶と同内容の義憶を書き込み直しても、それは脳に定着しないのだという。その一方で、事実とは異なる義憶を挿入した場合、そちらは比較的長く残留するそうだ。ここから推察するに、新型アルツハイマー病は、記憶を破壊する病ではなく、記憶の結合をほどく病なのだ。そして記憶の中にも、ほどけやすいものとほどけにくいものがあるのだろう。エピソード記憶ばかりが集中的に失われるのは、それが記憶の中でもっとも複合的な性質を持っているためかもしれない。

＊

目覚めてからしばらく、何も思い出せなかった。

十五の頃から父の買い置きを盗んで酒を飲み続けてきたが、記憶が飛ぶという経験は今日が初めてだった。まさか本当に酒で記憶を失くすなんて、と僕はうろたえた。確かにそういう経験談は何度となく耳にしてきたが、あくまで一種の誇張表現、もしくは酒の席での失態をごまかす方便に過ぎないと思っていた。

ここがどこか、今が朝か夜か、自分がいつ布団に入ったのか、なぜ頭が割れるように痛むのか、何一つとしてわからなかった。ただ胃の底からせりあがってくるアルコールの臭いで、全部酒のせいだということだけは辛うじてわかった。

瞼を閉じる。一つずつ、ゆっくりでいいから思い出していこう。ここはどこか。自分の部屋だ。今は朝か夜か。カーテンから洩れる陽光の白さからいって朝だ。いつ布団に入ったのか。そこで思考が滞る。焦ってはならない。最後の記憶はどこだ？　泥酔して店を放り出されて、終電を逃してアパートまで歩いたことは覚えている。どうして泥酔するほど酒を飲まなければならなかったのだろう？　そう、人違いをしたのだ。バス停に立っていた紺色の浴衣を着た女の子を、夏凪灯花と見間違えた。そんな自分が情けなくて、居酒屋に入って酒を浴びるように飲んだのだった。

点と点が繋がってきた。店を放り出されたあと三時間以上歩いて、やっとのことでアパートに辿り着いた（それを自覚した瞬間、脚の筋肉がじわじわと痛み始める）。苦心して鍵を開けて倒れ込むように部屋に入り、そのあと奇妙な夢を見た。人違いの一件がよほど響いたのだろう。夏凪灯花の出てくる夢だった。隣の部屋に夏凪灯花が引っ越してくる夢だ。

夢は現実と連続していて、僕が帰宅したところから始まっていた。どうして君がここにいるんだ、君は実在しないはずの人間なのに、と食ってかかる僕を、彼女は不思議そうに見つめていた。

「千尋くん、もしかして酔ってる？」

いいから質問に答えろ、と詰め寄ろうとして足がふらついた。なんとか壁に手をつくことで転倒を免れたが、頭に血が昇ったせいか、もしくはドアの隙間から流れてくる自室の匂いを嗅いで肉体が気を緩めたせいか、視界がぐらぐらと揺れてまっすぐ立っていられなくなった。自分が今どんな姿勢でいるのかも判然としなかった。

夏凪灯花が気遣わしげに言った。

「大丈夫？　肩、貸そうか？」

その後のことはよく覚えていない。

手厚く介抱してもらったような気もする。

いずれにせよ、すべてはアルコールでふやけた脳が見せた夢であることに違いはなかった。心身が弱り、抑制が利かなくなったのだろう。これほど願望に正直な夢は今まで見たことがなかった。

まるで小学生がベッドの中でする空想だ、と思う。隣の家に好きな女の子が引っ越してきて、弱っている僕の世話を焼いてくれる。

とてもではないが、成人した男性が見ていいような夢ではない。

そんな情けない自分を変えようと、昨日決心したのだった。

今日こそ、〈レーテ〉を飲む。

布団を這い出て、頭の鈍痛に顔をしかめながらコップで水を三杯飲み干す。口の端から零れた水が首を伝う。嫌な臭いのする衣服を脱ぎ捨て、長めのシャワーを浴びる。髪を乾かして歯を磨いたあと、もう二杯水を飲んでから布団に横になる。そうしているうちにいくらかましになった。頭は相変わらずがんがん痛むし吐き気もするが、既に山は越えたという実感が気分を楽にしてくれる。それから僕は浅い眠りに落ちた。

一時間ほどで目が覚めた。胃を締めつけるような感覚は空腹によるものだろう。そういえば、昨晩食べたものを残さず吐き出してしまったのだった。気は進まないが、そろそろ何か口に入れなければならない。

のそのそと起き上がり、台所に行ってシンク下を覗き込む。近所のスーパーマーケットでセール時に買い込んでおいたはずのカップラーメンは一つも残っていなかった。僕は首を捻った。少なくともあと五つはあったように記憶しているのだが。どうも最近物忘れが激しい。酒の飲み過ぎだろうか。

食パンでも残っていないかと冷凍庫を開けてみたが、ジンと保冷剤が二つあるきりだった。製氷皿の下まで覗いてみたが、氷の欠片《かけら》のほかには何も見当たらなかった。

冷蔵庫には最初から期待していなかった。そこは半年ほど前からただのビールストッカーと化している。自炊が面倒になり、いつからかカップラーメンと弁当と冷凍食品以外は買わなくなってしまっていた。

それでも、ひょっとしたらつまみの一つくらいは見つかるかもしれない。一縷《いちる》の期待をかけて、ドアを開いた。

異物がそこにあった。

綺麗にラップをかけられた皿の中身はレタスとトマトのサラダで、

「もっとちゃんとしたものを食べなきゃだめだよ」

という手書きのメモが添えられていた。

＊

〈レーテ〉の購入を決意して、最初に始めたアルバイトはガソリンスタンドの店員だった。一ヶ月で首になったので、次は飲食店のアルバイトを始めた。こちらも一ヶ月で首になった。どちらも愛想の悪さが原因だった。どちらかというと、客ではなく同僚への接し方が問題だったようだ。仕事さえちゃんとやっていれば問題ないだろう、という態度が気に障ったらしい。

同じ人間と顔を合わせ続ける仕事に向いていないとわかったので、それからしばらくは大学生協が紹介している日雇いの仕事で稼いだ。しかしこちらはこちらで、毎回初対面の人間と一から関係を築かねばならないのが億劫だった。一口にコミュニケーション能力といっても対人関係を構築する能力と維持する能力とがあるが、僕はともに等しく持ちあわせていないようだ。

煩《わずら》わしい人づきあいと無縁な仕事はないものかと考え悩んでいたとき、ちょうど近所のレンタルビデオショップがアルバイト募集の貼り紙を出しているのを見かけた。試しに応募してみたら、面接もなしに採用された。僕以外に応募者がいなかったのだろう。

今どきのレンタルビデオショップにしてはめずらしい、個人営業の小規模店舗だった。内装も外装もぼろぼろで、もういつ潰れても不思議はないように見えるのだが、物好きな固定客がそこそこいるおかげで細々《ほそぼそ》とやっていけているらしい。あるいは小金持ちが趣味でやっているだけの採算度外視の店なのかもしれない。店長は七十を過ぎた無口で腰の低い男性で、常に両切りの煙草を咥《くわ》えていた。

客は滅多にやってこなかった。それもそのはずだ。今やレンタルビデオショップなんて利用するのは、老人か一握りのビデオマニアくらいのものだ。そもそもビデオデッキなどという骨董品を持っている人間が今の時代にどれだけいるというのか。若者が来店するのは月に一度か二度で、それも大半はただの冷やかしだった。

大人しい客ばかりなので、仕事はとても楽だった。眠気を堪えるのが一番の仕事だったといってもいい。賃金は低かったけれど、仲間もやり甲斐もスキルアップも望んでいない僕にとって、そこはおおむね理想的な職場だった。

二ヶ月で〈レーテ〉を買う金は貯まったのだが、余暇時間ができたところで酒量が増えるだけだとわかっていたので、その後もそこで働き続けた。単純に居心地がよかった、というのもある。時代から取り残されたようなそのみすぼらしい空間は、不思議と僕の心を落ち着かせた。うまく言い表せないのだが、「ここでなら僕の存在も許容される」という一種の調和感があった。そんなところに自分の居場所を見つけるのもどうかとは思うけれど。

今日も客の姿はなかった。僕はレジに突っ立ってあくびを嚙み殺しながら、今朝冷蔵庫で見つけたものの意味についてぼんやりと考えていた。

手書きのメモが添えられた、手作りのサラダ。

仮に昨晩の出来事が夢だったとすれば、料理もメモも、泥酔した僕の手によるものだということになる。つまり、前後不覚になるまで酔っ払い胃が空になるまで吐いたあと三時間ちょっと歩いてアパートに戻り、そのあとレタスとトマトと玉葱をどこからか調達してきてサラダをつくり、綺麗にラップをかけて冷蔵庫に入れ、使用した調理器具を洗って片づけ、女の子みたいな可愛らしい筆跡で明日の自分に向けたメモを残してから就寝し、その後すべてを忘れたということになる。

　夢でなかったとしたら、料理とメモは夏凪灯花の手によるものだということになる。すなわち、義憶だと思っていた記憶の数々は実は本物で、夏凪灯花という幼馴染は実在しており、偶然にも同じアパートの隣室に越してきて、酔っ払って倒れた僕を甲斐甲斐しく介抱し、朝食までつくってくれたということになる。

　どちらの仮定も同じくらい馬鹿げていた。

　もっと現実的な解釈はないものだろうか？

　思案の末、僕は第三の可能性に思い至った。

　一昨日江森さんが語っていた、昔の知りあいを装って標的に近づく詐欺師の話を思い出したのだ。

『最近、この手の古典的な詐欺が流行してるそうだ。なんでも孤独な若者が狙われやすいらしい。天谷もそのうち標的にされるかもな』

　たとえばもし、僕の義憶の内容がなんらかのかたちでクリニックから洩れていたとしたら？

その情報が、悪意を持った第三者の手に渡っていたとしたら？

幻覚説と実在説に比べれば、いくらか現実味のある仮説だ。詐欺説。昨晩出会った夏凪灯花にそっくりな女の子は、僕を騙すために詐欺組織によって用意された偽者であって、〈夏凪灯花〉という義者を演じている赤の他人に過ぎない。

もちろんこの仮説にも穴はある。というか大穴だらけだ。義憶の登場人物が突然目の前に現れたら、誰だって喜ぶより先に怪しむ。こんなことが起きるはずはない、誰かが自分を陥れようとしているのではないか、と警戒する。それくらいのことは向こうにだって予測がつくはずだ。実際の知りあいを装うならまだしも、わざわざ義憶の登場人物を装うメリットが見当たらない。私を疑ってくれと言っているようなものだ。

いや、もしかすると僕は、人の潜在的願望というものを過小評価しているのかもしれない。江森さんの話では、詐欺被害に遭った岡野という男性は、実在しないクラスメイトに「あなたは私の同級生だった」と言われ続けているうちに、それを信じ込んでしまったそうではないか。

「彼女の言うことが本当であってほしい」という願望が記憶の変性を促したのではないかと江森さんは推察していたが、そのような心理傾向が一般的なものだとすれば、確かに義者というのは古い知りあいなどよりも詐欺に適した題材なのかもしれない。プログラムの深層心理分析によって浮き彫りになった精神的欠落を埋めるべく義憶技工士の手で活き活きと描かれた義者は、いってみればその人の願望の塊みたいなものだ。夢の異性を前にして、冷静に自己を客観視していられる人間がどれだけいるだろう？

そういった意味では、詐欺師にとって義憶所有者ほど与《くみ》し易い相手はいない。江森さんも言っていたではないか。『やつらは思い出につけ込むんじゃない。思い出のなさにつけ込むんだ』と。

とはいえ、疑問は多々残る。仮に昨日の女の子が夏凪灯花を騙《かた》る詐欺師だったとして、わざわざ隣の部屋に引っ越すほどの手間をかけてまで、僕のごとき一介の学生を罠にかけたりするだろうか。そもそも、義者と瓜二つの人材がそう簡単に見つかるものなのだろうか。まさか僕を騙すためだけに整形手術を受けたというわけでもあるまい。

思考はそこで行き詰まった。現時点では判断材料が少なすぎる。今ここで結論を出すのは尚早だ。アパートに戻ったら、何よりまず隣の部屋を訪ねよう。そして彼女を問い質すのだ。君は一体何者なのか、と。素直に答えるとは思えないが、それでも手がかりの一つくらいは得られるはずだ。向こうの戦略を推測する糸口くらいは摑めるだろう。

そしてもし、彼女が本当に詐欺師の類だったと判明したら。

ちょっとばかり痛い目を見せてやらないと気が済まない、と僕は思う。

アルバイトが終わると、駅前のスーパーマーケットに寄ってカップラーメンを一抱え買い込んだ。早くアパートに帰りたかったので、それ以外の食品には目もくれなかった。袋一杯のジャンクフードを見て、こんな食生活を続けていたらいずれ体を壊すだろうな、と一抹の不安を覚える。でも自分みたいな人間が健康的な食生活を送った先に何があるのだろうと考えると、全部どうでもよくなってしまう。

＊

不健康な食生活にはもう一つ理由があった。十八を過ぎた辺りから、何を食べても美味《うま》いと感じられなくなってしまったのだ。味覚が麻痺したわけではない。味覚情報と報酬系が切り離された、というのが一番実感に近い。それから二年が経過した今では、そもそも「おいしい」というのがどんな感覚だったのかも思い出せなくなっていた。塩気があって加熱された食べ物であれば、あとはどうでもよかった。

医者には診せていないので、原因はわからない。心身症の類かもしれないし、栄養不足のせいかもしれない。あるいは脳のどこかに血栓や腫瘍ができているのかもしれない。さしあたり不便はしていないので、放っておいている。

もともと食事には大してこだわりがなかった。母は食に無関心な人間で、僕の知る限り、調理はおろか一度も台所に立ったことがない。調理実習や林間学校といった例外を除けば、僕は手料理なるものを食べた経験がないに等しかった。子供の頃から、出来合いの弁当や近所のファストフード店で食事を済ませるのが常だった。

そんな過去が反映されているのか、僕の義憶中には幼馴染に手料理を食べさせてもらうエピソードがいくつか存在する。体に悪そうなものばかり食べている僕を見かねた灯花が、「もっとちゃんとしたものを食べなきゃだめだよ」と心配し、自宅に招いて料理をふるまってくれるといったような義憶。

そこでふと、僕はある符合に気づく。そういえば、冷蔵庫に残されていたメモに書かれていた文章にもまったく同じ文言が用いられていた。「もっとちゃんとしたものを食べなきゃだめだよ」。一字一句違わない。

やはりあの女の子は僕の義憶の内容を把握しているのだ。用心しなければならない、とあらためて気を引き締める。僕を誑《たぶら》かすにはどんな戦略が効果的かを、彼女は心得ている。僕を魅了するのに必要な資質を、彼女はすべて備えている。

しかし――何度も繰り返し自身に言い聞かせてきたように――そもそも夏凪灯花なんて女の子は、実在しないのだ。

惑わされてはならない。

アパートに到着した。

二〇二号室のドアの前に立ち、呼び鈴を押す。

十秒待っても反応はなかった。

念のためにもう一度押してみたが、結果は同じだった。

彼女が詐欺師なら、僕の来訪には進んで応じるはずだ。

留守でないとすれば、なぜ出てこないのだろう？

敢えて焦《じ》らすことによって、判断力を削ぐのが狙いか。あるいは詐欺の下準備のようなものがあるのかもしれない。

いつまでもそこに突っ立っているわけにもいかないので、ひとまず自室に戻ることにした。

鍵が開いていることに気づいた時点では、まだ驚かなかった。僕が部屋の鍵をかけ忘れるのはよくあることだからだ。

明かりがついていることに気づいた時点でも、まだ驚かなかった。僕が部屋の明かりを消し忘れるのはよくあることだからだ。

エプロンを掛けた女の子が台所に立っていることに気づいた時点でも、まだ驚かなかった。僕のためにエプロンを掛けた女の子が台所に立つのはよくあることで、それは義憶の中の話だ。

買い物袋が手から滑り落ちて、玄関にカップラーメンが転がった。

その音を聞いて、女の子が振り向いた。

「あ、おかえり千尋くん」彼女の顔に笑みが広がった。「体調はどう？」

部屋に無断侵入して我が物顔で台所を使っている不審人物と鉢合わせしたとき、真っ先に僕の頭に浮かんだのは、「通報しよう」でも「取り押さえよう」でも「人を呼ぼう」でもなく、「何か女の子に見られたらまずいものを部屋に置いていなかっただろうか」だった。

自分でもどうかしていると思う。

しかし、それ以上にどうかしている女の子が目の前にいた。

彼女は部屋の主が現れても逃げ出すでも釈明するでもなく、呑気に鍋の中身を味見していた。調理台には彼女が持ち込んだと見られる調味料が並んでいた。

匂いからするに、彼女がつくっているそれはどうやら肉じゃがのようだった。

いかにもフィクション上の幼馴染がつくりそうな料理だ。

「……何をしてる？」

やっとのことで、僕は尋ねた。そして無意味な質問だと思った。不法侵入して料理をつくっている。見ての通りだ。

「肉じゃがをつくってたの」と彼女は鍋を注視したまま答えた。「千尋くん、肉じゃが好きでしょ？」

「どうやって部屋に入った？」

これも答えのわかりきった問いだった。昨晩僕を介抱した際に合鍵を盗んだのだろう。部屋には最低限のものしか置いていないから、少し探せばすぐに見つかったはずだ。

彼女は二番目の質問には答えなかった。

「洗濯物が溜まってたから、全部洗っておいたよ。あと、布団はもっと頻繁に干さないとだめだと思うな」

ベランダに目をやると、一週間分の洗濯物が風にはためいていた。

目眩《めまい》がした。

「君は……誰だ？」

彼女は僕をじっと見つめた。

「今日は、酔っ払ってるわけじゃないよね？」

「いいから答えろ」僕は語気を強めた。「君は誰なんだ？」

「誰って……灯花だよ。幼馴染の顔、忘れちゃったの？」

「僕に幼馴染はいない」

「じゃあ、なんで私の名前を知ってるの？」困惑と笑いの入り交じった顔だった。「昨日、私のこと灯花って呼んでたよね？」

僕は首を振った。向こうのペースに乗せられたらお終いだ。

深呼吸をしてから、僕はきっぱりと言った。

「夏凪灯花は義者だ。僕の頭の中にしか存在しない、架空の人物だ。現実と虚構の区別くらいつく。詐欺師だかなんだか知らないけど、僕を惑わそうとしたって無駄だ。通報されたくなかったら出ていってくれ」

彼女の僅かに開いた唇から息が漏れる音がした。

「……そっか」

ガスコンロの火を止めると、彼女は僕に歩み寄ってきた。

思わず仰《の》け反った僕にさらに一歩近づいて、彼女は言った。

「まだ、そのままなんだね」

それはどういう意味だ、とは訊き返せなかった。

胸が一杯で、言葉を発することができなかった。

いくら意思の表層で抗《あらが》おうと、僕の脳はより根源的なところで「五年前に離れ離れになった最愛の幼馴染との再会」を錯覚し、どうしようもなく喜びに打ち震えてしまっていた。

愛おしくて、愛おしくて、気を抜いたら抱き締めてしまいそうだった。

目を逸らすことさえかなわず、僕は彼女と真正面から見つめあう形になった。

至近距離で見る彼女の顔は、どこか非現実的だった。肌は作りもののように白いのに、目の周りがほのかに赤く、どこか病的な印象を受ける。

まるで幽霊みたいだな、と思った。

金縛りにあったように固まっている僕を見て、彼女はふっと微笑んだ。

「いいよ、無理に思い出さなくて。ただ、これだけは覚えておいて」

そう言うと、そっと僕の手を取り、両手で優しく包み込んだ。

冷たい手だった。

「私は、千尋くんの味方だから。何があってもね」

＊

翌日、仕事を済ませた僕は江森さんに電話をかけた。相談事があるので今夜会えないかと訊くと、十時以降なら空《あ》いていると彼は言った。公園で落ちあうことに決めて電話を切った。そして端末の画面に表示された連絡先の欄に、いつの間にか「夏凪灯花」の名があることに気づいた。彼女が僕を介抱したあとで勝手に登録していったのだろう。消去しようかとも思ったが、何かの役に立つかもしれないのでそのままにしておいた。

僕は大学に行き、待ちあわせの時間まで学食の隅のテーブルで勉強をして過ごした。一時間ごとに敷地の外まで歩いていって、ゆっくり煙草を吸った。空気はひどく湿っており、煙草はいつもより雑味が多かった。学食が閉まるとラウンジに移動してソファに身を沈め、捨て置かれていた雑誌を読んで時間を潰した。クーラーの効いていないラウンジは全面窓からの陽光のせいでほとんど屋外みたいな暑さになっていて、じっとしていても汗が噴き出てきた。

アパートに戻るのは、江森さんの意見を聞いてからと決めていた。あの女の子ともう一度会う前に、自分のスタンスをきっちりと定めておきたかったのだ。そのためには、まず信頼できる誰かに事の経緯を打ち明けて客観的な視座を獲得する必要があるように思えた。

考えてみれば、誰かに何かを相談したいなんて思ったのは生まれて初めてのことだ。それくらい僕はあの女の子に激しく心を掻き乱されていたのだろう。

　その日はめずらしく、江森さんは約束通りの時間に現れた。僕の方から電話をかけるなんて滅多にないことなので、心配してくれたのかもしれない。

　僕の要領を得ない説明が終わると、彼は言った。

「つまり、お前の話を要約すると、〈レーテ〉で記憶を消そうとしたら手違いで〈グリーングリーン〉が届いて、それを使ったら〈夏凪灯花〉という架空の幼馴染の義憶が脳に書き込まれて、二ヶ月後、実在しないはずの彼女が隣の部屋に引っ越してきて、親しげに声をかけてきた。……そういうことだよな？」

「馬鹿みたいでしょう？」僕は溜め息をついた。「でも、その通りなんです」

「まあ、天谷が嘘をつくとは思えないし、そういうことがあったのは事実なんだろうな」

そう言ってから、江森さんはにやりと笑った。「その子、可愛かったか？」

「義憶の登場人物がどういうものかは知っているでしょう」と僕は遠回しに答えた。

「可愛かったんだな」

「まあ、そうですね」

「で、押し倒したのか？」

「まさか。美人局《つつもたせ》かもしれないじゃないですか」

「そうだな。俺もそう思う」彼は同意した。「でも、真っ先にその可能性が思い浮かぶって、お前相当卑屈だよなあ。普通は浮かれてそこまで考えが回らないだろうに」

実際は狼狽して動けなかっただけなのだが、それは黙っておいた。

「江森さんが前に言っていたデート商法の亜種じゃないかと僕は踏んでるんです。クリニックから顧客の情報が洩れて、それが悪意を持った人たちの手に渡って、詐欺に利用されているんじゃないかと」

「詐欺の手法としちゃ少々回りくどい気もするが……まあ、あり得ない話ではないな」と江森さんは同意した。「そういえば、天谷の実家って金持ちなんだっけ？」

「昔の話です。今は普通の家と大差ありません」

「詐欺師ってのは、経済力のない学生相手に、そこまで手の込んだことをするもんなのかね？」

「僕もその辺りが引っかかっていたんです。江森さんはどう思いますか？　詐欺以外に、どんな狙いが考えられるでしょう？」

ビールを二口飲んでから、江森さんは遠慮がちに言った。

「念のために訊くが、天谷って、生まれてから一度も〈レーテ〉を使ったことはないんだよな？」

「ええ」僕は肯いた。「もっとも、仮に〈レーテ〉を使用していた場合、『〈レーテ〉を使用した』という記憶そのものも消しているはずなので、断言はできませんがね。……それが何か？」

「いや、ひょっとしたら、その女の子は嘘なんてついてないんじゃないかって思ってさ。実際に二人は幼馴染だったのに、お前が一方的にその記憶を消してしまったんじゃないかって。お前が義憶だと思い込んでいるそれは、何かの拍子に蘇った本物の過去なんじゃないかって」

「まさか」

僕は苦笑いした。冗談だと思ったのだ。

「あるいは単に忘れてるだけかもしれない。天谷、ただでさえ昔から忘れっぽいからな」

「忘れていたとしても、さすがに顔を見て声を聞けば思い出しますよ」

「……でもさ、万が一だぜ。万が一、そういうことが起きていたとしたら」

江森さんは声の調子を落とした。

「その子、あまりにも不憫《ふびん》だよな」

僕はまた笑った。

彼は笑わなかった。

僕一人の空疎な笑い声が公園に響き、夜の闇に吸い込まれていった。

それからしばらく、僕たちは無言で酒を飲んだ。

妙な空気だった。

「とにかく」江森さんが仕切り直すように言った。「情に訴えられて、妙な書類に印鑑を押したりするなよ」

「しませんよ」

「騙されたふりをして様子を見ようとか考えるなよ。そのうち自分でも演技と本音の区別がつかなくなる、なんてことになりかねないからな」

「ええ。気をつけます」

持ってきた缶ビールを飲み干すと、僕は礼を言って江森さんと別れた。

帰り際、江森さんは独り言のように何かをぼそりとつぶやいた。

——そうか、〈グリーングリーン〉か……。

と、言っていたようにも聞こえた。

アパートに着いたのは住宅街も寝静まった午前一時過ぎだった。小さな蛾が数匹、廊下の明かりを囲んで音もなく飛び回っていた。

自室の鍵は開いていなかったし、明かりもついていなかった。そっとドアを開けて中に入ったが、女の子の姿は見当たらない。僕は胸を撫で下ろし、窓を開けて部屋にこもった熱を逃がした。そして煙草を咥えて火をつけた。

女の子が置いていった鍋は消えていた。彼女を部屋から追い出したあと、料理には手をつけずに放置していた。あれからまた彼女が合鍵で無断で上がり込み、鍋を持ち帰ったのだろう。

不測の事態が続いてすっかり頭が麻痺してしまっていたが、考えてみればこれは立派な警察沙汰だ。合鍵を盗まれて、赤の他人に不法侵入を繰り返されているのだ。

しかし、今のところはまだ警察に頼りたくなかった。彼らは問題解決にあたり、必ずしも真実を明らかにしてくれるとは限らない。女の子の正体が判明する前に事態が終息してしまったら、僕は一生答えの出ない自問自答を続けることになる。彼女の目的はなんだったのか、なぜ僕の義憶の内容を知っていたのか、どうしてあそこまで夏凪灯花に瓜二つなのか、

『いいよ、無理に思い出さなくて』

——もしかしたら、本当に彼女は僕の知りあいだったのではないか。

どんなに馬鹿げていようと、一パーセントでも疑問を残したら僕の負けなのだ。

近いうちに、彼女はまた何か仕掛けてくるだろう。そのときは首尾よく会話を誘導して情報を引き出し、彼女の目的を暴き出してやろう。

方針が固まったところで薬缶に水を注ごうとすると、かちゃりとドアの鍵が外れる音がした。

早速来たか、と僕は身構えた。

薬缶を置き、煙草を灰皿に突っ込む。

さすがに三回目ともなれば、冷静に対応できるだろうと高を括っていた。

でも玄関の方を振り返った僕は、彼女の格好を見て凍りついた。

「あ、また体に悪いもの食べようとしてる」

調理台のカップラーメンを見て、彼女は呆れたように言った。

白無地のパジャマ。その格好自体には取り立てて変わったところはない。深夜に赤の他人の部屋を訪れる格好としては無防備すぎるが、彼女の演じている役割を踏まえるとそう不自然ではない。だからパジャマそのものは驚くに値しない。

問題は、そのパジャマが、夏凪灯花が入院時に着ていたものとそっくりのデザインだったということだ。

目の前の彼女と、義憶の夏凪灯花がオーバーラップする。本物の記憶よりも生々しく、あの日の病室の空気やパジャマの襟元から見えた鎖骨やか細い声が蘇る。

無条件に胸の奥が疼《うず》き、全身の細胞がざわつく。

やはりこの女の子は知っている。どうすれば効果的に僕の心を揺さぶれるか。

彼女はサンダルを脱いで部屋に上がり、僕の隣に立った。彼女のひんやりとした細い二の腕が僕の肘に触れ、僕は電流が走ったみたいに肘を引っ込めた。

「まあいっか。私もちょうど小腹空《す》いてたんだ。ね、私の分もつくって」

僕は一旦あらゆる感情を遮断して彼女と向きあった。そして当初の方針を思い出そうとした。

そう、情報を引き出すんだ。

「昨日の続きだけれど」と僕は切り出した。

「なになに？」

彼女は上目遣いに僕を見つめた。反射的に目を逸らしそうになるのをぐっと堪え、僕は彼女を見据えたまま尋ねた。

「『無理に思い出さなくていい』っていうのは、どういう意味だ？」

なんだそんなことか、とばかりに彼女は微笑んだ。

そして小さな子供に教え諭すように言った。

「無理に思い出さなくていいっていうのはね、無理に思い出さなくてもいいっていうことだよ」

実に夏凪灯花的な物言いだった。義憶の中の彼女は、そういう禅問答的な言い回しを好んだものだ。なぜ千尋くんと一緒がいいのかというとね、千尋くんと一緒がいいからだよ。

ありもしない過去を思い出して懐かしさに頬が緩みそうになるのを懸命に抑え込みつつ、僕は不信の念を表明した。

「どうせ、はったりだろう？　それらしい言葉を並べていれば、僕が君にとって都合のいい勘違いをするとでも思っているんだろう？」

意図的な挑発だった。こうすれば、向こうは僕を信用させるために次のカードを切るかもしれない。喋れば喋るほど嘘は増える。そして嘘が増えれば増えるほど隙も増える。そういう算段だった。

しかし、彼女は僕の挑発には乗らなかった。

ただ寂しげに笑って、

「今はそう思ってくれても構わないよ。幼馴染っていうのも、信じられないなら信じなくていい。私が味方だってことさえ覚えていてくれれば、それで十分だから」

そう言うと、薬缶にもう一人分の水を注ぎ足してコンロにかけた。

　どうやら、一筋縄ではいかないらしい。詐欺師らしく、どこまで踏み込み、どこで引き下がるべきかを弁《わきま》えている。

　この線で攻めても、大した成果は期待できない。別の角度から切り崩すことにした。

「君は知らないだろうけれど、僕は自分の意思で義憶を得たわけじゃない。〈レーテ〉で過去を忘れようとしていたのに、ちょっとした手違いで〈グリーングリーン〉が届いてしまっただけなんだ」

「うん、君がそういう風に解釈してることは知ってる」彼女は訳知り顔で肯いた。「それで？」

「普通の義憶所有者と違って、僕は義憶に執着がない。だから、その登場人物である夏凪灯花にも関心がない。彼女の名を騙れば僕の好意を得られると思ったら大間違いだ」

　彼女はそれを、鼻で笑った。

「うそつき。一昨日酔っ払って帰ってきたときは、あんなに甘えてきたくせに」

　甘えてきた？

　咄嗟《とっさ》に記憶を遡る。しかし、どうしても部屋に入ったあとのことが思い出せない。思いがけず彼女と出会い、いくつか言葉を交わし、それからどのような手順を踏んで布団に横になったのか、その辺りの記憶がすっぽりと抜け落ちている。

だが、他人に甘える――それも同年代の女の子に――などという大胆な芸当が自分にできるとは、どうしても思えなかった。いくら酔っ払っていようと人格の根本は変わらない。僕にもう一つの人格でもない限り、そんな真似は不可能だろう。

おそらくこれもブラフだ。というより、ただの性質《たち》の悪い冗談だ。

「そんな覚えはない」と僕は言い切った。でもその声には動揺が色濃く滲み出ていた。

「ふうん。つい二日前のことまで忘れちゃったんだ？」彼女はあえて僕の隙につけ込まず、薄笑いを浮かべるに留めた。「ま、なんにせよ、お酒はほどほどにしておいた方がいいよ」

薬缶が湯気を吐き出していた。彼女はコンロの火を止めて、二人分のカップラーメンに湯を注いだ。そして僕に追い出されるまでもなく、自分の分のカップラーメンを持って隣の部屋に戻っていった。「おやすみ、千尋くん」と言い残して。

うまくはぐらかされてしまった。

＊

実家の最寄り駅に降り立った瞬間から、既に引き返したい気持ちで一杯だった。今すぐ上りの列車に飛び乗ってアパートに帰りたい、一刻も早くこの町を去りたいと全身が拒否反応を示したが、ここまで来ておいて何もせずに帰るわけにもいかない。これも一種の精神鍛錬だと捉えることにして、僕は無理矢理自分を奮い立たせた。

　町自体が嫌なわけではない。今振り返ってみても、とても住みやすい町だったように思う。丘陵地帯に造成された人口二万人弱のニュータウン。市の中心部へのアクセスがよく、公共施設商業施設ともに充実している。住民のほとんどは中流階級でトラブルを好まない穏やかな人が多い。緑豊かで景観もよく、刺激を求める若者には少々退屈かもしれないが、健やかな少年時代を送るにはうってつけの町だった。

　辛《つら》い思い出があるわけでもない。確かに僕は孤独な少年だったが、そのことで周りから不愉快な目に遭わされた経験は（少なくとも僕自身の認識できる範囲では）一度もなかった。僕の世代に特有の傾向なのか、たまたま僕の周りにそういう人間が集まっていただけなのかは知らないが、僕が通っていた学校では大きなグループというものが存在せず、三、四人のグループが点々と浮かぶ小島のように散在しているだけで、個人的な好き嫌いはあるにせよ、集団圧力みたいなものが発生する余地はなかった。

　いや、そういった事情を差し引いても、単純に「いい子」ばかりだった気がする。町を離れた今だからこそわかるのだが、あの町はちょっと異常なくらい人間のできた子供が多かった。理由はわからない。そういう人々を引きつける土地柄だったのだろう。

町に不満はなかった。僕の不満の対象は、この町に住んでいた僕自身だ。これだけ恵まれた舞台を用意されていたにもかかわらず、ただ一つとして美しい思い出をつくれなかった自分自身の不甲斐なさを痛感させられるのが辛いのだ。

町は完全で、僕だけが不完全だった。

実家までの道中、僕は至るところに過去の自身の影を見た。六歳の僕や十歳の僕、十二歳の僕や十五歳の僕が、当時のままの姿でそこにいた。彼らは一様に無表情に空を見上げ、自分を変えてくれる何かが起きるのを我慢強く待っていた。

でも、結局何も起きはしないのだ。二十歳の僕はそれを知っている。

早く用事を済ませて帰ろう、と思った。十八年分の空白に押し潰されてしまう前に。

きっかけは江森さんからの問いかけだった。

『念のために訊くが、お前、生まれてから一度も〈レーテ〉を使ったことはないんだよな？』

そのはずだ、と思っていた。

しかし、考えてみれば確証はなかった。

〈レーテ〉のオプションには「〈レーテ〉を使用した事実そのものを忘れる」というものが含まれており、その選択が強く推奨されている。そうでもしないと、「自分は一体〈レーテ〉を使って何を忘れたのだろう?」という疑問にいつまでもつきまとわれることになるからだ。

ゆえに、僕自身にその記憶がないからといって、〈レーテ〉を使用したことがないとは言い切れない。僕の両親は子供に義憶は必要ないという考えの持ち主だったが、記憶除去についての見解は、今にして思えば一度も聞いたことがなかった。彼らの教育方針において〈レーテ〉の使用だけは例外的に許容されていた、という可能性はゼロではない。

自宅に到着した。住宅地の端にぽつんと建つ、無個性な築二十年の一戸建てが僕の生まれ育った実家だった。一応ドアフォンを押してみたが、返事はなかった。母はとうの昔に出ていっているし、父は仕事中なのだから当然だ。

鍵を開けて中に入ると懐かしい匂いがした。しかし、だからといって感傷らしい感傷は湧いてこない。アパートに帰りたいという思いが増しただけだ。今や僕にとって「帰る」場所とは、実家ではなくあのけちな六畳間になっていた。

軋《きし》む階段を踏みしめて二階に上がり、かつての自室に足を踏み入れる。案の定、部屋は僕が出ていったときのまま放置されていた。ひどく埃っぽかったので、作業に取りかかる前にカーテンと窓を開け放しておいた。

――万が一、夏凪灯花という知りあいが実在したとして。

彼女に関する手がかりがあるとすれば、それはやはり実家の僕の部屋のほかないだろう。

そう思ってここまで来たはいいが、一つ重大な懸念があった。僕の記憶が正しければ、実家を出る際、僕は自分の持ち物をあらかた処分してしまっている。高校卒業から引っ越しまで目が回るような忙しさだったので、何を捨てて何を残したかも覚えていない。もしかすると、過去の人間関係がわかるようなものは残らず捨ててしまったかもしれない。

一通り部屋の中を調べてみたが、予想通り卒業アルバムは全滅していた。小、中、高の三冊とも見当たらなかった。まあそうだろう。過去を忘れたい人間にとってあれほど目障りなものもない。当然、卒業文集や集合写真といったものも処分されていた。残っていたのは英和辞典とデスクライトとペン立てくらいのものだ。

夏凪灯花の手がかりどころか、僕自身の手がかりすらこの部屋からは失われていた。この徹底ぶりを見ると、髪の毛一本さえ残っていなくても不思議ではない。

中学校に掛けあったら、僕が卒業した年度のアルバムや名簿を見せてもらえるだろうか。おそらく、個人情報の保護を理由に断られるだろう。当時の同級生からアルバムを貸してもらえればそれに越したことはないのだが、中学時代友人がいなかった僕にはそれも不可能だった。連絡先どころか名前だってろくに覚えていない。

あっという間に探索は終わってしまった。これ以上やれることはない。僕はうっすらと埃の積もったフローリングに大の字になり、蟬の声に耳を澄ました。西日が窓から差し込み、壁にオレンジのいびつな四角形を描いていた。開け放したクローゼットからは防虫剤のつんとした臭いが漂っていて、それは季節の変わり目を僕に連想させた。

でも実際のところ、今は夏の真っ只中だ。八月十二日。梅雨はとうに明けたはずなのに、曖昧な空模様が続いている。


「千尋、帰ってるのか?」

階下から僕の名が呼ばれた。父の声だった。

いつの間にか眠っていたようだ。フローリングに横になっていたせいで、体の節々が痛んだ。

起き上がって額の汗を拭っていると、ドアが開いて父が顔を出した。

「何やってんだ、お前」

一年半ぶりに会う息子の顔を見て、父は無愛想に言った。

「ものを取りにきただけだよ。すぐに帰る」

「この部屋、取りにくるようなものなんてないように見えるが」

「そうだね。なんにもなかった」

肩を竦《すく》め、つきあっていられないという顔で引き返そうとする父を僕は呼び止めた。

「念のために確認しておきたいんだけど」

父はゆっくりと振り向いた。「なんだ」

「僕に〈レーテ〉を使ったことはある？」

数秒の沈黙があった。

「ない」と父は断言した。「そういう教育方針だったろう」

つまり、彼の中では義憶移植も記憶除去も同じカテゴリに入るのだ。

「じゃあ、夏凪灯花っていう名前に聞き覚えは？」

「ナツナギトウカ？」めずらしい花の名でも読み上げるみたいに父はその名を口にした。

「知らないな。お前の知りあいか？」

「いや、聞き覚えがないならいい」

「おいおい、質問に答えたんだから事情くらい説明しろよ」

「そういう名前の人から手紙が届いたんだ。昔の同級生を騙る手紙。悪徳商法の類だろうとは思ったけれど、記憶力にはあまり自信がないから、念のため確かめておこうと思って」

あらかじめ用意しておいた嘘だった。江森さんから聞いた話に少しだけ手を加えた。

「念のため、ね」父は右手で無精髭をこすった。「お前、そんなに律儀なやつだったか？」

「そうだよ。親に似てね」

父は笑い、階下に降りていった。おそらく今から酒を飲むのだろう。ウイスキーを飲みながら義憶を回想するのが彼の人生における唯一の楽しみなのだ。

架空の思い出に浸っているとき、父はとても優しい表情をする。妻や息子には一度も向けたことのないような、慈愛に満ちた表情だ。現実が満たされてさえいれば、父はとてもよい人間になれたのだろう。そう僕は推測する。

玄関で靴を履いていると、いつの間にか背後に父が立っていた。彼の一方の手にはウイスキーと氷が入ったグラスがあり、もう一方の手には四つ折りの紙片があった。

「手紙と聞いて思い出したんだが」と父は言った。既に酒が回っているらしく、顔全体に赤みが差している。「お前宛の手紙があったんだ」

「僕宛に？」

「ああ。って言っても、多分相当昔のもんだが」

父はそれを僕に投げて寄こした。僕は手前に落ちた紙片を拾い上げて開いた。

そして混乱の渦の中に突き落とされた。

やはりここに来て正解だった、と思った。

「去年の冬、コートを汚しちまって一時期お前のコートを借りてたんだが、内ポケットに
それが入っててな。お前はどうせいらないって言うだろうが、そのまま捨てたら書いたや
つが気の毒だと思って、一応取っておいた」

「いや」と僕は手紙を畳みながら言った。「助かったよ。わざわざありがとう」

父はウイスキーを一口飲むと、別れの言葉も告げずリビングに戻っていった。

家を出たあと、僕は再びその差出人のない手紙を開いた。

そこにはこう記されていた。

『千尋くんと出会えて幸せでした。さよなら』

＊

帰りの電車の中で、僕は義憶を購入したクリニックについて携帯端末で調べた。

クリニック名を入力して検索にかけてみると、三ヶ月前に調べたときは確かに存在していたはずのウェブサイトが検索結果から消えていた。クリニック名を間違えたのかと思い、財布から診察券を取り出して確認してみたが、特に誤りは見当たらない。

診察券には電話番号が記載されていた。受付時間がもうすぐ終了するところだったので、僕は電話をかけるために直近の駅で電車を降りた。プラットホームのベンチに腰を下ろし、番号を押し間違いのないように入力する。

呼び出し音は鳴らなかった。

『お客様のおかけになった電話番号は、現在使われておりません。恐れ入りますが、番号をお確かめの上おかけ直しください』

検索ワードを変えて何度か調べ直した結果、二ヶ月前にクリニックが閉院していたことがわかった。でもそこからいくら調べても、「閉院した」という以上の情報は出てこなかった。町のコミュニティの掲示板に、そのような書き込みが一つあるきりだ。

僕は諦めて次の電車に乗り、アパートに帰った。

*

彼女は布団で眠っていた。もちろん、彼女の布団ではなく僕の布団だ。例の白無地のパジャマを着て身を丸め、すうすうと寝息を立てていた。

声をかけても起きる気配がなかったので、僕はおそるおそる彼女の肩を揺さぶった。どうして部屋の主である僕が侵入者である彼女に気を遣わなければならないのか、こんな風に遠慮していたらますます増長されるのではないかとも思ったが、叩き起こすほどの度胸もなかった。

三度揺さぶったところで、彼女は目を覚ました。僕の顔を見ると、「あ、おかえり」と嬉しそうに言った。そして上体を起こし、小さく伸びをした。

「やっぱり干したての布団は気持ちいいね」

僕はしばらく無言で彼女を見下ろしていた。

――あの手紙は、誰によって書かれたのだろうか。

僕が実家に残していったコートはただ一着、中学校の通学時に使っていたダッフルコートのみだ。あのコートに袖を通したのは中学三年生の卒業式が最後だから、手紙が内ポケットに入れられたのは十五歳の冬と考えていいだろう。

だが中学時代の僕に、あんな手紙を書いてくれるほど親しい相手はいなかった。誰かのいたずらだろうか？　しかし、それにしては文章が自己完結的すぎる。いたずらなら、もっとこちらの反応を引き出すような内容にするはずだ。校舎裏に呼び出すとか、差出人の名前を書くとか。

手紙の筆跡と、冷蔵庫の中にあったメモの筆跡を頭の中で比較してみる。似ているといえば似ているし、似ていないといえば似ていない。そもそも筆跡なんて十五歳から二十歳で少なからず変化するものだろう。

「どうしたの？」

黙り込んでいる僕を見て、彼女は小首を傾げた。

その仕草も、やはり義憶の夏凪灯花にそっくりだった。

「……君は、あくまで自分が僕の幼馴染だと言い張るんだな？」

「うん。だって幼馴染だもん」

「僕の父親は、夏凪灯花なんて名前は聞いたことがないと言っていた。これをどう説明する？」

「私か、千尋くんのお父さんか、どちらかが嘘をついているってことじゃない？」彼女は即座に答えた。「君のお父さんは、正直な人？」

思わず口ごもった。

言われてみれば、父が僕の質問に正直に答えたという保証はどこにもなかった。好んで虚偽を蒐集《しゅうしゅう》していた父は、同様に、好んで虚偽をばら撒く人間だった。意味のない嘘をつくこともあれば、意味のある嘘をつくこともあった。自己弁護のための嘘をつくこともあれば、他者否定のための嘘をつくこともあった。

あの家庭は嘘の塊だった。その筆頭である父の言うことが、どれだけ信用できるというのか。

「君は、色んなことを忘れてるんだよ」

幼馴染を名乗る女の子はおもむろに立ち上がり、僕との距離を詰めた。

「でもね、それは多分、忘れる必要があったからなの」

こうして向かいあってみると、僕たちの背丈の差は十五歳のときよりも広がっていた。僕を見上げる顔の角度の微妙な変化からそれが見て取れた。あの頃と比べると彼女の体つきはずっと女性的になっていて、それでも相変わらず余分な肉はほとんどついておらず、今の体格差なら多分あの頃より簡単に抱き上げられるだろうなと一瞬想像し、

違う。それは僕の過去じゃない。

「言ってみろよ。僕は何を忘れてる？」

彼女の表情がかすかに曇った。「今の千尋くんには、ちょっと教えられない。まだその準備ができているようには見えないから」

「そうやってはぐらかす気だろう？　僕が何か忘れてるっていうなら、一つくらいその証拠を――」

そこから先は続けられなかった。

「千尋くん」

僕の胸に顔を埋め、彼女が囁いた。

細い指が、背中を慈しむように撫でた。

「ゆっくりでいいの。少しずつ、少しずつ思い出していこう」

耳の穴から熱い液体を流し込まれたみたいに、頭の芯がぞくぞくした。

僕は反射的に彼女を振り払った。体勢を崩した彼女は布団に尻餅をつき、ちょっと驚いたような顔で僕を見上げた。

何より先に、彼女が転んだ先に布団があってよかった、と安堵してしまった。

喉元まで出かかった「悪い、大丈夫か」を飲み込んでから、僕は言った。

「……出ていってくれ」

罪悪感のせいで、ずいぶんと気弱な言い回しになった。

「うん。わかった」

彼女は素直に肯き、乱暴に突き飛ばされたことなど気にしていない様子であどけなく微笑んだ。

「またくるね。おやすみ」

彼女が隣の部屋に戻ると、深い静寂が訪れた。

部屋に残った彼女の気配を消し去るために、煙草を咥えた。ライターが見当たらないのでガスコンロで火をつけようと台所に立ったとき、調理台の上にラップのかかった皿があることに気づいた。中身はデミグラスソースのかかったオムライスで、まだ温かかった。

僕は少し迷ってから料理を屑籠に捨てた。一服盛られているかもしれない、と警戒したわけではない。

それはあくまで一つの意思表明だった。

煙草を吸い終えると、僕は抽斗の奥を探り、詐欺師を出し抜くためにちょっとした細工を施した。それからグラスに半分ばかり冷えたジンを注いでストレートで飲み干した。歯を磨いて顔を洗い、明かりを消して布団に横になる。目を閉じるとほのかに彼女の匂いがしたので、起き上がって枕をひっくり返してからもう一度横になった。もちろんその程度では彼女の残り香は消えてくれず、僕はその夜、夏凪灯花と一緒に昼寝をする夢を見た。

冷房のきいた彼女の部屋で、幼い僕たちは仲のよい双子の兄妹みたいに身を寄せあって眠っていた。カーテンを閉め切った部屋は薄暗く、夜の闇とはまた違った種類の静謐をたたえている。平日の住宅街はしんと静まり返っていて、階下で揺れる風鈴の音のほかには何も聞こえない。二人以外の人類はとっくに死に絶えたのではないかと思うくらい、平和で静かな夏の午後だった。

04　まっしろですね

読書の習慣がない僕にとって図書館といえば学校図書館のことで、学校図書館といえば避難所のことだった。小学校から高校にかけて、図書館は一種の避難所であり、また一種の留置所でもあった。

　クラスに馴染めず、教室に居場所がなくなった生徒は、まず図書館に逃げ込む。図書館にも居場所がなくなった生徒は、保健室に逃げ込む。保健室にさえ居場所がなくなった生徒は、自宅に籠《こ》もる。留置所から拘置所へ、拘置所から刑務所へ、といった具合に。いきなり不登校になる生徒も少なからずいたけれど、大抵の不適合者はそのような過程を経て学校生活から脱落していった。そしてそのほとんどは二度と教室に戻ってこなかった。

〈図書館落ち〉をした生徒の過半数は、数週間で教室に復帰した。図書館からこぼれ落ちたごく一部が〈保健室落ち〉をして、そこから這い上がれる者は稀だった。図書館に何ヶ月も留まる生徒は滅多におらず、それは今や絶滅危惧種に指定されている真の読書家か、僕のように図書館に過適応してしまった奇異な人間に限られた。

中学時代と高校時代、僕は長い昼休みの大部分を図書館で過ごした。けれどもそこにある本を手に取って開いてみたことは、記憶の範囲では一度もない。勉強をするか、昼寝をするかの二択だった。

単純に本というものに興味が持てなかったというのもあるが、それ以上に、自分が図書館の正規利用者ではないことを常に自覚していたからというのが大きい。「私は本が読みたいからここにいるのであって、あなたたちのように教室から逃げてきたわけではありませんよ」という顔をして小難しい本を読んでいる連中と一緒になりたくなかったのだ（今思えば、彼らのやっていたことと僕のやっていたことは本質的には同じなのだが）。

そのようなかたちでしか図書館と関わってこなかった僕だが、今日に限っては正当な動機で県立図書館を訪れていた。もっとも本を借りにきたわけではない。最終的にはそうすることになるかもしれないが、先に試しておきたいことがあった。

受付でカードを提示し、データベースの利用手続きを行う。ここの端末を借りれば、医学関係の商用データベースにアクセスできる。近所の市立図書館ではなく遠方の県立図書館まで出向いたのはそのためだ。義憶関連の研究はここ数年で急速に進んだものが多いので、専門誌に掲載されている最先端の情報に触れておきたかった。

以前ここに来たときは〈レーテ〉の安全性について調べた。今回の用事は、義憶移植による記憶の混乱について調べることだった。

より具体的にいえば、こういうことだ。人が、事実を義憶と誤認することはあるのか。実在した青春時代を、〈グリーングリーン〉の産物だと思い込むようなことが起こりうるのか。

あの女の子の言うことを信じたわけではない。しかし、昨夜の自分の煮え切らなさを省みるに、心のどこかにまだ〈実在説〉を信じようとする部分があることは否定できない。本当に彼女が詐欺師だと思っているなら、あんな風に取り乱すはずがないのだ。

これだという明確な証拠がほしかった。義憶はどこまでいっても義憶であり、現実とは無関係であるという確信が必要だった。でないと、いずれ僕は彼女に誑《たぶら》かされてしまうだろう。

いや、僕を誑かすのはほかでもない僕自身だ。彼女の言葉が本当であってほしいという思いが、夏凪灯花に実在していてほしいという願いが、自発的な記憶の混乱を引き起こすのだ。

甘い期待は根本から断ち切っておかなければならない。

適当な単語を検索ボックスに入力し、少しでも読む価値のありそうな資料は片端からプリントアウトしていく。一時間ほど無心で作業に励み、あらかたのタイトルに目を通し終えると、印刷した文献を携えて閲覧室に向かった。そして半日かけてすべての文献を通読した。

逆の例はいくつも見つかった。義憶の出来事を現実に起きた出来事と誤認することは、どうやらそうめずらしくはないらしい。結局のところ、人は自分の信じたいことを信じるようにできているということだ。真実に耐えられないとき、人は認識の方を捻《ね》じ曲げる。現実を変えるよりそちらの方が楽だから。

一方で、現実に起きた出来事を義憶の出来事だと誤認した例となると、こちらはいくら探してもまったく見当たらなかった。僕は胸を撫で下ろした。ひとまず、不安の芽を一つ摘むことができた。単に調べ方が悪かったのかもしれないが、少なくともそういった症状があまりメジャーでないとわかっただけでも大きな収穫だ。

大きく息を吐き、椅子の背にもたれる。気がつけば窓の外が真っ暗だった。館内の利用客は昼間の半分ほどになっていた。僕は文献を鞄にしまい込み、軽く目のマッサージをしてから席を立った。

正面玄関の自動ドアを出て二歩進んだとき、不意に濃密な夏の夜の匂いがした。一瞬立ち眩みが起きたのは、その匂いが呼び起こした連想の情報量に処理が追いつかなかったからだろう。十九年分の夏の記憶が一挙に押し寄せて、僕の傍らを駆け抜けていった。

夏の夜の匂いは、記憶の匂いだ。この季節が訪れるたびにそう思う。

ちょうど会社帰りの勤め人と学校帰りの学生で車内が混みあう時間帯だった。田舎のラッシュアワーなどたかが知れているとはいえ、一日分の汗を吸い込んだシャツを着た乗客で一杯の閉鎖空間はしっかりと僕の気を滅入らせた。

僕は吊革を心持ち強く握り、車窓を流れる町明かりをぼんやりと眺めていた。五分ほどの間隔で、気怠《けだる》い眠気の波が寄せては引いていった。酷使した目は徹夜明けのように霞んでいた。しかし、それだけの労力を費やす価値はあった。今夜ばかりは、あの詐欺師を前にしても毅然としていられそうだ。

カーブに差しかかり、電車が大きく揺れた。隣に立っていた中年の男が体勢を崩し、僕の肩にぶつかった。それとなく非難の目を向けたが、男は頭も下げず、一目見ただけでゴシップ誌の類とわかる雑誌に読み耽《ふけ》っていた。

僕は反対側の乗客に押されたふりをして、男が読んでいる記事を盗み見た。

さぞくだらない記事に違いない、と頭から決めつけていた。

白抜きのタイトルが真っ先に目に入った。

妻を義者とまちがえた男

眠気が一瞬で吹き飛んだ。

その場で話しかけたいのを堪《こら》え、男が降車するのを待った。男は僕の降車駅の一つ手前で電車を降りた。僕はそのあとをついていき、改札を出たところで呼び止めた。

「すみません」

男が振り返る。数秒置いて、僕が車内で隣に立っていた乗客だと気づいたようだった。

「なんでしょう?」先ほどの横柄な態度とは一転した弱気な物腰で男が言った。

「あの、さっきあなたが読んでいた雑誌なんですけど……」

誌名を尋ねようとしたのだが、男は「ああ、何か気になりました?」と言って小脇に抱えていた雑誌を僕に差し出した。

「どうせもう捨てるつもりでしたから、差し上げます」

僕は礼を言って雑誌を受け取った。男は空《あ》いた手に鞄を持ち替えるとそそくさと立ち去っていった。

再び改札を潜り、プラットホームの色褪せたベンチに腰かけて雑誌を開いた。記事はすぐに見つかった。半ページにも満たない短い記事だったが、そこには今日図書館で読んだ数十の文献よりも僕にとって有益な情報が載っていた。

若くして妻を亡くした男の話だった。

男の眼前で、妻は命を落とした。それはとても惨《むご》たらしい死に方だった。人間としての尊厳を踏みにじるような、それを目にした者は生前の彼女をまともに思い出すことさえ困難になってしまうような、無惨な最期だった。妻が息絶えた次の瞬間には、男は〈レーテ〉の購入を固く決意していた。おそらく妻もこんなかたちで記憶されることは望んでいないだろうから。

悲しい記憶だけを取り除くというわけにはいかなかった。妻の末期だけが思い出せないという不自然な状態に違和感を覚えないはずがない。いずれ自分はその記憶を取り戻そうとしてしまうだろう。忘れるなら徹底的に忘れなければならない。妻との出会いから別れまでのすべてを。

そして彼はそのようにした。〈レーテ〉は有効に作用し、男は妻に関する記憶の一切を失った。

しかし記憶が消えても、半身を失ったような喪失感は依然として彼の胸から去らなかった。それでも再婚（彼自身は初婚だと思っているが）をする気にはなれなかった。喪失感と同様、パートナーを失う恐怖もまた彼の脳に深く刻まれていたからだ。

そこで男がとった選択は、〈ハネムーン〉の使用、すなわち架空の結婚生活の義憶を手に入れるというものだった。クリニックでカウンセリングを受けてから一ヶ月後、彼の潜在的願望に基づいて作成された〈ハネムーン〉が届いた。それは彼の心の穴にぴったりと収まった。義憶技工士の手腕に感心せずにはいられなかった。これこそまさに俺が求めていた思い出だ。彼は偽りの妻の記憶を愛し、そこに心の安寧を見出した。

だがそれからほどなくして、彼は悪夢に悩まされるようになった。起きている最中はその内容を思い出せないのだが、とにかく同じ夢を繰り返し見ているということだけは覚えている。世界中の悪意を煮詰めたような夢で、眠りから覚めるといつも枕が涙で濡れていた。

義憶だと思い込んでいた記憶が実は本物の過去であったことを知るのは、それから二年後の話だ。あの日彼が飲んだのは〈ハネムーン〉ではなく〈メメント〉だった。義憶を植えつけるためのナノロボットではなく、消去した記憶を蘇らせるためのナノロボットが誤って処方されていた。よく似た名前の別の利用者と取り違えられたのだ。架空の妻だと思い込んでいた相手は、今は亡き本物の妻だった。

すべてを思い出してしまった彼が、その後もう一度〈レーテ〉を使用したかどうかについては、残念ながら記事の中では触れられていない。

三回記事を読み返してから、僕は雑誌から顔を上げた。十分後にやってきた電車はがらがらで、乗客は一様にくたびれた顔をしていた。僕はロングシートの端に座り、瞼を閉じて考えを整理した。

記事の内容が事実だという保証はない。ひょっとしたら、ライターが捏《でっ》ち上げただけの根も葉もない話かもしれない。

だが、確かにそういうことは起こりうるのだ。〈メメント〉による記憶の復旧は完全ではない。「記憶を消した」という記憶そのものは忘れたまま核心だけを思い出してしまったとき、それを義憶と誤認するのはむしろ自然なことだろう。

振り出しに戻ってしまった。いや、振り出しよりもっと悪いかもしれない。僕は新たに浮上したこの夢のような新説に飛びつこうとしている。〈グリーングリーン〉の産物だと思い込んでいた義憶の正体は〈メメント〉によって修復された本物の過去であり、〈レーテ〉によって一時的に忘れ去られていただけで、あの素晴らしき日々は絵空事ではなく、夏凪灯花という幼馴染は実在していた――そんな可能性に胸を躍らせてしまっている。

*

読書の習慣がない僕には、かといって音楽を聴く習慣もない。眠れない夜にラジオの音楽番組を流すことがある程度だ。音楽そのものにお金を使ったことは一度もない。だから流行《はや》りの曲も定番の曲もさっぱりわからない。

でも、その唄のタイトルに限ってはすぐに思い出せた。

彼女は今日も部屋で待ち構えていた。台所に立って料理の盛りつけをしながら、鼻唄を歌っていた。

古い唄だ。夏凪灯花がよく口ずさんでいた唄。彼女の父親にはレコード収集の趣味があり、その影響で彼女もやたらと古い音楽に詳しかった。

懐かしいメロディが、義憶を刺激する。

古い本の匂いがした。

「小さな頃は、歌詞の意味なんてわからなかったんだ」

レコードの針が上がると、灯花は言った。

「明るい曲調だったから、きっと明るい唄なんだろうって想像してた。英語がある程度読めるようになってから歌詞を読み返して、びっくりしたよ。私、いつもこんな後ろ向きな唄を口ずさんでいたんだ、って」

　そこは灯花の父親の書斎だった。暇を持て余したときや勉強に疲れたときなどに、彼女は僕を連れてよくそこに忍び込んだ。そして厳粛な儀式を執り行うような手つきでレコードをプレイヤーにセットし、誇らしげな顔で僕にそれを聴かせてくれた。

　僕は音楽に関心はなかったけれど、灯花と書斎で過ごす時間は好きだった。ひどく狭い部屋で、おまけに椅子が一つしかなかったから、僕たちは身を寄せあうようにして床に座ることになった。それは思春期に入って互いに一定の距離を置くようになってからも特例的に二人でくっついていられる唯一の時間だった。彼女も実は音楽そのものは二の次のようで、二日連続で同じレコードをかけているのに気づかないなんてこともたびたびあった。

　そういうわけで、「レコードを聴こう」という彼女の言葉は、僕にとって単なる言葉以上の意味を持っていた。「もっとそっちにいってもいい？」とか「二人きりになりたいな」とか、そういったいじらしい好意が凝縮された言葉が「レコードを聴こう」だったのだ。

　必然的に、僕は書斎に属するあらゆるものが好きになった。古い本、ＬＰレコード、地球儀、砂時計、マントルクロック、ペーパーウェイト、写真立て、ウォッカの瓶（ヒステリア・シベリアナという銘柄だったと記憶している）。それらは書斎を媒介にして灯花の体温や肌の感触と結びついていた。

彼女の口ずさむ唄は、僕も大抵は口ずさめるようになった。二人でいるときに話題が尽きると、僕たちはどちらからともなく一緒に唄を歌ったものだった。

「それ、どんな歌詞だったの？」と僕は尋ねた。本当は歌詞のことなんてどうでもよかったけれど、少しでも長く書斎に留まるために会話を長引かせたかったのだ。

灯花はカンニングペーパーでも見るみたいに空間の一点を数秒見つめて、それから答えた。「そばにいたときはうっとうしく感じていた女の子が、ほかの男にとられた途端に愛おしく思えてきて、『頼むから戻ってきてくれ』『もう一度チャンスをくれ』って嘆いてるの。そういう唄」

「逃がした魚は大きい、みたいな」

「そういうことだろうね」彼女は肯いた。そしてちょっと間を置いてつけ加えた。「なので、千尋くんも気をつけるように」

「僕？」

「うっとうしくてもほっといちゃだめだよ、ってこと」

「別に、うっとうしいと思ったことはないけど」

「ふうん……」

摑みどころのない沈黙が続いた。僕が次の話題を探していると、なんの前置きもなく、灯花が僕にしなだれかかってきた。

彼女は僕に体重を預けたまま、箍の外れた酔っ払いみたいにけらけら笑った。

「これは、ちょっとうっとうしいかもしれない」と僕は照れ隠しに言った。

「文句言わないの」と灯花は窘《たしな》めた。「じゃないとほかの男にとられちゃうよ」

僕は大人しく彼女に従った。


鼻唄が止み、それとほぼ同時に僕の意識は現在に追いついた。

「おかえり」と彼女は振り向いて言った。「ねえねえ千尋くん、今日の料理はちょっと自信作なんだ。一口でいいから食べてみてほしいなあ」

目の焦点がうまく合わず、彼女の姿がぼやけた。

頭の中で、何か固い部品が外れる音がした。

「千尋くん？」

伸ばした手が、彼女の華奢な肩を摑んだ。

次の瞬間には押し倒していた。床に背中をぶつけ、彼女は小さく呻いた。僕はその上に跨《また》がり、手早く目的を遂行した。

鍵はショートパンツのポケットに入っていた。それが彼女の部屋ではなく僕の部屋の鍵であることを確認してから、彼女を解放した。

彼女は身を起こすと、「びっくりした……」と小声でこぼした。そして乱れた衣服を整えもせず、呆然と僕を見上げていた。

僕はドアを指さした。

「出ていけ」

彼女はよろめきながら立ち上がり、靴を履いてドアの前に立った。ドアノブに手をかけたが、思い直したように僕に向き直った。

「……どうしても、私のこと信じる気になれない？」

その逆だ、と僕は思う。

少しでも気を抜けば信用してしまいそうだからこそ、ことさらに冷たくふるまっているのだ。

僕が答えずにいると、彼女は悲しそうに笑った。再び僕に背を向け、部屋を出ていこうとする。

「待て」

呼び止められて振り返った彼女の前で、僕は料理の盛りつけられた皿を摑んだ。彩り豊かな夏野菜の煮込み料理で、神経質といっていいくらい丁寧に盛りつけられていた。

あ、と彼女が小さく声を発した。

僕が皿を傾けると、彼女の手料理は屑籠に吸い込まれていった。

空になった皿を突き出して、僕は言った。

「これは持ち帰れよ」

彼女は眉一つ動かさず屑籠を見つめていた。それから何も言わずに皿を受け取り、静かにドアを閉めて部屋を出ていった。

初勝利だ、と思った。僕は彼女の誘惑を振り切り、夏凪灯花という幻想を既に克服していることを証明してみせた。

だが、ようやく一矢《いっし》報いることができたというのに僕の心は晴れなかった。それどころか、時間が経つにつれてどんどん気分が沈んでいった。僕は冷凍庫からジンを取り出し、グラスに注いで二口で飲み干した。畳に仰向けになって天井を眺め、名状しがたい不快感をアルコールが洗い流してくれるのを待った。

複雑に絡みあった思考をほぐしているうちに、唐突にあることを閃《ひらめ》いた。僕は勢いよく起き上がり、座卓のラップトップを起動した。

＊

どうしてこんな基本的なことを見落としていたのだろうか。

あまりに浮き世離れした生活を送っていたからすっかりその存在を失念していたが、世の中にはSNSというものがあって、電話番号やメールアドレスを知らなくても名前や出身地から知人を見つけられるようになっているのだ。

これを利用すれば、中学時代の同級生と連絡を取ることも容易だろう。当時の話を聞くだけでなく、卒業アルバムを見せてもらうことだってできるかもしれない。ほとんど交流のなかったクラスメイトにこちらから声をかけるなんて考えるだけで気後《きおく》れするが、それで夏凪灯花が実在しない確証を得られるなら実行しない手はない。

最大手のSNSのアカウントを作成し、母校名で検索をかける。さらに年代で絞り込むと、見覚えのある名前が次々と出てきた。

反射的に、息苦しさを覚えた。中学時代の教室に漂っていた空気が、ディスプレイを通じて部屋に流れ込んできたかのようだった。でもそれはほんの一瞬の幻覚で、波立った気持ちはすぐに鎮まっていく。僕はもう中学生ではないし、今後の人生で彼らと関わることは二度とない――これから声をかけるたった一人を例外にして。

八人のクラスメイトが見つかった。六人が女で、二人が男だった。僕はその一人一人の投稿に目を通していった。彼らの人生を覗き見ていった。そんなことをしてもどうにもならないとわかっていたけれど、そうしないわけにはいかなかったのだ。

色んな人生があった。海外留学をしている者。既に就職してばりばりと働いている者。名門大学に奨学金で通っている者。孤児の支援のためにＮＰＯ法人で活動している者。同級生同士で学生結婚している者。

色んな写真があった。大勢の友人とバーベキューをしている写真。浴衣を着た恋人と肩を寄せあっている写真。サークルのメンバーと海で遊んでいる写真。生後間もない赤子を抱きかかえている写真。僕が行かなかった同窓会の集合写真。

あらためて、自分の人生の空虚さを突きつけられた気がした。でも嫉妬めいた感情は湧いてこなかった。地に這いつくばっている人間からしてみれば、雲の上の人間が何をやっていようが知ったことではない。これだけかけ離れてしまうと、かえって比較する気もなくなる。

最後の一人のアカウントをクリックする。高嶺の花の中に、路傍の花が一輪紛れ込んでいた。アップロードされている写真はどれもみすぼらしく、人が写っている写真は一枚もない。近況報告もひどく淡々としていて、「周りの人に促されてアカウントをつくってみたけれど、特に書くことがない」という感じがひしひしと伝わってきた。さらに投稿を遡ると、彼女が隣町に住んでいることが判明した。

僕はもう一度アカウントの登録名を確認した。桐本希美《きりもとのぞみ》。ああ、あの桐本希美か、と納得する。顔も声もろくに思い出せなかったが、それでも彼女の名前はほかのクラスメイトと比べるといくらかはっきりと記憶に残っていた。三年間通してクラスが一緒だったせいもあるけれど、それだけではない。僕がこれまでに出会った人々の中で同族意識を持つことのできた数少ない相手の一人、それが桐本希美だった。

彼女は図書館の住人だった。僕のような〈図書館落ち〉の不本意入館者ではなく、純粋な読書家だ。一年生の春から三年生の冬まで、彼女は一途に図書館に通っていた。図書館中の本を読み尽くす勢いで貪欲に活字を追い、昼休みだけでは飽き足らず、授業の合間や放課後にも暇を見つけて本を開いていた。

顔の輪郭が歪んでみえるくらい度の強い眼鏡と、一本に結った野暮ったい髪型が印象的だった。学力は申し分なく、顔立ちもそこそこ整っていた。一見したところでは生真面目なクラス委員長みたいだったけれど、そういう役職に就くには彼女はいささか人づきあいが悪すぎた。彼女はいつも一人だった。常に目線を低く保ち、日陰とすみっこを選んで歩いていた。

三年間の中学生活のうちに三、四度、授業か何かで彼女とペアを組んだことがある。音楽の授業、美術の授業、あとは何かの校内行事だったと思う。余り者同士、消去法的に結びつけられた。普段は無口な女の子だけれど、一度口を開くと普通の人と同じように話せるということは、そのときに知った。

いや、普通なんてものではない。それどころか、桐本希美は同年代の子供たちとは比べものにならないくらい流暢《りゅうちょう》に日本語を操ることができた。活字の海を泳ぎ慣れているだけあって、言葉の効果的な使い方というものを心得ていた。彼女はその能力を持て余していて、数少ない会話の機会が訪れると、嬉々としてその切れ味を試した。そしてひとしきりはしゃいだあとで深い自己嫌悪に沈み、より一層寡黙になった。

桐本希美はそういう女の子だった。この世界の在り方に馴染めず、そんな自分の在り方に馴染もうとしてさらにこの世界の在り方から離れていってしまうような、不器用な生き方しかできない人間だった。

この人にしよう、と決めた。

最初は本題には触れず、当たり障りのないメッセージを送ることにした。学生時代ほとんど交流のなかった同級生にいきなり「卒業アルバムを見せてほしい」などと要求したところで、個人情報目当ての名簿業者を疑われるのが落ちだ。

二十分かけて書き上げた文章はひどくぎこちなかった。ごく控えめにいっても日本語の得意な外国人の書いたスパムメールみたいだった。まあ、知りあいに個人的なメッセージを送るのは初めてなので無理もない。実際、僕は外国人のようなものなのだ。どこにいても、誰といても。

文章の出来には不満だらけだったが、時間経過に伴い自分の決意が萎《しぼ》んでいくとわかっていたので、酔いが醒める前に推敲もせずに送信した。そしてラップトップを閉じて床に就いた。

その夜も恒例の悪夢で目を覚ました。僕は布団を這い出て台所に立ってコップに水を注ぎ、三杯立て続けに飲んだ。悪夢を見たときはいつもそうする。冷たい水を飲むと身体に現実感が漲《みなぎ》り、悪夢の居場所が失われ、どこかに追いやられるのがわかる。そして数分後にはどんな夢を見ていたかも忘れてしまう。恐怖の余韻が消え去らないときは、ジンを少し飲む。それで大抵はすべて忘れる。クリアな液体にはそういう力がある。〈レーテ〉の語源となった忘却の水はさぞかし澄んだ美しい液体だったのだろう、と僕は想像する。

丸一日が過ぎても桐本希美は返事を寄こさなかった。勧誘員や業者の類を疑われたのか、僕を同級生と認識した上で無視しているのか。前者ならまだ希望はあるのだが、反応が一切ない段階ではそれを判断することもできない。いや、ひょっとしたらＳＮＳをチェックする習慣がないだけかもしれない。

もう一度メッセージを送ってみるべきだろうか、と考え込む。今は何を差し置いても夏凪灯花の正体を暴きたい。そのためには手段を選んでいる場合ではない。そもそも、桐本希美は僕にとってどうでもよい存在だ。彼女を利用したことで後々嫌われたり軽蔑されたりしたところで、こちらにはなんの痛痒《つうよう》もない。

問題は次のメッセージの内容だ。どういった文面なら、向こうは僕を信用してくれるだろうか。僕に興味を持ってくれるだろうか。生まれて初めてラブレターを書く少年のように、僕は文章を何度となく書き直した。自分でも書いている言葉の意味がよくわからなくなってきた頃、ふと最低のアイディアを思いついた。

僕はその案を実行した。文面の詳細は伏せる。江森さんの話に出てきた詐欺師を参考にした、とだけ言っておこう。

効果は絶大だった。僅か一時間後、桐本希美からメッセージが返ってきた。良心を利用しているようで胸が痛む、というようなことはまったくなかったけれど、詐欺師の嘘を看破するために僕自身が詐欺師になったようで奇妙な心持ちではあった。翌日の午後に駅前で会う約束を取りつけて、僕は彼女とのやり取りを切り上げた。

時計を見ると、午後九時を回っていた。ここ数日の傾向からいって、そろそろ夏凪灯花を名乗る女の子が部屋に上がり込んでくる時間帯だ。僕は無意識に彼女の部屋がある側の壁に目をやり、それからドアの方を見た。しかし、なぜか今夜はそのドアが開くビジョンが浮かばなかった。

果たして、その夜彼女は何も仕掛けてこなかった。僕が思い通りに動かないと知って、計画を練り直しているのかもしれない。料理の一件で傷ついたふりをして、僕の反応を窺っているのかもしれない。あるいは何も仕掛けてこないということそれ自体が仕掛けだったのかもしれない。だとすれば、悔しいが彼女の企みは功を奏していた。僕は一晩中隣の部屋の物音に耳を澄まし、彼女がやってこない理由に考えを巡らせることになった。やっと眠りが訪れる頃には、カーテンの隙間から淡い朝日が差し込んでいた。

＊

実に五年ぶりの再会だった。

　桐本希美は待ちあわせの目印にした石像の真正面に律儀に立ち、青い傘を肩に担いでむすっとした顔で雨を睨んでいた。野暮ったい一つ結びの髪は下ろされ、分厚い眼鏡はコンタクトに変わり、服装も垢抜けたものになっていたけれど、全体的な印象はあの頃のままだった。前髪の下からのぞく、あらゆる負の感情をかき混ぜて水で薄めたような瞳の色もまったく変わっていない。まるで桐本希美という概念の核だけを残し、それ以外のものを良質なパーツに取り換えたかのようだった。

　僕の姿を認めると、彼女は小さく会釈した。それから通りを挟んだ向かい側にある喫茶店を無言で指さし、こちらの返事も聞かずに歩き始めた。とりあえず雨宿りをしよう、ということだろう。

　店内は雨宿りの客で混みあっていたが、座れないほどではなかった。窓際の二人がけの席に着き、給仕が置いていった氷水で軽く唇を濡らしてから、桐本希美は重い口を開いた。

「目的はなんですか？」

「目的？」と僕は訊き返した。

「何かしらの思惑があって私を呼び出したんでしょう？」彼女は陰鬱な視線をテーブルの端に落としたまま言った。「宗教勧誘？　マルチ商法？　ネットワークビジネス？　そういうのでしたら、申し訳ありませんが今すぐ帰らせてもらいますから。私、別に救われたいと思わないし、お金にも困ってません」

僕は呆気に取られて彼女の顔を見つめていた。

彼女はちらりと僕を盗み見たあと、ふわふわと目をさまよわせた。

「誤解でしたら、すみません。でも、私みたいなのに連絡してくるなんて、それ以外の用件が思いつかなかったので……」

最後の方は声が掠《かす》れてほとんど聞き取れなかった。

僕はテーブルの中央にあったコップを手前に引き寄せ、ちょっと迷ってから一口飲んだ。

どうしたものだろうか。「そんなことはない、僕は純粋に君と会いたくて連絡を取ったんだ」と言いたいところだが、彼女の想像はいいところまでいっている。僕は宗教の信徒でもマルチ商法の勧誘員でもないが、彼女に会うことそのものを第一の目的としてここに来たわけではない。本意は別のところにある。

この場でしらを切るのは簡単だ。でも自分がその演技を長時間続けられるとは思わなかった。誰かに好意を持っているふりを自然に行えるような人間だったら、今頃こんなに孤独になっていない。

僕は給仕を呼び止めてコーヒーを二人分注文した。そして桐本希美の疑問を肯定も否定もせず、代わりにこう尋ねた。

「もしかして、実際にそういう経験があるとか？」

場を繋ぐための、意味のない質問だった。

でもそれは、結果的には最良の返答だった。

彼女は目を見開いてびくりと身体を震わせ、睫毛《まつげ》を伏せ、石のように黙り込んだ。傍目《はため》にわかるほどひどく取り乱していて、なんだか悪いことをしてしまったな、という罪悪感に襲われた。

それから長いあいだ彼女は沈黙を守っていた。何かを言い出しかねているのか、それとも僕の次の言葉を待っているのか、あるいは腹を立てて口もききたくないのか、それは彼女の表情からは読み取れなかった。

深い意味はなかったんだ、気にしないでくれ、と僕が謝罪しようとしたとき、桐本希美がぼそりと小声で何かつぶやいた。

僕は彼女の声を聞き取ろうとテーブルに身を乗り出した。

「高校に入学してすぐに、友達ができたんです」と彼女は乾いた声で言った。「人見知りで一人ぼっちだった私に、その子は毎日親しげに声をかけてくれました。生まれて初めてできた友達でした。とても気立てのいい子で、私と違ってクラスの皆から好かれていました。誰とでも仲よくできるはずなのに、いつも私を最優先にしてくれて、そのことで私はとても誇らしい気分になったものでした」

彼女はそこで口元に温かい笑みを浮かべたが、その笑みは二秒と持たなかった。

「でも、仲よくなってから一ヶ月ばかり過ぎた頃、彼女は私を妙なところに連れていきました。聞いたこともない胡散臭《うさんくさ》い新興宗教の集会でした。翌週も、翌々週も彼女は私をそこに連れていきました。友達のいない私なら、簡単に丸め込めると思ったんでしょうね。入信する気はないからもう誘わないでほしいと思い切って伝えてみると、次の日から彼女は私と口をきいてくれなくなりました。のみならず、悪意ある噂を学校中に流されて、それから三年間、私は毎日のように冷ややかな視線や心ない言葉を浴びる生活を送ることになりました」

コーヒーが運ばれてきた。給仕は僕たちのあいだに降りた気詰まりな沈黙の意味を測りかねるように曖昧に微笑み、軽く礼をして去っていった。

「……大変だったね」

そう言うほかなかった。

「はい。大変でした」彼女は肯いた。「なので、私は嘘が嫌いです」

その話を聞いたあとで彼女に嘘をつくだけの肝の太さを僕は持ちあわせていなかった。

本当のことを言うしかないだろうな、と腹を括った。

　見方を変えれば、桐本希美は僕が詐欺師である可能性が高いとみた上で、それでも僕に会いにきてくれたのだ。頼みごとを断れない性分なのだろう。となると、正直に本来の趣旨を打ち明けた方が話が早そうだ。

　コーヒーを啜《すす》り、カップをソーサーに戻してから僕は言った。

「半分は、桐本さんの予想通りだ」

　彼女は弾《はじ》かれたように顔を上げて、しかしすぐにまたうつむいた。

「半分？」

「桐本さんに連絡を取ったのには、ちょっとした魂胆があるってこと。それは事実だ」

「……もう半分は？」

「声をかける相手は、誰でもよかったわけじゃない。ほかにも候補は複数いたけれど、その中で誰かと会うとしたら、絶対にほかの人は嫌だと思った。桐本さんだから連絡を取る気になったんだ。そういう意味では、僕は意図して桐本さんに会いにきたともいえると思う」

　彼女は再び黙り込んだ。でも今度の沈黙はそう長くは続かなかった。

彼女は無表情に言った。

「それで、ちょっとした魂胆というのは？」

どうやら第一関門を突破したようだった。

僕は彼女に礼を言い、それから本題に入った。

「夏凪灯花、っていう名前に聞き覚えはない？」

「夏凪灯花？」

「中学時代のクラスメイトに、そういう名前の女の子がいた覚えはない？」

彼女は両手の指をテーブルの上で合わせて考え込んだ。

「ご存知でしょうけど、私、中学時代も同級生とはほとんど交流がなかったんです。だから、あまりはっきりしたことは言えません。ただ……」

長い前髪の下から僕を覗き込むようにして、彼女は言った。

「少なくとも私の記憶している限りでは、クラスにそういった名前の生徒はいなかったと思います」

それから桐本希美はクラスメイトの名前を一人一人挙げていった。あまりはっきりしたことは言えない、なんて謙遜もよいところだった。彼女は各学年でクラスメイトだった生徒全員の名前を諳《そら》んじることができた。

「これで全員だったと思います」彼女は指折り数えるのをやめてそう言った。「何年も前の話なので、自信はありませんが」

「いや、多分その通りだ。すごい記憶力だね」

「顔は全然覚えてませんけどね。不思議と、名前は忘れないんです」

僕は腕組みをして考え込んだ。おそらく、桐本希美の記憶力は本物だ。これほど記憶の確かな人間が、実在したクラスメイトの名に聞き覚えすらないというのはあり得ない。やはり夏凪灯花などという生徒は存在しなかったのだ。

しかしそれでも、記憶によって生じた問題を記憶によって解決してしまうのには抵抗があった。そもそも一連の疑問は「記憶というものは当てにならない」というところから出発している。それを記憶によって解決するのは、ある種の反復に過ぎないのではないかと思ってしまう自分がいる。

「桐本さんの記憶は正しいと思う」と僕は言葉を選んで言った。「ただ、自分を納得させるために、もう一つくらい明確な証拠がほしいんだ。桐本さん、卒業アルバムってまだ持ってる？」

「ええと、はい。アパートのどこかにあると思います」

「もしよかったら、見せてもらってもいいかな」

「今からですか?」

「そうだね。できれば早い方が助かるけど、もし桐本さんが……」

「でしたら、行きましょう」

僕が言い終わるより早く、彼女は伝票を摑んで立ち上がっていた。

「私のアパート、ここからそれほど離れていないので」

雨の町を、僕たちは黙々と歩いた。五年ぶりに再会したクラスメイトとは思えないくらい、僕たちのあいだには会話がなかった。

こういうとき、普通は近況を語りあうのだろう。共通の知人の噂話なんかを挟んで、話題は徐々に過去に遡り、当時の笑い話や印象深い出来事などを持ち出して思い出話に花を咲かせるのだろう。

でも僕たちには思い出なんてなかった。現在までつきあいのある知人もいなかったし、近況なんて語っても惨めになるだけだ。僕たちは互いが教室の端っこで薄い空気を呼吸しながらひっそりと生き、図書館で束の間の安息を得るだけの灰色の日々を送っていたことを知っている。そのような過去をあえて掘り返して確かめあう気にはなれなかった。

駅前からバスで二十分ほど移動し、そこから五分ばかり歩いたところに桐本希美のアパートはあった。僕の住む築古アパートと比べるとずいぶん小綺麗なアパートで、外壁には汚れ一つなく、駐車場には若い女性が好みそうな色合いの軽自動車が並んでいた。

　ドアの前で待機する気でいた僕に、彼女は部屋の中から手招きした。

「急いでるんでしょう？　ここで見ていって構いませんよ」

　親しくもない女の子の部屋に上がるのには少し抵抗があったけれど、極力早くアルバムの中身を確認したいのも事実だった。ここは素直に彼女の厚意に甘えるとしよう。僕は濡れた傘を廊下の壁に立てかけ、桐本希美の部屋にお邪魔した。

　散らかっている、という表現はおそらくフェアではない。たくさんの本がある、という表現が適切だろう。大きな書棚が三つあって、いずれもみっしりと本が詰まっており、そこに収まりきらなかった本たちが床やテーブルのあちこちに塔をつくっていた。よく見るとそれらは彼女なりの規則性に基づいて配置されているらしく、妙な言い方だが、散らかっているなりに片づいているという印象を受けた。

「汚い部屋ですみません」何かを察した彼女が恥じ入った様子で言った。

「いや、物が多すぎるだけで、汚いとは思わないけど」

　一般的な女の子の部屋というのがどういうものなのか僕には見当もつかないけれど、桐本希美の部屋が平均から大きく逸脱しているのは明らかだった。非常に個性的な部屋だが、一方で、その印象を決定づけている本の山さえ取り除いてしまえば、一転してそこは匿名的な空間に変わる。テーブル、ベッド、ソファ、どれも無個性を通り越して記号的なデザインのものばかりだ。まるでただ「テーブル」「ベッド」「ソファ」と書いてそこに貼りつけたみたいに。

彼女は書棚の前でしゃがみ込んだ。大判の本やアルバムといったものは最下段に収められているようだ。

卒業アルバムを探しながら、桐本希美は僕に尋ねた。

「それにしても、どうして卒業アルバム持ってないんですか？　買わなかったんですか？」

「捨てたんだ。家を出るときに、身軽になりたくて」

「あなたらしいですね」彼女は小さく噴き出した。「私も一度捨てようと思ったんですが、見ての通り、本のかたちをしたものが捨てられない性分なんです」

「らしいね。でも、おかげで助かったよ」

「いえ、どういたしまして」

卒業アルバムは二番目の書棚で見つかった。彼女はそれを引っ張り出して埃を払ってから、「どうぞ」と言って僕に差し出した。

まずは卒業生の個人写真が並んでいるページを開いた。自分のクラスを一通り確認したあと、念のため他クラスにまで目を通してみた。

「いませんね」と隣から覗き込んでいた桐本希美が言った。

三周してみたが、彼女の言っていた通り、夏凪灯花などという生徒は見当たらなかった。

その後、僕たちは各委員会や部活動のメンバーの集合写真、授業風景や学校行事を撮影した写真などを一枚一枚確認していった。桐本希美はその一人一人の名前を言い当てることができた。

「千尋くん」

突然自分の名前を呼ばれてびっくりしたが、彼女は「千尋くんがそこに写っているよ」と言いたかったようだ。彼女が指さす写真には、板書をとっている僕の姿が写っていた。

写真の中の僕は、ひたむきに授業を受けている殊勝な生徒に見えなくもなかった。でも、本当はそうでないことを僕は知っている。あの頃は時計ばかり見つめていた。黒板の上の掛け時計をじっと睨み、ただただ授業が終わるのを待っていた。一秒でも早く学校から出て一人になりたかった。そして僕がそう願えば願うほど、時計の針の動きは鈍重になっていくように思えたものだった。

次に目に入った写真には、僕がＳＮＳで同級生を検索したとき最初に見つかった女の子が写っていた。文化祭の演劇の一場面を捉えた、いかにも卒業アルバム映えする写真だ。華やかな女の子だった。美人だけど嫌味がなく、誰とでも分け隔てなく接するので、皆に好かれていた。

ふと、彼女のアカウントにアップロードされていた同窓会の写真のことが頭に浮かんだ。
「そういえば桐本さんって、同窓会に出席した？」と僕はなんの気なしに訊いてみた。
「いえ」彼女は小刻みに首を振った。「ということは、千尋くんも？」
「うん。特に会いたい人もいないし、僕に会いたがっている人もいないだろうから」
「私もそんな感じです。誰と会っても、悲しくなるだけだろうから。それに――」
そこまで言いかけて、彼女は固まった。真っ白な見開きが突然視界に飛び込んできたからだ。

僕にはそれの意味するところがわからなかった。印刷ミスだろうか、とまず考えた。でも直後、それが友人同士で寄せ書きをするためのスペースであることに思い至った。

僕は何食わぬ顔でページを捲《めく》ったが、彼女は「まっしろですね」と言って自嘲気味に微笑んだ。

僕だってそうさ、と言いかけて、やめた。多分向こうもそれくらいわかっている。

ほどなく僕は全ページの確認を終えた。卒業アルバムは、僕の同級生に夏凪灯花という女の子が存在しなかったことを証明していた。

部屋を出る直前、桐本希美が「あの」と控えめに尋ねてきた。

「夏凪灯花っていう人は、結局何者なんですか？　なぜ千尋くんはその人を探してるんですか？」

「ごめん。あまり話したくないんだ」

僕は彼女を顧みずにそう答えた。なぜだかわからないが、これ以上この部屋にいたくなかった。早くアパートに帰って一人でジンを飲みたかった。

「そうですか」

彼女はあっさりと引き下がった。

僕は溜め息をつき、振り返って言った。

「架空の人物だよ」

その一言だけで、桐本希美はすべてを察したようだった。

「義者、ですか？」

僕は肯いた。

「ちょっとしたアクシデントのせいで、今僕の頭の中では記憶と義憶が綯《な》い交ぜになっててね。昔、自分のことを好いてくれた女の子がいたっていう錯覚に悩まされてるんだ。馬鹿みたいだよな」

彼女は優しく微笑んだ。

「わかりますよ。私にも似たような経験があるので」

それから彼女は何かを言いかけた。おそらく、「似たような経験」の内容に触れようとしたのだろう。でもその言葉は空気を震わせる寸前で喉の奥に引っ込んでしまった。代わりに、彼女は別の当たり障りのない言葉でそのやりとりを締め括った。

「早く夢が覚めるといいですね」

僕はほんの少しだけ笑った。そして「今日はありがとう」と礼を言った。

「いえ、私も久しぶりに昔の知りあいと会えて嬉しかったです。それでは」

ドアが閉まる寸前、小さく手を振る彼女が見えた。

それが桐本希美を見た最後だ。

外では雨が降り続いていた。アスファルトのくぼみにいくつもの水溜まりができて、降り注ぐ雨粒が幾何学模様を描いていた。雨は人生の歩道から思い出を洗い流す、と誰かが言っていた。今日掘り起こしてしまった一連の記憶を早く忘れてしまいたくて、僕は開きかけた傘を閉じ、しばらくそのまま濡れるに任せていた。

05　ヒーロー

デジタルカメラの普及以後めっきり数を減らした幽霊だが、その一部は数十年の歳月をかけて電子空間に移住していたらしく、ある時期を境にウェブのあちこちで電子の幽霊の目撃証言が散見されるようになった。ほとんどはただの作り話か手の込んだいたずらだったけれど、大々的なニュースとなったにもかかわらず未だに真相が解明されていない事件もいくつかある。

もっとも広く知られた電子怪談は〈茅野《かやの》姉妹〉の一件だろう。五年間毎日のように通話をしていた友人が実は二年前に亡くなっていた、というある女性の体験談だ。なお、この話にはちゃんとした落ちがある。タイトルに〈姉妹〉とあるように、女性の友人には瓜二つの妹がいた。この妹が亡くなった姉に成り代わっていた、というのが事の真相だ。

社交的な姉と対照的に妹は引っ込み思案な性格で、姉以外に親しい人間がいなかった。たった一人の話し相手を失い会話に飢えていた茅野妹は、姉の友人からかかってきた電話に姉のふりをして応じた。そしてそのまま死者の代役を演じ続けた。姉のふりをして通話し、姉のふりをして女性と会い、姉のふりをしてSNSを更新し続けた。茅野姉妹は顔も背格好もそっくりだった上、妹は姉のことならなんでも知っていたので、女性は二人が入れ替わったことにまったく気づかなかった。二年越しの嘘はある日ごく些細《ささい》なきっかけから露見してしまうことになるのだが、その後二人はあらためて友人関係を結んだらしい。

これだけならただの心温まる話なのだが、気味の悪い後日談がある。生前の茅野姉が使用していたSNSアカウントに本人による最後の投稿と目される記事があり、そこに残されていた文章が波紋を呼んだ。一見取り留めのない文章なのだが、捉えようによっては「身近な人間に命を狙われている」とも受け取れる内容だったのだ。記事は第三者によってアーカイヴから発掘されたもので、元記事が茅野妹の手によって削除されていたことが騒ぎを大きくした。姉の友人を自分のものにしたかった妹が姉を殺害した、という噂がまことしやかに囁かれた。

結局その件に関して茅野妹からの説明は一切なく、アカウントは放置され、今は名高いウェブ廃墟として肝試しのスポットになっている。

＊

雨が三日続き、申し訳程度に曇りの一日を挟んでまた三日降り続けた。こうも悪天候が重なると、青空の色を忘れてしまいそうだ。天気予報によれば大規模な台風が近づいているらしく、それさえ過ぎ去ってしまえばしばらくは快晴が続くということだった。

思えば、不思議なくらい雨の多い夏だった。大雨が降ることは稀だったけれど、代わりに霧のように細かい雨がいつまでも途切れることなく降っていた。おかげで僕はコインランドリーとアパートを何往復もする羽目になった。幸いコインランドリーの中はほどよく冷房が効いていたので、洗濯物を乾燥機にかけているあいだ、僕は古い雑誌や新聞などを読んでゆったりとした時間を送ることができた。

その一週間で、一本の傘を失くし、一本の傘を風に折られ、一本の折り畳み傘を盗まれた。すっかり黒ずんだサンダルを捨て、新しいサンダルを買った。除湿剤を押し入れの中に放り込んだ。雨が僕の人生にもたらした影響は、せいぜいそれくらいだった。もとよりアルバイト以外には何もない毎日だ。雨天時のレンタルビデオショップは平時よりさらに客足が遠退《の》いており、まるで山奥の土産物屋で働いているみたいだった。店内には陰気な黴の臭いが漂っていたが、店主はまったく気にかけていない様子だった。

　江森さんからは一度も連絡がなかった。彼のほかに友人のいない僕は、必然的に一人きりで過ごすことになった。いつものことだ。これが僕の日常なのだ。

　アルバイトが休みの日は、県立図書館に行って義憶に関する文献を読み漁った。特に知りたいことがあったわけではないが、興味のない雑誌を読むよりも興味のない学術文献を読んだ方がいくらか面白いことに気づいたのだ。

　文字を追うのに疲れると軽く眠り、休憩所に行って自販機のコーヒーを飲み、煙草を二本吸ってから閲覧室に戻った。五時を知らせる『夕焼け小焼け』を区切りにして図書館を出て、帰りがけに缶ビールを買い、ちびちび飲みながら駅からアパートまでの田舎道をゆっくり歩いた。そしてテレビを観るかラジオを聴くかしながらカップラーメンだけの夕食をとり、シャワーを浴びて一日の汗を流し、だらだらと夜中までジンを飲み、空が白み始めてきた頃に眠った。

　吸い殻、空き缶、空き瓶、そんなものを通じて僕は辛うじて日々の移り変わりを実感していた。それらがなかったら、昨日と今日の区別さえつかなかっただろう。それくらい僕の毎日は変わり映えがしなかった。一年前の今頃何をしていたかもうまく思い出せなかった。

証拠は出揃っていた。父と桐本希美の証言。卒業アルバムのクラスページ。夏凪灯花などという幼馴染は、やはり存在しなかった。僕の記憶違いではない。彼女は義者であり、義憶技工士によって生み出された架空の人物に過ぎない。

あとはあの詐欺師にそれらの証拠を突きつけて、敗北を認めさせるだけだ。それですべてが終わる。チェストの奥にしまった〈レーテ〉を飲んで、一連の馬鹿げた事態に終止符を打つ。

そのつもりだった。

ところが、「おやすみ」を言わずに部屋を出ていったあの日から、夏凪灯花を名乗る女の子はぱったりと姿を見せなくなった。夜になると部屋の明かりがつくのでそこにいるのは確かだったが、これといって動きらしい動きはなかった。

僕を陥れることを諦めたのだろうか。それとも、何か手の込んだ仕込みをしているのだろうか。気にならなかったといえば嘘になるが、こちらから声をかけようとは思わなかった。このままうやむやにして終わらせるつもりなら、そうすればいい。新たな策を練っているというなら、次に来たときに返り討ちにしてやろう。そうしてなんらかのかたちで決着がついたときが、〈レーテ〉を飲むタイミングに相応しい。

その日も朝方まで飲み続け、気絶するように眠り、八時間後に風音で目覚めた。嵐だった。窓の隙間から口笛のような音がする。ラジオをつけると、ちょうど台風情報を伝えていた。

頭と喉が痛んだ。二日酔いと煙草の吸いすぎだ。僕は昨晩のジンの匂いが残るグラスで水を胃に流し込み、作り置きのコーヒーを温めてゆっくり飲んだあと、換気扇の下に立って煙草を吸った。二本の煙草を灰にしてしまうと、布団に倒れ込んでラジオと雨音に耳を傾けた。

雨は好きだ。皆が一様に困らされている感じがして、平等でいい。快晴を楽しめるかどうかにはかなりの個人差があるが、豪雨は皆ほどほどにしか楽しむことができない。部屋で温かいものでも飲みながら、雨風が運んでくる非日常感を安全圏から享受するのが関の山だ。

ラジオに飽きると、窓辺に座布団を敷いて座り、昨日図書館で借りてきた本を開いた。聞いたこともない分野で聞いたこともない業績を残した聞いたこともない偉人の伝記だ。僕にとって、本は自分と無関係であるほど望ましい。今ここにいる自分という存在を忘れられる。急に本なんて読む気になったのは、先日会った桐本希美の影響だろう。

三十分ごとの小休憩を挟みつつ、僕は本をじっくりと読み進めていった。時折一際《ひときわ》強い風が吹いて、窓ガラスを雨粒が叩く音がした。時間は驚くほど緩慢に流れた。

午後三時を回った頃だろうか。

不意に、強烈な空腹感に襲われた。

人間性を根こそぎ奪い取るような、凶暴な空腹だった。思えば起きてから何も口にしていない。そう思った途端、麻酔が切れたみたいに胃がきりきりと痛み出す。

本を置いてシンク下を開けてみたが、カップラーメンは一つも残っていなかった。当然、冷蔵庫も空だ。諦めて煙草を吸おうとしたが、先ほど吸ったのが最後の一本だった。どうやら買い物に出るほかなさそうだ。

傘は役立ちそうになかったので、ヨットパーカのフードを目深に被り、サンダルを履いて嵐の中に踏み出した。三時過ぎとは思えないほど外は薄暗く、往来には風に飛ばされたごみやら木の枝やら折れた傘やらが散乱している。横殴りの雨で目を開けていられず、突風が吹きつけるたびに身体がよろめいた。

スーパーマーケットはいつになく閑散としていた。一番安いカップラーメンと煙草を買い込み、買い物袋の口をきっちりと結んで店を出る。雨はさらに激しさを増していた。

猛風から身を隠すように、塀に沿って歩いた。ふと僕は足を止めた。道路に面した出窓から、何者かがこちらを覗き見ていた。

人ではなかった。猫だ。近所で何度か見た覚えのある虎猫だった。野良猫だとばかり思っていたが、飼い主がいたらしい。「こんな雨の日に出歩くなんて物好きなやつだ」という顔つきでこちらを凝視していた。僕は出窓に近寄って顔をしかめてみせたが、猫はまったく動じず、置物みたいに固まって僕を眺めていた。

アパートに戻ると、濡れた服を洗濯籠に放り込んでシャワーを浴びた。浴室を出て薬缶に湯を沸かそうとしたところで、あれほど切羽詰まった空腹感が嘘のように収まっていることに気づいた。

畳に寝転び、買ってきた煙草をじっくり味わって吸った。部屋は涼しく、畳のざらざらとした感触が心地よかった。雨は休むことなく町に降り注ぎ、あらゆる事物から意味や意義といったものを剝ぎ取りまとめて洗い流していた。僕は出窓の猫を思い、それから出窓の幽霊に思いを馳せた。

＊

七歳の夏、幽霊を見たことがある。

今から語るのは取るに足らない与太話だ。第一に、ここで登場する幽霊は本物の幽霊ではない。第二に、これはそもそも義憶の中の話だ。この時点で怪談としての価値はあらかた失われている。

幽霊は近所の古い和風住宅に住み着いていて、二階の張り出し窓からいつも通りを見張っていた。髪の長い少女の幽霊で、線が細く、色が白く、いつ見ても物憂げな雰囲気を漂わせていた。僕が近くを通りかかるたびに、彼女は窓に張りつくように身を乗り出して目で追ってきた。

きっとその家で昔亡くなった子供なのだろう。僕は彼女を憐れみ、同時に怯えてもいた。ひょっとしたら彼女は同年代の生きた子供が妬ましくて、僕を道連れにしようと考えているのかもしれない。無表情に僕のことを見つめているが、その色のない瞳の奥では生ける者への憎悪の炎が渦巻いているのかもしれない。少女の幽霊と顔を合わせるのが怖くて、僕はその道を早足で通り抜けるようにしていた。

折しもテレビで夏の心霊特集を見たばかりだったこと。近所で数年前に子供が行方不明になっているという噂話を小耳に挟んでいたこと。少女が不自然なくらい真っ白なワンピースを着ていたこと。いくつかの要因が重なって、僕は窓から往来を眺めているだけの病弱な少女が幽霊であるという思い込みを抱くことになった。感性が豊かだったというよりは知性に乏しかったというべきだろう。

その夏、僕は水泳教室に通っていた。通っていたというか、通わされていた。小学校が夏休みに入った息子が一日中家にいることを疎ましく思った母が、体よく僕を家から追い払うために短期の水泳教室に申し込んだのだ。自宅から歩いて十分ほどのプールで、生徒は僕のほかに五人しかいなかった。その五人はもとから友人同士らしく、僕だけが蚊帳の外にいた。もっとも、そうした疎外感は生まれたときからずっと家で味わっていたから今さら問題にはならなかった。僕の関心は幽霊にのみ払われていた。

プールは奥まった土地に建っていて、そこに行くにはどうしても避けては通れない道があり、幽霊屋敷の窓はちょうどその道に面していた。親の送迎もなく、一緒に行き帰りする友達もいなかった僕は、いつもその前を一人で歩くことになった。行きは明るいからまだいいのだが、帰りは夕方になることが多く、薄闇の中で少女と目が合うと身が凍るような恐怖に襲われた。それでも目を離したらその隙に何かとんでもないことが起きるような気がして、僕は窓の前を通り過ぎたあとも何度も背後を振り返り、少女がそこにいることを確認するようにしていた（彼女がそれを好意の証だと捉えているなんて思いもしなかった）。

日ごとに、幽霊を見かける頻度は増していった。種を明かせば僕がその道を利用する時間帯を少女が把握しただけなのだが、僕はその変化を不吉な兆候として受け取った。おそらく彼女の中で何かが進行しているのだ、と思った。

その予想はある意味では正しくて、ほどなく幽霊は僕の顔を見ると窓の向こうからにこりと微笑みかけてくるようになった。無邪気な笑顔だったが、恐怖に曇った僕の目にそれは捕食者の冷酷な笑みとして映った。おまけにその笑みは僕専用らしく、ほかの子供が通りかかっても彼女が表情を変えることはなかった。僕の不安は確信に変わった。

あれは悪霊なのだ。可愛らしい少女の姿を借りてはいるが、その正体は人の魂を喰らうべく品定めをしている飢えた獣なのだ。そして僕は——理由はまるでわからないが——その悪霊に目をつけられてしまったのだ。

恐怖は少しずつ僕の生活を侵食していった。どうすればあの幽霊に見逃してもらえるのか、それればかりを考えるようになった。寝ても覚めても少女の顔が頭に浮かんだ。こういうとまるで片思いに身を焦がす少年のようだけれど、当の本人は心底怯えていた。いつか彼女は僕を迎えにくるのではないか、あの窓が開いたとき何か取り返しのつかない事態が生じるのではないか、と毎夜悪夢にうなされていた。

誰かに相談しようと何度も思ったが、彼女の存在について触れること自体が厄災を呼び寄せそうに思えて踏ん切りがつかなかった。それに、友達がおらず両親から相手にされない僕にはそもそも初めから相談相手などいなかった。

気が遠くなるほど長い一ヶ月だった。それでも、やがて終わりがきた。

最終日の日程が終わり、僕はインストラクターの二人に挨拶をしてプールをあとにした。長時間泳いだせいで身体は疲れ切っていたが、足取りは軽やかだった。これでやっと解放される。もう二度とあの窓の前を通らなくて済む。少女と顔を合わせなくて済む。そう思うと心が弾んだ。

幽霊屋敷が見えてきた。胸の鼓動が速まる。西日のせいで、窓の向こう側の様子は遠目には見えなかった。それでも僕にはわかっていた。今日も彼女はそこにいるだろう。張り出し窓の枠に頬杖をついてぼんやりと遠くを眺め、僕の姿を見つけて身を乗り出し、その顔を綻《ほころ》ばせるのだろう。

果たして、幽霊はそこにいた。

でも今日の彼女は何かが違った。僕を見つけてもぴくりとも動かなかったし、笑みも浮かべなかった。僕が初めてここを通ったときのように、ただ機械的に視線を追尾させるだけだった。僕は彼女の表情を読みとろうとして目を凝らした。

幽霊が泣いていると気づいたそのとき、僕が一ヶ月かけて築き上げた認識はひっくり返ってしまった。その転換は一瞬だった。今や僕を脅かす悪霊は存在せず、そこには血の通った一人の女の子がいるだけだった。

幽霊なんてとんでもない。窓の向こうでしゃくり上げている彼女は、なんらかの理由で家に閉じ込められ、外の世界に焦がれて窓際に張りついている、気の毒な囚われの少女に過ぎなかった。彼女の華奢な体軀が、さらに一回り小さくなったように感じられた。僕はこんな弱々しい女の子に怯えていたのか、と自分が情けなくなった。

同時に、なぜ彼女は泣いていたのだろうという素朴な疑問が湧いた。脅威が取り除かれた今、残っているのは大袈裟に怯えていたことへの気恥ずかしさと、少女に対する純粋な好奇心だけだった。

張り出し窓と道路を隔てるブロック塀の高さはせいぜい一メートル程度で、侵入は容易だった。かすかに塩素臭がするバッグを先に放り込んでから塀を乗り越え、敷地内に着地する。そして、今までは離れたところから眺めるだけだった窓の前に立った。

彼女は僕の一連の行動をぽかんとした顔で眺めていた。僕が窓ガラスを軽くノックすると、雷に打たれたように背筋を伸ばし、慌てて鍵を外して窓を開いた。そうして僕たちは、初めて至近距離で見つめあった。

ひぐらしの鳴き声が響く八月の夕暮れだった。

少女は涙ぐんだ目で微笑み、「えへへ」と「んふふ」の中間くらいの声を発した。

既に彼女に対する疑いは晴れていたけれど、どうしてもこう尋ねずにはいられなかった。

「君、幽霊じゃないよね？」

彼女は二、三度瞬きをしてから小さく噴き出した。そして拍動を確かめるように左手を胸元に当て、僅かに首を傾けて言った。

「生きてるよ。今のところはね」

それが夏凪灯花との出会いだった。以後十年にわたり、僕はその間の抜けた質問のことで繰り返しからかわれることになる。彼女がその日泣いていた理由は、結局教えてもらえず終いだった。


七歳の僕の耳には、〈ゼンソク〉も〈ホッサ〉も遠い異国の言葉のように響いた。それでも少女が慢性的な病を抱えていて、家から出ることを親から禁じられているという話の輪郭だけはおぼろげながら摑むことができた。

「いつ発作が起きるかわからないから、できるだけ家にいなくちゃならないの」

病状を説明するのに慣れているのか、あるいは親や医者の話を何度も聞いているうちに自然と身についたのか、喘息について語るときの彼女の口調は妙に滑らかで、七歳児にはそぐわない語彙が次々と出てきた。

「他人《ひと》様に迷惑をかけたらいけないから」

その言葉はどう考えても彼女自身から出てきたものではなかった。親からそれを最優先に教え込まれているのだろう。

「外に出ると、発作が起きるの？」僕は覚えたての言葉を試すように尋ねた。

「たまにね。激しい運動をしたり、汚い空気を吸ったり、不安になったりすると、発作が起きやすくなるみたい。家にいれば大丈夫ってわけでもないんだけれど」それから少女は再び引用符つきの言葉を口にした。「とにかく、外で発作を起こすと、他人様に迷惑をかけるから」

彼女の説明を咀嚼《そしやく》してから、僕は訊いた。

「なんで、いつも窓の外を見てたの？」

途端に彼女は顔を伏せて黙り込んだ。そして懸命に涙を堪えるように唇を噛んだ。触れてはならない話題に触れてしまったようだ。

咄嗟に、僕は彼女に提案した。

「ねえ、今からどこかいこうよ」

少女がゆっくりと顔を上げた。この男の子は私の話をちゃんと聞いていたのだろうか、とばかりに首を傾げる。

「君は歩かなくていいから。僕が運んであげる」

ちょっと待っててと言い残して、僕は大急ぎで自宅に帰った。バッグを玄関に放り投げると、自転車に跨がって幽霊屋敷に舞い戻る。少女は僕を見送ったときのままの姿勢で待っていて、僕が戻ってきたのを見るとほっとしたように笑った。

僕は自転車を止め、荷台を指さした。

「後ろに乗って」

彼女は躊躇した。「でも、勝手に出かけたらお母さんに怒られるし……」

「すぐに戻るから大丈夫だよ。外に出かけたくないの？」

彼女はふるふると首を振った。

「出かけたい」

少女は玄関から靴を取ってきて履き、ひょいと窓から飛び降りて危うげに着地した。塀を慎重に乗り越え、自転車の荷台にちょこんと腰かけ、僕の肩に摑まった。

「それじゃ、お願いします」

僕は肯いた。それからふと、彼女の名前をまだ訊いていないことに気づいた。

「君、名前は？」

「灯花」と彼女は言った。「夏凪灯花。君は？」

「天谷千尋」

「ちひろくん」

彼女はその名を舌足らずに繰り返した。妙な話だけれど、そのとき僕は生まれて初めて自分の名前を呼んでもらえた気がした。

それまで、僕は自分の名前が嫌でしょうがなかった。女の子みたいで軟弱な名前だと思っていたのだ。でも灯花が「ちひろくん」と口にした瞬間、僕は僕の名前が千尋でよかったと腹の底から感謝することができた。

千尋くん。いい響きじゃないか。

今にして思えば、彼女が僕を呼んでくれるなら、どんな名前でも素敵な響きを帯びて聞こえたのだろうけれど。

「準備、できたよ」と灯花が背中で言った。

僕は怖《お》ず怖ずとペダルを踏む足に力を込めた。二人を乗せた自転車が、ゆっくりと動き出す。灯花は悲鳴とも歓声ともつかない声を上げて僕にしがみついた。

「大丈夫そう？」と僕は振り向かずに尋ねる。

「ううん。楽しすぎて発作起こしそう」

慌ててブレーキを握ると、彼女は例の「えへへ」と「んふふ」のあいだの笑い声を発した。

「うそだよ。全然平気。もっとスピード出してもいいよ」

僕はちょっとむっとして、わざと自転車を蛇行気味に運転してみせた。彼女は僕の肩にしがみつき、幸せそうに笑っていた。

＊

義憶は依頼者の潜在的願望に沿ってつくられるが、無加工の願望をそのまま組み込んでしまうと記憶と義憶とのあいだに不和が生じる。明らかに現実離れした義憶を書き込んでも、それは記憶に定着しない。他者の物語として処理されてしまうのだ。

だから義憶というのは、夢物語よりはもう少し現実的な「最良の可能性」のかたちをとる。起きていてもおかしくなくて、でも、決して起きなかったこと。起きるべきだったこと。起きてほしかったこと。

僕に植えつけられている義憶も、そのほとんどは本物の過去を巧妙に書き換えたものだ。たとえば僕が七歳の時分に水泳教室に通っていたというのは事実だ。通りかかるたびに出窓からじっと見つめてくる者がいたというのも事実に則している。異なるのは、それが同い年の女の子ではなく、年を取った黒猫だったという一点のみだ。

　中学三年の体育祭でクラス対抗リレーのアンカーに選ばれたというのも本当だ。僕を励まして重圧を取り除いてくれる女の子は、けれどもいなかった。バトンを渡されたとき僕のクラスは最下位で、僕はそこから一人の選手を追い抜くこともなく最下位のままゴールした。応援もなければ、労《ねぎら》いの言葉もなかった。そもそもクラスメイトたちはリレーの結果には最初から期待していなかったのだ。僕は敗戦処理の役回りを押しつけられたに過ぎなかった。……こういった例を挙げ始めたらきりがない。

　数多《あまた》のエピソードは、「もしも夏凪灯花という幼馴染が実在していたら」という前提のもとに行われた緻密なシミュレーションだ。そこに描かれているのはただの出鱈目《でたらめ》ではない。嘘は最小限に抑えられており、義憶内の僕の行動や言動は現実の僕から見てもまったく違和感がない。自分がそのようなシチュエーションに置かれたら確かにそのような反応を返すだろうな、と自然に受け入れられるものになっている。それは十分に起こりえたことなのだ――隣に夏凪灯花さえいれば。

　いってみればそれは、幸福な並行世界に属する僕の記憶だった。もしくは、条件は同じはずなのに自分より豊かな人生を歩んでいる双子の兄弟。だからこそ義憶はリアルで――それだけに残酷だ。最初から手に入らないとわかっていたものは、簡単に諦めがつく。しかし、あと一歩で手に入れられそうだったものは、いつまでも未練が残る。僕は義憶を通じて幸福と不幸が紙一重であったことを思い知らされる。出会うか、出会わないか。その一点の違いが天国と地獄を分かつのだ。

　人並みの幸せなんて、とっくの昔に諦めたはずだった。でも、こうして明瞭なかたちを与えられた「こうだったらよかったのに」を眼前に突きつけられると、自分がこれっぽっちも諦められていないことを痛感させられる。うまく割り切っていたつもりだったが、実際は願望に蓋を被せて視界に入れないようにしていただけだった。

　今ならわかる。僕は誰かに無条件の愛情を注いでほしくて、でもそれ以上に、誰かのヒーローになってみたかったのだと思う。

　僕が六歳から十五歳の記憶を消そうとしていたのは、この手の欠落感から逃れるためだった。「こうだったらよかったのに」を差し挟む余地もないくらい、徹底的にゼロに近づきたかったのだ。そうして分岐点を一つ残らず潰してしまいたかった。

　食欲は湧かなかったが、空腹がまたちくちくと胃を苛《さいな》み始めた。僕は煙草を消して台所に立ち、薬缶を火にかけ、湯が沸くまでのあいだコンロから噴き出す炎を意味もなく眺めていた。薬缶が蒸気を吐き出し始めたのを確かめて火を止め、シンク下からカップラーメンを取り出そうと身を屈めたとき、僕は床に落ちているそれを発見した。

小さな紙切れだった。初めはレシートかと思ったが、拾い上げてみると手書きの文字が書かれていた。僕に宛てた書き置きだ。誰が残していったかは考えるまでもない。

彼女は鼻唄を歌いながらそれを書いていたのだろう。僕の帰りが遅くなりそうだったから、メッセージを残して自室に戻るつもりでいたのではないか。でも、ちょうど書き終えたところで僕が帰ってきた。そして料理の出来映えを自賛する彼女を乱暴に押し倒して鍵を奪い取り（おそらくこのときに書き置きは床に落ちたのだろう）、手製の料理を本人の目の前で捨てて、今すぐ部屋から出ていくように命じた。だから書き置きは回収されずに残った。

そこにはこうあった。


「千尋くんが元気になりますように」


僕は紙切れを手にしたまま、身じろぎもせず立ち尽くしていた。

ふと、〈彼女〉ではなく、〈夏凪灯花〉が書き置きを残している光景を想像してしまった。

直後、息が詰まるほどの深い悲しみに襲われた。

喜び、怒り、愛おしさ、虚しさ、罪悪感、喪失感、ありとあらゆる感情が一斉に去来した。それらの感情は僕の胸を激しく掻き毟《むし》り、抉《えぐ》り取り、切り刻み、その肉片の一つ一つを念入りに踏みにじっていった。そして穿《うが》たれた胸の穴には剥き出しの悲しみだけが取り残された。

飲み終わってみれば、呆気ないものだった。

座卓には開封された分包紙が二つとグラスが並んでいた。グラスの中は既に空《から》で、僕はそこにジンを注いで一口飲んだ。ナノロボット服用時にアルコールを摂ってはならないという注意書きは見当たらなかったから、多分問題はないだろう。

懸念していたような後悔も、期待していたような達成感もなかった。これでやっと面倒ごとが一つ片づいた、という小さな安心感が湧いただけだ。

ジンを飲み干すと畳に倒れ込み、〈レーテ〉が脳に行き渡るのを待った。記憶が抜け落ちることへの恐怖を克服できたわけではないが、今すぐこの痛みを忘れたいという気持ちが僅かに勝ったのだ。

やがてまどろみが僕を包み、畳に沈み込んでいくような感覚とともに僕は意識を失った。

硬いものが床に落ちたような音がした。

眠りから覚めたあと、その音を聞いたのが夢の中だったのか現実だったのかと少し考え込んだ。

おそらく現実だ、と判断した。

ではその音はどこから聞こえたのか。

隣の部屋だ。

僕は耳を澄ます。台風のピークは過ぎ去ったようだが、まだひゅうひゅうと窓から隙間風の音がする。隣の部屋からはなんの物音もしない。薄い壁に耳を当て、目を閉じて聴覚を研ぎ澄ます。やはり聞こえるのは風の音だけだ。

風の音は次第に人の息遣いのように聞こえてくる。僕はその音に聞き覚えがある。喘息の発作を起こした人の呼吸音。灯花が倒れたときの喘鳴。……どうやら僕はまだ夏凪灯花のことを忘れていないらしい。眠りに落ちてから何分が過ぎたのだろう。とっくに〈レーテ〉の効き目が現れていてもおかしくない頃合いなのに。まさかまた手違いで異なる用途のナノロボットが送られてきていたというわけでもあるまい。もしかして、アルコールを口にしたのがまずかったのだろうか。

試しに、夏凪灯花について覚えていることを並べてみる。長い髪、白い肌、人懐っこい笑顔、華奢な身体、五回目のキス、蛍の光、クラス対抗リレー、書斎とレコード、出窓の幽霊、真っ青な顔、呼吸に合わせて異様に収縮する胸、ひゅうひゅうという呼吸音、床に転がった吸入器、

『先生はね、気圧の変化のせいじゃないかって』

白無地のパジャマ、襟元から覗く鎖骨、半袖から伸びる細い腕、

『ほら、台風が近づいてたでしょう？　それで気圧が急激に低下したから、発作が起きちゃったみたい』

彼女は発作を起こして倒れたのではないか。

低気圧の影響で、喘息が悪化したのではないか。

身動きすらままならず、床に這いつくばっているのではないか。

僕はまた記憶と義憶を混同している。それくらい自覚している。確かに夏凪灯花は重い喘息を患っていたが、隣の部屋の彼女は夏凪灯花とは別人だ。そもそも夏凪灯花という女の子は実在しない。桐本希美に会って確かめたではないか。卒業アルバムにも彼女の名前はなかった。

しかし、いくら正論を訴えても僕の身体は説得に応じなかった。心臓は早鐘を打ち、今

にも破裂しそうだ。視界が揺れ、指先が痺れ、全身の筋肉が引きつる。束の間呼吸のしかたを忘れ、慌てて息を深く吸い込んだ。

限界だった。僕は裸足のまま雨に濡れた廊下に出た。震える指で隣の部屋のドアベルを鳴らす。反応はない。数秒の間隔を置いて鳴らし続ける。反応はない。ポケットから携帯端末を取り出し彼女の番号にかける。反応はない。ドアを乱暴に叩く。叩き続ける。

反応はない。

「灯花！」

気づけば、彼女の名前を大声で叫んでしまっていた。

返事はなかった。

ドアに両手をついたまま、しばらくうなだれていた。吹きつける雨が知らぬ間に全身をじっとりと濡らしていた。やがて風の音が止み、それでいくらか僕も冷静になった。急に自分の行動が恥ずかしくなってきた。

返事がないということは、彼女が外出しているということだ。それだけだ。喘鳴のように聞こえたのは隙間風の音で、人が倒れたような音は部屋に吹き込んだ風が何かを倒した音だろう。窓を開け放したまま出かけていたのかもしれない。

自嘲的に笑い、ポケットから煙草とライターを取り出す。雨水の残る廊下に座り込んで煙を肺一杯に吸い込み、五秒置いて吐く。そして壁にもたれて目を閉じた。

なぜ〈レーテ〉が効果を示さないのか、そんなことはもうどうでもよかった。今はとにかく灯花の顔を見たかった。どんなに馬鹿げたことと知っていても、彼女の無事を確認して安心したかった。

瞼の裏に、陽光を感じた。


雨樋から滴る水の音が足音を掻き消していたのだろう。

「えへへ」と「んふふ」のあいだを取った笑い声が、すぐそばで聞こえた。

幻聴でも空耳でもなかった。

目を開けると、灯花が屈んで僕の顔を覗き込んでいた。

理解が追いつかなかった。

「私がいなくなっちゃったと思った？」

そう言って、彼女は僕の隣に腰を下ろした。

「──それとも、私が喘息の発作を起こして動けなくなってると思った？」

言い返す気力も湧かなかった。

安堵を覆い隠すので精一杯だった。

「……いつからここにいた？」

「千尋くんがドアを叩いてたときから、ずっと」

彼女は僕に躙《にじ》り寄り、息がかかるくらいの至近距離で言った。

「また、灯花って呼んでくれたね」

「聞き違いだろう」

「ふうん。聞き違いかあ」彼女はわざとらしく目を丸めた。「じゃあ、本当はなんて言ってたの？」

僕が押し黙ると、灯花はくすくす笑った。

「〈レーテ〉を偽物とすり替えたな？」と僕は訊いた。

「うん」悪びれもせずに彼女は認めた。「だって、忘れられたくないし、忘れてほしくなかったんだもん」

呆れ果てて言葉も出なかった。

「もう一つ尋ねてもいい？」

「なんだ」

「今慌てて煙草を消したのは、どうして？」

僕は自分の手元をちらりと見た。いつの間にか煙草の先端がくしゃくしゃに潰れていた。

完全に意識外の行動だった。

彼女は嬉しそうに目を細めた。

「私が煙草苦手なこと、覚えてたんだよね？」

「……偶然だよ」

苦しい言い訳だった。

指摘されて気づいたが、僕は彼女の前では一度も煙草を吸ったことがない。女の子だからと気を遣っていたのだろうか？

まさか。

いくら否定してみたところで、僕の潜在意識はとっくに彼女を夏凪灯花として受け入れているのだ。

「大丈夫。今はもう治ったよ。煙草のにおいも、嫌いじゃない」

灯花はそっと僕の肩にもたれかかった。書斎で身を寄せあってレコードを聴いていたときみたいに。

そして耳打ちするように言った。

「安心して。私は、急にいなくなったりしないから」

＊

その夜、僕は初めて灯花の手料理に口をつけた。

おいしかった、というほかない。

テーブルの上に両手で頬杖をつき、料理の感想を期待するように僕を上目遣いに見つめる灯花に、僕は尋ねた。

「どうして僕なんかにここまで尽くす？」

彼女は答えにならない答えを返した。

「尽くしたいから、尽くすんだよ」

僕は溜め息をついた。

「つまりさ、詐欺の標的として、僕はそこまで価値がある人間だとは思えないんだ」

んー、と灯花は唸った。

「だって、そういう約束だもん」

「約束？」

「そう。約束」

彼女は肯き、自己完結的な微笑みを浮かべた。そして冗談とも本気ともつかない口調で言った。

「だから、私は千尋くんにこの身を捧げるつもりなの」

僕は義憶を辿ったが、「約束」という言葉には心当たりがなかった。今までの彼女の発言が僕の義憶と綺麗に一致していただけに、その食い違いは小さな痼《しこ》りとなって僕の心に残った。

06　ヒロイン

悪夢は優しい。僕は悪夢をよく見る。いつも大体似たような筋書きだ。

たとえば、夢の中で僕には大切な人がいる。同い年の女の子だ。彼女を見失ったところから夢は始まる。

僕は彼女を捜し求める。さっきまでそこにいたはずなのに。僕の手を握っていたはずなのに。隣で笑っていたはずなのに。一瞬目を離した隙に、手を離した隙に、霧のように姿を消してしまった。

一体どこへ行ってしまったんだろう？

僕はそばにいる誰かに尋ねる。「　」を知らないか？（その名前は僕自身にも聞き取れない）彼女は僕の大切な人なんだ。すると誰かは答える。「　」なんて子は知らない。君は誰のことを言っているんだ？　君に大切な人なんているはずがないじゃないか。いなくなるも何も、そんな女の子は最初から存在しなかったんじゃないか？

そんなはずはない、ついさっきまで彼女は確かにここにいたんだ、と僕は反論する。でも直後、女の子の名前を思い出せなくなっていることに気づく。名前だけではない。彼女がどんな顔立ちをしていたか、どんな声をしていたか、どんな風に手を握ってくれていたか、何一つ思い出せなくなっている。

自分は今とても大切な何かを失おうとしている、という感覚だけがある。ほどなくその感覚さえも輪郭を奪われ、指の隙間からこぼれ落ちていき、一瞬の空白の後、喪失感だけを残してすべてが消え失せている。

逆の場合もある。そこは実家だったり学校の教室だったりする。僕は周りから不審の目を向けられている。こいつは誰だ、どうしてここにいるんだ、と彼らは口々に言う。僕は慌てて名乗ろうとする。でもうまく言葉が出てこない。自分の名前が思い出せないのだ。時間をかけてやっと絞り出したそれは、僕自身にさえ見知らぬ他人の名前みたいに響く。彼らも、そんな人間は知らないと言う。

そのとき誰かが耳元で囁く。「　」、君は実在しない人間なんだよ。君の母親が〈エンジェル〉によって得た三人の娘と同じように、君も記憶改変によって誰かの脳内に生じた義者にすぎないんだ。

　何もかもが根拠を失っていく。足場を失い、どこまでも落ちていく。

　どれだけ平気なふりをしてみせたところで、母親に記憶ごと捨てられた過去は、僕の心に暗い影を落とし続けているということだろう。

　悪夢から目覚めたとき、現実はいくらかましな場所になっている。あちらの世界と比べれば、こちらの世界はまだ救いようがある。悪夢は僕を安全に痛めつけて現実のありがたみを（ほんの数分間ではあるが）錯覚させてくれる。そういった意味で、悪夢は優しい。

　真に恐れるべきは幸福な夢だ。それは現実の価値を根こそぎ奪い取っていく。夢が鮮やかに彩られるとき、現実から同量の塗料が持ち去られている。目を覚ましたとき、僕は人生の灰色を思い知らされる。幸福の不在をこれ以上ないほど強く実感させられる。夢の幸せは錯覚ですらなく、ここにいる僕とはまったくもって無縁な幸せだからだ。

　ごく稀に、幸福な夢の中で、これは夢だと自覚できることがある。そういうとき、僕は目を閉じ耳を塞いで、一秒でも早く現実に帰還できるように祈る。その気になれば夢の国の王として好き放題にすることもできるのだろうけれど、そうはしない。こちらの世界でいい思いをするほどあちらの世界で惨めになることを、僕は痛いほどわかっている。

　悪夢の中で見失った女の子がいつの間にか隣にいる。僕を正面からじっと見据え、「どうしてそんなことするの？」と首を傾げる。「君さえ望めば、私は君になんでも与えてあげられるのに」。目を閉じ耳を塞いでも、その姿と声をはっきりと感知できる。夢の中では目を閉じながら物を見て耳を塞ぎながら音を聞くことだって可能なのだ。

それは僕が現実世界の住人だからだよ、と僕は声には出さずに答える。向こうで生きていくために、僕は少しでも多くの絵の具を残しておかないとならないんだ。ここで君のために色を無駄遣いするわけにはいかないんだよ。

彼女は悲しげに笑う。その笑顔を描画《レンダリング》するだけでも、既に大量の絵の具《リソース》が消費されてしまっている。そして目が覚めたとき、世界は眠りに落ちる前よりもずっと色褪せている。夢の女の子の声が鼓膜に張りついている。君さえ望めば、私は君になんでも与えてあげられるのに。

ゆえに僕は幸福な夢を恐れる。二十歳の夏に舞い降りた夏凪灯花という一つの幸福な夢を、僕は恐れた。不信と卑屈の殻にこもり、自分の身を守ることしか考えられなかった。向こうの事情なんて、これっぽっちも察してやることができなかった。

おかげで、僕はその夏の過ごし方を一生悔やみ続けることになる。なぜ彼女の言うことを信じてやれなかったのか。なぜ自分の気持ちに正直になれなかったのか。なぜもっと彼女に優しくしてやれなかったのか。

彼女は毎晩一人で泣いていた。

差し出された手は、救いの手でもあり、救いを求める手でもあったのだ。

過ぎたことを悔やんでもしかたがない、と人は言う。失ったものを嘆いてもどうしようもない。忘れてしまえ、と。でもそれは、過ぎたことや失ったものに対して礼儀を欠いた態度であるように僕には思える。かつて優しく微笑みかけてくれた幸福の予感に、後ろ足で砂をかける行為のように思える。

＊

「確かに、君はうまくやっているよ」

翌朝、当たり前みたいな顔で部屋に入ってきてテレビを観始めた灯花に僕は言った。

彼女は眠たげな顔で首を捻った。

「なんのこと？」

昨晩、必死の形相で灯花の名を叫ぶという醜態を晒《さら》してしまった以上、もはや彼女の前で虚勢を張る意味もなかった。だから正直に言った。

「大した演技力だ、ってこと。君は僕の潜在的願望を見事に体現してる。いくら義憶と〈履歴書〉の内容を知っているとはいえ、そこまで完璧にふるまえるのは立派な才能だと思う。本当に夏凪灯花という女の子が実在していたんじゃないかと錯覚しそうになる」

「そうでしょう、そうでしょう」

彼女は嬉しそうに何度も肯いた。そしてさらりと、

「だって、いっぱい練習したもん」

とんでもないことを言った。

寝ぼけて口を滑らせた、というわけではなさそうだ。

「嘘を認めるのか？」と僕は訊いた。

「ううん。何度も言うように、私は千尋くんの幼馴染だよ。でも……」口元に手を当ててちょっと考え込んでから、彼女は人差し指を立てた。「ほら、北風と太陽の話は知ってるでしょう？」

それくらいは僕でも知っている。「それが？」

「いっそ、私が本当に嘘をついてるってことにしてあげたら、千尋くんもやりやすくなるんじゃないかなあって思ったんだ。つまりね、私は嘘つきで、千尋くんはその嘘の意味を知るために、しかたなく私につきあってるの。そして私は嘘が見抜かれていると知りなが

ら、それでも計画の達成のために、ばればれの演技を続けてるの。そういう割り切った関係性なら、安心して私のそばにいられるでしょう?」

「なんだそれ」

「素直になれない千尋くんに、私に甘える口実をあげるよ」

僕は鼻で笑った。「馬鹿じゃないのか」


馬鹿ではなかった。彼女の方針転換は、結論からいうと大正解だった。「僕は彼女に騙されているのではなく、嘘を見抜いた上で正体を暴くために演技につきあっている」というエクスキューズを手に入れた僕は、笑えるくらい呆気なく陥落した。

必要なのは免罪符だったのだ。純真無垢な幼馴染を演じることをやめ、ことさらに詐欺師としてふるまうことにより、夏凪灯花は僕の心理的防壁をあっさり突破した。嘘をつき続けて信用を失った羊飼いの少年が、自己言及のパラドックスを利用して村人に狼の襲撃を信じさせるかのように。

思えば、それは僕が桐本希美の警戒を解くために用いた方略でもあった。嘘を疑う相手を安心させるには、「自分は正直者である」と主張するより、いっそ害のない嘘を開示してやった方がいい。安値の商品にあえてどうでもよい欠点を書き添えることによって購買者を納得させるのと同じことだ。

「ほら、この格好、幼馴染っぽいでしょう」

肩の出る純白のワンピースの裾を翻して彼女は言う。その姿は、僕たちの心の原風景に息づく向日葵《ひまわり》の少女を彷彿《ほうふつ》とさせる。

「千尋くんのように未成熟で防衛的な精神の持ち主に取り入るには、こういった純朴な服装と人懐っこい言動で警戒心を解くのがよいとされています」

「ひどい言われようだ」

「でも千尋くん、実際こういうの好きだよね？」

「ああ。好きだよ」

僕は渋々認めた。これだけ僕の内面を熟知している人間の前では強がるだけ無駄だ。

「かわいい？」

「かわいい」投げやりに繰り返す。

「ときめいた？」

「ときめいた」機械的に繰り返す。

「でも、素直になれないんだ？」

「そうだよ」

我慢しなくてもいいのに、と灯花は挑発的に微笑む。

彼女は誤解している。僕は我慢をしているわけではない。目の前の夏凪灯花は確かに魅力的だが、そこには同時に七歳の夏凪灯花や九歳の夏凪灯花や十五歳の夏凪灯花の姿が重なって見えている。そのヴィジョンは二十歳の夏凪灯花と完全には同期しておらず、時折ラグのようなものが発生して彼女の身体から部分的に顔を出す。それを目にすると、彼女を情欲の対象として認識することがひどく不適切というか、見当違いなことに感じられるのだ。

こちらにとって悪いことばかりでもなかった。夏凪灯花の嘘が形骸化したことで、僕たちのコミュニケーションは円滑になり、面倒な手続きを省いて核心に切り込むことができるようになった。

「僕は過去の一部を忘れているけれど、まだ準備ができているようには見えないから、本当のことは教えられない」僕は半月前の彼女の発言を引用した。「そういう設定だったよな？」

「そういう設定だね」灯花は簡潔に肯定した。

「どうすれば、『準備ができた』と見なしてもらえるんだ？」

「そうだなあ」

　彼女は悩むようなそぶりを見せたが、おそらくその答えはずっと前から決まっていたのだろう。おそらくは僕と出会った時点で既に。

「私を、安心させて」

　彼女は左手を胸元に当てて言った。肺の具合を確かめるみたいに、という形容が浮かぶのは紛れもなく義憶の影響だ。

「何を知っても自暴自棄にならずしっかり生きていけるって証明できたら、君が知りたいこと、全部教えてあげる」

　その証明手段を、彼女は次のように定めた。

「そこで今日から千尋くんには、私が決めたルールに従って生活してもらいます」

「ルール？」

「そう。生活上の規則」と彼女は言い換えた。「千尋くん、大学の夏休みっていつまで？」

「九月二十日くらいだったかな」

「その日までルールを破らずにいられたら、合格にしてあげる」

　彼女はメモ用紙をどこからともなく取り出して、サインペンでルールを箇条書きにしていった。

〈夏休みの過ごし方〉と、一行目にあった。

　小学生の頃、夏休みの前にちょうどこんな感じのプリントが配布されていたな、と思い出す。実際、彼女が書いた項目の大半は「規則正しい生活を送りましょう」「バランスのよい食事を心がけましょう」「外に出て適度な運動をしましょう」「怪我や病気に気をつけましょう」「家事を手伝いましょう」など、小学校の配布プリントからそのまま持ってきたような内容だった。そうした牧歌的な項目の中で、「お酒を飲んではいけません」「煙草を吸ってはいけません」の二つが異彩を放っていた。

「一滴も飲んじゃ駄目なのか」

「一口も吸っちゃ駄目なのか」

「うん。だめ」

「うん。だめ」

「難しいな」

「私が見張っててあげるよ。千尋くんがずるしないように」

　そう言うと、灯花は小さくあくびをした。午後の十時だったが、彼女は既にパジャマに着替えて眠そうにしていた。小学生みたいに健康的な生活を送っているのだろう。

もう一度あくびをしてから、彼女は「そろそろ寝るね」と言って腰を上げた。

「明日、起こしに来るからね。おやすみ」

肩の辺りで小さく手を振って、彼女は自室に戻っていった。

おやすみ、か。

思えば、僕の両親は「おはよう」も「おやすみ」も言わない人間だった。「いってきます」「ただいま」「いってらっしゃい」「おかえり」「いただきます」「ごちそうさま」、いずれも僕にとっては一種のフィクションだった。普通の家族のあいだでは日常的にそんな挨拶が交わされているという事実が、少年時代の僕にはうまく飲み込めなかった。

試しに、僕は「おやすみ」と小さくつぶやいてみた。

柔らかい響きの言葉だな、と思った。

そのようにして、彼女と僕の夏休みは始まりを告げた。

＊

それからしばらくは以下のような日々が続いた。

6時00分
毎朝、灯花が起こしに来る。肩を揺さぶるのでも手を叩くのでもなく、枕元でしゃがみ込んで「起きないといたずらするよ」と囁いてくる。義憶の一場面の再現だろう。
五日目、あまりに眠かったので聞こえないふりをしてみた。どうやら〈いたずら〉の内容を具体的には決めていなかったらしく、彼女は数分間逡巡していた。悩み抜いた末に、おそるおそる布団に潜り込んできた。僕がなおも寝たふりをしていると、緊張に耐えかねたように布団を抜け出して溜め息をついた。意外と初心《うぶ》なのか、そういう演技なのか。たった今目を覚ました風を装って起き上がると、「おはよう」とへらへら笑っていた。

7時00分
灯花のつくった朝食を二人で食べる。料理の得意な彼女だが、朝はシンプルなメニューが多い。それでも不思議と食が進む。日課の運動（後述）のせいもあるだろう。どちらかといえば和食が多めで、特に味噌汁には妙なこだわりが見られる。「カップラーメンはしばらくおあずけ」と釘を刺される。僕も別に好んで食べていたわけではないので、大人しくそれに従う。

8時00分

　僕が洗顔や歯磨きをしているあいだに、灯花は洗い物を済ませている。特にすることもないのでもう一度眠りたくなるが、彼女がそばで見張っていて、眠りそうになると耳を引っ張られる。やむなく、勉強をしたり図書館で借りてきた本を読んだりする。午前中は時間の流れがゆったりとしていて、もうそろそろ正午だろうと思ったらまだ十時前ということもめずらしくない。時間は陽光の熱で膨張するのかもしれない。時計を見るたびに一日の長さに打ちのめされる。

10時30分

　掃除や洗濯の時間。部屋が綺麗で洗濯物も溜まっていないときは、灯花が持ってきたレコードプレイヤーで音楽を聴く。プレイヤーはやはり義憶で用いられていたものと同じ機種で、レコードも同じものが揃っている。古い時代の音楽を聴いていると、静かな草原のど真ん中にいるみたいにうとうとしてくる。このときに眠っても、灯花は僕を起こそうとしない。というか、彼女もときどき眠る。そして抜け目なく僕の肩にもたれてくる。呼吸のリズムを通じて、僕はそこにいる他者の存在を実感する。

12時00分
灯花のつくった昼食を二人で食べる。いつもやたら量が多い。なぜこんなに量が多いのかと尋ねたら、「千尋くんを太らせて食べるためだよ」と言って一人で笑っていた。そういう本人は僕の半分程度しか食べない。食後は焙《ほう》じ茶を飲んでしばらくぼうっとする。開け放した窓から、近所の公園で遊ぶ子供たちの声が聞こえてくる。

13時00分
アルバイトがある日は、この時間にアパートを出る。灯花も自分の部屋に戻っていく。それから僕が帰るまで彼女が何をやっているのかは見当もつかない。詐欺の計画を練り直しているのかもしれないし、ベランダの朝顔に水をやっているのかもしれないし、〈夏凪灯花〉の皮を脱いで陰干ししながら団扇《うちわ》で涼をとっているのかもしれない。何をしていても不思議はない。
アルバイトのない日は、運動をする。具体的には、荷台に灯花を乗せた自転車を漕いで田舎道を走り、隣町まで行く（荷台には彼女の手でクッションが取りつけられていた。準備のいいことだ）。これもまた義憶の一場面の再現だろう。
彼女の書いた〈夏休みの過ごし方〉では「適度な運動」と表現されていたが、どう考えてもその運動は過度だった。二人乗りを見咎《みとが》められないように人目につかないルートを選んでいるから荒れた道が多いし、後ろに灯花を乗せている以上下り坂でスピードを出すわけにはいかないし、重心がぶれないように神経を遣うから余計に体力を消耗する。おまけに少しバランスを崩すたびに灯花がしがみついてくるので気が気でない。汗に濡れた身体が密着する感覚に、いちいち心を乱される。そんな僕の気苦労を知ってか知らずか、彼女は僕にしがみつくたびにくすくす笑う。

折り返し地点の公園に着く頃にはすっかり脚が痺れてしまっている。自転車を降りてもしばらくはまともに歩けない。水筒の冷えた麦茶を飲み、川辺のベンチで二十分ほど休憩する。対岸には古ぼけた病院があり、ときどき窓の向こうに人影がちらつく。院内の様子が気になるのか、灯花はそこに来るたびに防護柵から身を乗り出すようにして病院を眺めている。

休憩を終えると再び自転車に乗り、心を無にしてペダルを漕ぐ。アパートが近づいてくる頃には日が暮れかけている。行く手には西日で黒く潰れた電柱と電線の単調な景色が続いていて、世界の解像度が数段階落ちたかのように感じられる。時折吹いてくる夕風が心地よい。

19時00分

シャワーで汗を流したあと、近所のスーパーに足を運び食材を買う。一方的に借りを作るのは癪なので、ここでの代金は僕が支払うようになる。灯花はちょっとだけ渋ったが、「千尋くんがそうしたいならそうするよ」とあっさり引き下がる。僕の持つ買い物籠に食材をひょいひょい放り込みながら、「こうしてると、なんか新婚さんみたいだね」と無邪気を装って笑う。

スーパーを出る時分には空腹のせいで夕食のこと以外何も考えられなくなっている。以前の僕では考えられなかったことだ。寿命が尽きかけた防犯灯が神経質に明滅する畑沿いの小径には、幾種類もの夏虫の声が響き渡っている。灯花は気まぐれに僕の片手から買い物袋を奪い、空いた腕に自分の腕を絡ませてくる。その腕はびっくりするくらい細く、柔らかく、ひんやりとしている。

一度、そんな状況で江森さんと鉢あわせしたことがあった。彼は僕の手を握っている灯花を見て言葉を失い、呆れ顔で僕を眺め、再び灯花の顔に注意を戻した。そして何かに気づいたように目を見開き、灯花に詰め寄って無遠慮にその顔を見つめた。

灯花はたじろぎつつ「えっと、なんでしょう?」と尋ねたが、江森さんは何も答えなかった。穴が開くほど彼女の顔を凝視したあとで、彼は「なあ、あんた、どこかで……」と言いかけて、しかし思い直したように口を噤《つぐ》んだ。そしていつもの飄々《ひょうひょう》とした江森さんに戻り、僕の肩を力強く叩いて「まあ、うまくやれよ」と言って去っていった。それが詐欺師の正体をうまく暴けという意味なのか、彼女とうまくやれという意味なのかはわからなかった。僕が途方に暮れていると、灯花が僕の肩を軽く叩いて「だってさ。うまくやろうね」と耳元で囁いた。

20時00分
灯花のつくった夕食を二人で食べる。夜は凝った料理が多い。あまりにビールに合いそうな料理ばかり出てくるので、たまには酒が飲みたいと駄目元で訴えてみると、冷やし甘酒を飲まされた。それはそれでおいしかった。

21時00分
以前の僕なら一番体調のよい時間帯だが、既に眠くてたまらない。一日の終わりに、灯花は講評を行う。曜日と天気とその日の出来事を書き込む欄を備えたカレンダー——小学校の夏休みに課されていた〈一行日記〉をそのまま模したもの——が僕の部屋の壁に貼られていて、その日付部分に判子を押す。彼女の定めたスケジュールを守れたという印だ。

ラジオ体操のスタンプカードみたいなものだろう。

それから彼女は〈できごと〉の欄にその日の出来事を書き込む。「千尋くんが日焼けした」とか「千尋くんが二杯もおかわりした」とか、そういう他愛もない内容だ。小学生の書く一行日記の方がまだ読み応えがあると思う。

そして彼女は「おやすみ」を言って部屋を去っていく。僕は軽くシャワーを浴びてから布団に倒れ込み、十分足らずで入眠する。まるで十歳の子供みたいに健全な生活。二十歳の僕らがやっていると、かえって不健全でさえある。

楽しくなかった、と言ったら嘘になるが。

＊

〈一行日記〉は二十日間続いた。

8月23日　くもり　千尋くんがそわそわしていた。
8月24日　くもり　千尋くんがそわそわしていないふりをしていた。

8月25日　はれ　千尋くんがお酒を飲みそうになったのでしかった。
8月26日　はれ　千尋くんが二杯もおかわりした。
8月27日　あめ　千尋くんが起きないのでいたずらした。
8月28日　くもり　こどもに二人乗りをからかわれた。
8月29日　はれ　とてもつかれた。
8月30日　くもり　きょうはなんにもないすばらしい一日だった。
8月31日　はれ　千尋くんのくせに。
9月1日　はれ　千尋くんが日焼けした。

9月2日　くもり　千尋くんにも友達がいたらしい。

9月3日　はれ　~~千尋くんがはずかしかった。~~灯花に嵌《は》められた。

9月4日　はれ　もうちょっとだね。

9月5日　はれ　なんとあの千尋くんが料理をつくってくれた。

9月6日　はれ　花火がきれいだった。

9月7日　はれ　千尋くんがいやらしかった。

9月8日　くもり　千尋くんにあやまられた。

9月9日　くもり　千尋くんがやさしかった。

9月10日　あめ　しあわせだった。
9月11日　晴れ　灯花がいなくなった。

＊

「ねえ、キスしてみよっか」

九月十日。夕方から雨の予報だったが、祭りは予定通り開催された。近所の神社が主催する小規模な祭りだ。

その日、僕たちは自転車で遠出するのを中止して、午後は部屋でだらだらと過ごした。そして日が傾きだした頃、アパートを出て神社に向かった。幸い、雨はまだしばらく降り出しそうになかった。

灯花は紺の浴衣を着ていた。いうまでもなく、義憶の中で十五歳の彼女が着ていたものにそっくりな花火柄の浴衣だ。紅菊の髪飾りも当然つけていた。あの日と違うのは、僕も彼女が用意したしじら織りの浴衣を着せられていた点だ。浴衣なんて着て歩くのは生まれて初めてだったから、道中ひどく落ち着かなかった。

灯花は商店街の写真店に寄って使い捨てのフィルムカメラを買い、忙《せわ》しなく下駄を鳴らしながら僕を色んな距離・角度から撮影した。なぜ携帯端末のデジタルカメラを使わないのかと尋ねると、「証拠写真だから」とよくわからない答えが返ってきた。きっと深い意味はなくて、ただそうしたかったからそうしたのだろう。

夕闇に慣れた目に、ストロボの光が眩しかった。

会場に着くと、まずは屋台をぐるりと一回りした。そしてそれぞれに食べたいものを買い、腰を落ち着けられる場所を探した。祭りの規模の割に思いのほか人が多く、僕たちは本殿の裏手に回り、小学校と神社を繋ぐ階段の中腹に並んで座った。明かりは階段の頂上に防犯灯が一つあるきりで、その光は僕たちのもとにはほとんど届かなかった。

薄闇の中で見る灯花の横顔は、何かの間違いみたいに美しかった。多分本当に何かの間違いなのだろう。確かに彼女の顔立ちは平均と比べれば整っているけれど、それは町を歩けば誰もが振り返るといったような華やかさとは無縁の美しさだ。倉庫の奥にひっそりと眠っている手風琴みたいな、どこまでも使い途のない種類の美しさとでもいうのだろうか。

それがこんなにも僕の心を打つのは、義憶が僕の目に幾重にもフィルターをかけているからに過ぎない。

そして僕は否応なく思い出す。灯花が最初からそれを狙ってこの場所を選んだことは、まず間違いない。次に口を開いたとき、彼女がどんな台詞を放つかはわかりきっていた。

満を持して、灯花は言った。

「ねえ、キスしてみよっか」

十五歳の灯花と二十歳の灯花が、オーバーラップした。

「ほら、私が本当にただの詐欺師なのかどうか、確かめてみようよ」あのときのように軽い調子で灯花は言った。「ひょっとしたら、失われていた記憶が蘇るかもよ」

「それくらいで蘇るなら、もうとっくに蘇ってるだろう」僕も軽い口調で返した。

「いいからいいから。騙されてるふりをしないと、事態が進展しないよ」

灯花は僕の方を向いて瞼を閉じた。

これはあくまで演技。真実を暴くための必要経費。そもそもキスなんて大したことじゃない。そうやっていくつもの予防線を張り巡らせた上で、僕は卑屈に彼女と唇を重ねた。

唇を離したあと、僕たちは何事もなかったかのようにふるまいはしなかった。

「どうだった？」と、今回は彼女から訊いた。「何か感じた？」

「そりゃね」とだけ僕は言った。

「おお」灯花は両手を合わせて目を輝かせた。「千尋くん、素直になったね」

「噓をついても無駄だろうから」

「私もすごくどきどきしたよ。五年ぶりのキスだからね」

「そういう設定なのか」

「そういう設定なのです。十五歳で千尋くんと別れてからは、ずっと一人で生きてきたの」

「殊勝な幼馴染だ」

「でしょう？」

それから長い間があった。僕たちは屋台で買ったものを黙々と食べた。

ごみを捨てにいこうと立ち上がりかけたとき、彼女が不意に沈黙を破った。

「ねえ、千尋くん」

「なんだ」

「安心して。この夏が終わったら、私、君の前から姿を消すから」

唐突な宣言だった。

灯花風の回りくどい冗談かと思った。

しかし表情と声色から察するに、彼女は真剣そのものだった。

「私たちには、もうこの夏しか残されていないんだ。だから、それまでは、この噓につきあってくれると嬉しいな」

そう言うと、彼女にしては遠慮がちに僕の肩にもたれかかった。

「結局、君の目的はなんなんだ？」

どうせはぐらかされると思った。

でも、彼女の答えはいつになく誠実だった。

「いずれわかるよ。なかなか複雑な目的だけど、君ならその趣旨を理解できると思う」


予報の二時間遅れで雨は降った。いっそ気持ちよいくらいの大雨だった。浴衣では走って帰ることもかなわず、僕たちは途中のバス停で雨を凌ぐことにした。まるで誰かが仕組んだみたいなシチュエーションだったけれど、さすがの彼女も天候を操ることはできまい。バス停には傘が捨ててあったが、それは先月の台風に蹂躙《じゅうりん》され捨てられていった残骸だった。


九月の雨は、八月の雨と違い明確な悪意をはらんでいた。屋根の下に逃げ込むまでに全身を濡らしてしまっていた僕たちは、じわじわと雨水に体温を奪われていった。

ほっそりとした体つきの灯花は、自身をかき抱くようにして寒さに耐えていた。僕の中の〈天谷千尋〉は、彼女を抱き締めて温めてあげたいと望んでいた。

だが僕はその気持ちを噛み殺した。もしここで彼の声に従ってしまったら、義憶の僕と現実の僕が入れ替わり、そこから二度と戻れない予感がしたのだ。

代わりに、僕は尋ねた。

「寒いのか」

灯花は数秒こちらを見やり、またうつむいた。

「うん。でも、千尋くんが温めてくれる気がする」

甘く誘うような声だった。

雨が頭を冷やしてくれていなかったら、僕はその声に抗《あらが》えなかっただろう。

「……悪いけど、そこまで割り切ることはできない」

すると彼女は皮肉っぽく笑った。

雨漏りのするバス停の中で、その笑みだけが乾き切っていた。

煽るように、彼女は言った。

「どうして？　本気になっちゃうのが怖いの？」

「ああ。怖い」

沈黙が降りた。

天井からの雨漏りを、十数えた。

彼女は浅く息を吸い込んだ。

そして仮面の下からほんの少し素顔を覗かせて、

「大人しく騙されちゃえばいいのに」

そう言った。

「君さえ望めば、私は君になんでも与えてあげられるのに」

かすかに声が震えていた。

「君が何を欲しがってるのか、私には全部わかるよ」

その通りだろうな、と僕は思った。

僕だって、できることなら彼女の嘘に騙されたかった。義憶と彼女が織りなす優しい物語に浸っていたかった。夢でも義憶でも錯覚でもいいから、彼女を盲目的に愛し、彼女に盲目的に愛されたかった。

彼女は僕が望むものをすべて与えてくれるだろう。

けれども。

だからこそ。

溢れ出しそうな言葉を呑み込んで、僕はたった一言に託した。

「僕は、嘘が嫌いなんだ」

まっすぐ彼女を見据えて、そう言った。
彼女はぴくりとも表情を動かさなかった。
その目は僕を見ているようで、何も見ていなかった。
彼女はいつもみたいに無邪気に笑おうとして、
そのとき、彼女の中で何かが決壊した。
彼女の頬を伝った一筋のそれは、多分雨水ではなかった。
「私は、嘘が好きだよ」
そう言うと、泣き顔を隠すように僕に背を向けた。

雨はそれから一時間近く止まなかった。そのあいだ、僕たちは背中あわせにほのかな温もりを分けあっていた。

それが僕の、現実の天谷千尋の限界だった。

雨が上がると僕たちは無言でアパートに帰った。そしてそれぞれの部屋で、それぞれの朝を待った。

翌日、彼女は姿を消していた。合鍵が枕元に置いてあった。僕が眠っているあいだに返していったのだろう。

九月十日の〈一行日記〉に、彼女なりの別れの言葉が残されていた。

9月10日　あめ　　しあわせだった。

僕はその隣の日付にこう書き込んだ。

9月11日　晴れ　　灯花がいなくなった。

そのようにして、彼女と僕の短い夏休みは終わりを告げた。

＊

「今でも、千尋くんは私のヒーローなんだよ」
引っ越しの前日、灯花はそう打ち明けた。
からっぽになった書斎の中で、それでも僕たちは部屋の隅で身を寄せあっていた。
「千尋くんは、私を暗いところから連れ出してくれたの」と彼女は続けた。「友達がいない私といつも一緒にいてくれたし、私が発作を起こしたとき何度も助けてくれた。千尋くんがいなかったら、私、とっくに絶望して死んじゃってたかもしれない」

大袈裟だな、と僕は笑った。

本当のことだよ、と彼女も笑った。

「だからね、いつか千尋くんに何かあったら、そのときは、私が千尋くんのヒーローになってあげる」

「女の場合は、ヒロインじゃないのか」

「あ、そっか」

彼女は少し考え込み、それからふっと微笑んだ。

「じゃあ、私が千尋くんのヒロインになってあげる」

そう言われると、少し意味が違って聞こえた。

07　祈り

大雨を境に、夕風が晩夏の香りを漂わせ始めた。死にかけの蟬が鈍い羽音を立てて地面を這いずり回り、路傍の向日葵は雨に濡れた野良犬みたいにうなだれて二度とその顔を上げることはなかった。

夏が終わろうとしていた。

灯花から解放された僕は、一人でジンを飲み、一人で煙草を吸い、一人で食事を取り、また一人でジンを飲んだ。二十日ほどかけて築き上げた生活のサイクルは、たった一日で崩壊した。なんにだっていえることだ。築くのは困難だが、崩すのは驚くほどたやすい。

それでも食生活だけはいくらかましになった。僕は毎夕スーパーに行って食材を買い、時間をかけてそれらを調理した。カップラーメンが嫌になったわけではない。手持ち無沙汰を紛らすのにちょうどよかっただけだ。台所に立って神経を集中する作業をしているあいだは、余計なことを考えずに済んだ。

自炊の経験はなかったけれど、灯花の調理を横で見ているうちに自然と手順が身についていた。記憶を頼りに、僕は彼女のつくったメニューを一つ一つ再現していった。食事を終えると食器を洗って片づけ、またジンを飲んだ。することがなくなると、彼女が残していったレコードプレイヤーで音楽を聴いた。二人で聴いていた頃は退屈に思えた古い音楽は、一人きりで聴いてみると案外悪くなかった。今の僕にはシンプルでスローな音楽がよく馴染むようだった。

四日目、江森さんから連絡があった。午睡から目覚めると、携帯端末に留守電が入っていた。

僕は何も考えずにそれを再生した。

『夏凪灯花の正体がわかった。あとでもう一度連絡する』

端末を枕元に置き、再び目を閉じた。

二時間後、電話がかかってきた。

僕は二日ぶりのシャワーを浴びて新しい服に着替え、児童公園に赴いた。

＊

「長い説明と短い説明、どっちがいい？」

そのように江森さんは切り出した。僕は五秒ばかり考えてから、長い方でお願いしますと言った。ひとまず短い説明を聞いて真実を知りたいという気持ちもあったが、どのみちそれを訊いたあとで僕は詳細を尋ねるだろう。判断材料となる情報を少しでも多く確保して、彼の結論とは別に自分なりの結論を出そうとするだろう。だったら最初から長い説明を聞いた方がいい、と思ったのだ。

「となると、話は大分遡ることになる」そう言うと、江森さんは少しためらうような間《ま》を置いた。「なぜ当事者であるお前を差し置いて、第三者である俺が夏凪灯花の正体を看破するに至ったのか。そいつを筋道立てて説明するには、俺が一時期本気で義憶の購入を検討していたことに触れなきゃならないし、なぜ義憶の購入を検討していたかを説明するには、少々俺の個人的な事情に触れなきゃならない。あんまり愉快な話じゃないし、人前で進んでするような話でもないんだが……」

彼は首の後ろを掻き、ふうと息を吐いた。

「まあ、ここらで天谷あたりに打ち明けてみるのも、悪くはないかもしれないな」

僕は肯いて先を促した。

「これを見てくれ」

そう言って彼が僕に手渡したのは、薄汚れた生徒手帳だった。

「俺の中学時代の生徒手帳だ」と彼は説明した。「裏返してみろ」

生徒手帳の裏には在学証明欄があり、そこには中学時代の江森さんの写真が貼られていた。

もっとも、もし何も知らない状態でこの写真だけを見せられていたら、その人物が江森さんだとは気づかなかっただろう。

それくらい、写真の彼は現在の彼とかけ離れていた。

端的に言うと、彼は醜かった。

「ひどいもんだろう？」と江森さんは言った。自嘲気味にというよりは、吐き捨てるように。「惨めな青春時代だったよ。同性からも異性からも相手にされなかった。上級生からはよくいびられたし、下級生からも馬鹿にされてた。教師だってろくに相手にしてくれなかった。教室のすみっこで、ただ時間が早く過ぎ去ることだけを祈る毎日だった」

僕は写真の彼と目の前の彼とを見比べた。確かにそこにはかすかな面影があった。もっともそれは豆腐と納豆が同じ原材料からできているというのと同程度の面影で、見つけようと思えば赤の他人同士のあいだにも見つけられる程度の相似だった。

「自分を変えようと決意したのは十八の春だった。四年前の三月九日」と彼は続けた。

「卒業式を終えて一人で帰り道を歩いていたとき、俺の前を一組のカップルが歩いてたんだ。二人は俺と同じ制服を着て卒業証書の丸筒を持っていたから、同じ学校の卒業生だとわかった。よく見ると、女の方は俺のクラスメイトだった。クラスで唯一、俺に毎日挨拶をしてくれていた女の子だ。俺は秘かに、その女の子に淡い恋心と呼べなくもないものを抱いていた。自分が彼女と釣りあうような男じゃないとわかってたから何一つ行動は起こさなかったが、授業中も昼休みも、暇さえあれば彼女の横顔を盗み見てたな」

僕の手から生徒手帳を摘まみ上げると、江森さんはそれをポケットに戻した。おそらく彼はあの生徒手帳を定期的に見返して昔の自分を思い出すようにしているのだろう。苦い肝を舐めるように。

「カップルの片割れが彼女だとすぐに気づかなかったのは、恋人と並んで歩く彼女が、教室で見る彼女とはまったく違う種類の表情を浮かべていたからだ。なるほど、本当に幸せなときあの子はああいう風に笑うんだな、と思った。綺麗な子だったから、彼氏がいたことには別に驚かなかった。その子が自分のものになるなんて期待していなかったから、今さら嫉妬めいた気持ちも湧かなかった。もともと自己評価は底をついていたし、それ以上惨めになることもなかった。ただ、『幸せそうだな』と思っただけだ」

お前ならこの気持ちがわかるだろう、とでもいいたげに彼は僕を一瞥した。

もちろんわかりますよ、と僕も目で応えた。

「しかし、どういうわけか——新生活の準備をしているあいだ、俺は何度となくそのときの光景を思い返しては激しく心を掻き乱されることになった。荷造りをしながら、ごみ捨て場と自宅を往復しながら、生活用品を買い揃えながら、俺は卒業式の帰り道に目にした光景を頭の中でずっと反芻《はんすう》していた。引っ越しの用意が整ったあと、俺はからっぽの自室に大の字に寝転んで、自分が自分に何をさせようとしているのかについてじっくり考え続けた。そしてその日の夜、俺は決意したんだ。一からやり直そう、って」

その言葉の意味が僕に染み込むのを待つように、彼は何秒か間を置いた。

「幸い、進学先に知りあいは一人もいなかった。俺は引っ越しの予定を繰り上げて一人暮らしを始めた。そして生まれ変わるために、思いつく限りのことをすべて試した。大学が始まってもしばらくはほとんど顔を出さず、血を吐く思いでストイックに肉体改造に励んだ。人に好かれるためにどんな格好をしてどんな風にふるまえばいいのか毎晩研究して、大学とは無関係な場で毎日実践を積んだ。メスを入れない範囲で顔も弄《いじ》った。そうしてある程度自信がついたところで、ようやくまともに講義に出始めた。たちまち大勢の友人とっ美しい恋人ができたが、それからも自己改善の努力は絶やさなかった。むしろ努力にはっきりとした成果が現れたことで、俺の野心にいよいよ火が点いたんだ。何かに取り憑かれたみたいに、俺は美容やら何やらに熱を入れた。翌年には、こっちから粉をかけなくても女の子たちの方から誘いをかけてくるようになった」

そこで彼は僕に向けて試し撃ちでもするみたいに微笑んでみせた。夢を持って大学に入学してきた女の子が見たら一瞬で恋に落ちてしまいそうな笑顔だった。

「まるで世界が自分を中心に回っているみたいだった。それからは、俺は失われた青春を取り戻すことに躍起になった。あの頃の自分に、そしてあの頃の自分を相手にしてくれなかった連中に復讐するつもりで、若くて綺麗な女の子たちを片っ端から抱いた。美貌を保つために若い女の生き血を浴びていた中世の貴族みたいにな。そうすれば、俺の中の俺が救われると思ったんだ。教室のすみっこで指を咥《くわ》えてきらきらした青春を送る同級生たちを遠目に眺めることしかできなかった自分を、救済できると思ったんだ」

そこまで話すと、江森さんはようやくビールに口をつけた。とっくにビールは温《ぬる》くなっていたらしく、彼は顔をしかめて缶のラベルを眺めた。そして中身を地面に捨てて、缶を灰皿にして煙草を吸い始めた。僕もつられるように煙草に火をつけた。

「大学四年の夏に、ふと俺は我に返った。そして悟った。どう足掻いたところで、失われた青春を取り戻すなんて不可能だってことを。結局のところ、十五歳ですべき経験は十五歳でしかできないし、もしその年齢でそれを経験できなかったら、後にどれだけ豊かな経験をしたところで、十五歳の俺の魂は永久に救われないんだ。そんな当たり前のことにようやく気づいた。何もかも虚しくなって、俺は女遊びをやめた。女友達の連絡先を残らず消去した。天谷と親しくなったのは、その少しあとだ。当時の俺は、同じ種類の虚無を抱えた仲間を求めていたんだろうな」

言われて、思い出す。毎日のように江森さんの部屋を訪れていた女の子たちは、僕と彼が親しくなったあたりを境に姿を見せなくなった。

まさかその二つの事象に因果関係があったなんて、思いも及ばなかった。

「〈グリーングリーン〉の存在を知ったのは夏の終わり、ちょうど今くらいの時期だった」彼はついにその言葉を口にした。話は徐々に本題に近づいていた。「そいつはまさに俺のような青春ゾンビにうってつけの代物だった。美しい青春時代の記憶を使用者に提供する、青春コンプレックスの特効薬。俺はすぐさまそれに飛びついた。飛びつこうとした。カウンセリングの予約を入れるところまでいった。これで十二歳の俺や十五歳の俺を救えるんだ、と思った。でも、直前で思い直してキャンセルした」

そこで僕は初めて口を挟んだ。「なぜです？」

彼は苦々しそうに口元を歪めた。

「自分の頭の中で一番美しい記憶が他人の作り話だなんて、虚しすぎるだろう？」

僕は肯いた。

この人が僕と親しくしていたわけが、今ようやく完全に理解できた気がした。

「〈グリーングリーン〉の購入は取り止めたが、義憶そのものに対する関心は、その後も消えずに残った。特に、義憶について調べる中で知った義憶技工士という職業には強く惹かれた。並大抵の人間とは比較にならないほど、俺は自身の記憶と向きあい続けてきた。過去に対する無数の『こうだったらよかったのに』を抱える俺みたいな人間には、義憶技工士の適性があるように思えたんだ。俺はその職業について、集められる限りの情報を集めた。その情報収集の過程で、彼女の存在を知ったんだと思う。一年近く前に流し読みしただけの記事だったから思い出すまでにずいぶん時間がかかったが、半月前に天谷の隣を歩いている女を見たときに俺が覚えた既視感の正体は、それだったんだ」

江森さんは僕に携帯端末でニュースサイトの記事を見せた。三年前の日付が冒頭に記されていた。

十七歳の天才義憶技工士

と、そこにはあった。

「前置きが長くなっちまったが、結論を言おう」と江森さんが言った。「夏凪灯花は義憶技工士だ。天谷の頭の中にある夏凪灯花の義憶は、おそらく彼女自身の手によってつくられたものだ」

彼は画面を下にスクロールして、出てきた写真を拡大した。見慣れた顔が、僕の目に飛び込んできた。

四日ぶりに見る、夏凪灯花の笑顔だった。

＊

アパートに戻った僕は、記事を何度となく読み返した。その後、ウェブで彼女に関する情報を収集した。

夏凪灯花は彼女の本名ではなかったが、偽名と本名のあいだにさしたる違いはなかった。名字の子音を一つ取り換えただけだ。僕相手なら最低限の偽装で十分と考えていたのだろう。もしくは、ふとした拍子に本名を名乗ってしまったときなどにごまかしが利くよう保険をかけておいたのかもしれない。

　当時、彼女は史上最年少の義憶技工士だった。十六歳の若さで某大手クリニックの義憶技工士として採用され、高校に通いながらいくつもの義憶を手がけた。

　わずか三年のあいだに、彼女は五十を超える義憶をつくりあげた。これは彼女の若さを差し引いても異常なペースだ。量だけでなく、質も相当のものだった。いうまでもなく彼女は義憶技工士界の期待の新星として注目を集めたが、二十歳の誕生日を目前にして突然勤務先に退職届を提出、以後ぱったりと音沙汰がなくなった。それは界隈でもちょっとしたニュースになった。彼女の仕事を心待ちにしていた人々は失望を露わにした。彼女の描く義憶は他の義憶技工士の描く義憶とは何かが決定的に違っており、それは彼女以外の誰にも真似できなかった。

　その無類の何かを、本人は〈祈り〉と呼んでいた。

　ニュースサイトに掲載されている短いインタビューの中で、灯花は基本的には当たり障りのない言葉を選んで用心深く記者の質問に答えていた。インタビュアーは十七歳の天才義憶技工士から子供らしい反応や野心溢れる発言を引き出そうと四苦八苦していたが、踏み込めば踏み込むほど彼女は殻に籠もっていった。そして謙虚で無難で退屈な回答を返した。

彼女にまともに自分の考えを語らせることのできた質問は最後の二つだけだった。一つは、「あなたのつくる義憶は他の義憶技工士のつくる義憶と何かが決定的に違うと言われているが、その〈何か〉とは具体的にどういったものなのか」という問いかけ。

それに対する灯花の回答はこうだった。

――〈祈り〉ではないでしょうか。

〈祈り〉とはどういうことかと食いつくインタビュアーに、灯花は「要するに切実さのことです」と簡潔に答えていた。

でも本当のところをいえば、それは〈祈り〉以外の言葉には置き換えられないものだったのだろう。

なんとなく、そう思った。

続いてインタビュアーが尋ねたのは、義憶技工士としての最終的な目標だった。灯花はこれには次のように答えた。

――所持者の人生を狂わせてしまうくらい、強烈な義憶をつくってみたいです。

僕はその実験台だったのだろうか。

義憶を通じて僕の人生を狂わせることが、彼女の狙いだったのだろうか。

あの笑顔も、あの涙も、すべては僕の心を掻き乱すための演技に過ぎなかったのだろうか。

腹を立てるべきなのだろう。彼女のエゴのために利用されたことを、憤るべきなのだろう。一ヶ月前の僕ならそうしたはずだ。

でも今の僕にそれは不可能だった。今さら真実を知ったところで、もはや手遅れだ。彼女に負の感情を向けようとしても、この夏休みの一連の記憶がことごとく邪魔をする。憎めない、どころの話ではない。僕は十七歳の灯花の写真を何度も見返して、そのたびに愛おしさで胸が一杯になった。

不思議なことに、十七歳の灯花は、僕の知る二十歳の灯花よりもいくらか年嵩《としかさ》に見えた。写真の中の彼女は目元に疲れが滲んでいて、高校の制服を着用していることに違和感さえあった。これなら今の灯花の方がよほど似あうだろう。

というか、あらためて考えてみると、二十歳の彼女が若々しすぎるのだ。写真の中の彼女は二十歳で通用するし、現在の彼女は十七歳で通用する。

この倒錯は何を意味しているのだろう？　緊張のせいで写真写りが悪かっただけなのか。仕事を辞めたことで、ストレスから解放されて若返ったのか。僕を騙すために、義憶の中の姿にできるだけ近づこうとしたのか。

カメラに向けてぎこちない笑顔をつくる十七歳の灯花は、近未来の彼女の姿のようでもあった。

思考の空転は止まらなかった。眠れない夜に頼れるのは、やはりアルコールだけだ。僕は忘却の水をグラスに注ぎ、退廃の空気が漂うジン横丁に迷い込んだ。

僕の父もアルコールを好む人間だった。世の中には現実を楽しむための酔っ払いと現実を忘れるための酔っ払いがいるが、父は確実に後者だった。もし義憶中毒者にならなかったとして、そのときはもっと厄介なアルコール中毒者になるだけだっただろう。誰にも褒められない種類の繊細さを抱え、いつも息苦しそうにしていた。

絶対に父のようにだけはなるまいというのが僕の人生における唯一の目標だったが、表出のしかたが違うだけで、根本的には僕は父とよく似た人間になってしまったのかもしれない。都合の悪いことから目を逸らし続け、ますます事態を悪化させていき、それでもなお目を逸らし続ける人生。

壁に貼られた〈一行日記〉を無心で眺めているうちに、焦点をうまく定められなくなっていることに気づいた。瞼を閉じると、そこは高波に揺られる船の上だった。ふらつく足でトイレまで行き、胃の中身をぶちまけた。酒を飲んで吐くのは一ヶ月ぶりだ。あの日は〈レーテ〉を飲もうとして、飲めなくて、人違いをして、自棄《やけ》酒を飲んで、店から放り出されて、歩いてアパートまで帰って、そして彼女と出会った。

夏凪灯花。

引っかかっていることが、一つだけある。最後の日、灯花は幼馴染を演じる理由について、僕にこう語った。

『いずれわかるよ。なかなか複雑な目的だけど、君ならその趣旨を理解できると思う』

しかし、「利用者の人生を狂わせる」というのは、複雑な目的といえるのだろうか？

『君ならその趣旨を理解できると思う』というからには、その目的は普通の人間には理解しがたいものなのではないか？

何か、致命的な見落としがあるように思えてならない。

本当に僕の人生を狂わせたいだけならば、ほかにいくらでもやりようがあったはずなのだ。〈グリーングリーン〉の内容はそのままにするとして、たとえば「義憶の幼馴染の面影がある女の子」として僕の前に現れて、ちょっとした運命の出会いでも演出すれば、余計な疑念を抱かせることなく軽々と僕を籠絡《ろうらく》できたはずだ。その程度の想像力が彼女に備わっていなかったとは考えにくい。

それなのに彼女は、義憶の幼馴染本人として僕の前に現れた。わざわざ成功の見込みが薄い方法を選んだ。それほどまでに自作の義憶の影響力に確信を持っていた、ということだろうか？

決してそれだけではないはずだ。彼女はあくまで僕の最愛の幼馴染本人でなくてはならなかった。その理由を知るまでは、僕は彼女の真意を理解したとはいえないだろう。

思考はさらに空転を続ける。

＊

いつの間にか、空が白み始めていた。結局アルコールの力を借りても一睡もできなかった上、許容量を超えて飲んだせいで全身がひどく怠かった。目が霞み、頭が重く、喉が痛み、おまけに腹も空いていた。

布団から這い出る。おそらく眠りを妨げているのは空腹で、しかし僕のために朝食をつくってくれる幼馴染はもういない。冷蔵庫を覗いてみたが、キャベツの欠片とオレンジジュースがわずかに残っているだけだった。オレンジジュースを最後の一滴まで飲み干すと、空腹はむしろ悪化した。僕は眠るのを諦め、寝巻きのままサンダルをつっかけて部屋を出た。

　ドアを開けたちょうどそのとき、視界の隅で動くものがあった。僕はドアを後ろ手に閉めかけたまま、反射的にそちらを振り返った。

　女の子だった。年の頃は十七歳から二十歳といったところ。まるで遠い地で誰かの葬式を終えて始発列車で帰ってきたような格好をしている。薄明に照らされた手足は透き通るように白く、長く柔らかな黒髪が廊下を吹き抜ける風にふわりと膨らみ、
　そして、時が止まる。

　彼女はドアを開きかけたままの姿勢で、僕はドアを後ろ手に閉めかけたままの姿勢で、見えない釘で空間に固定される。

言葉という概念が一時的に失われてしまったみたいに、僕たちは長いあいだ無言で見つめあっていた。

　最初に動きを取り戻したのは、僕の唇だった。

「……灯花？」

僕は女の子の名前を呼び、

「……どちらさまですか？」

女の子は僕の名前を忘れていた。

七曲目がフェードアウトすると、薄暗い書斎に沈黙が降りた。

「終わったの？」と僕は小声で訊いた。

「半分ね」と灯花も小声で答えた。

彼女は立ち上がり、レコードプレイヤーのトーンアームをそっと持ち上げて針を外した。そして回転を止めたレコードを両手で慎重に裏返し、針を下ろした。ほどなく、小休止していたプレイヤーは演奏を再開した。まるでひっくり返って動けなくなっていた亀を元に戻してあげたみたいだった。

灯花は定位置に腰を下ろして、僕の耳元で内緒話でもするように囁いた。

「レコードは、A面が終わったら、ひっくり返してB面にしてあげないといけないの」

＊

物語はここからB面に移行する。

08　リプライズ

一度も会ったことのない幼馴染がいる。私は彼の顔を見たことがない。声を聞いたことがない。体に触れたことがない。にもかかわらず、彼を身近に感じる。彼を愛おしく思う。彼に救われている。

彼は実在しない。より正確にいうと、彼は私の空想の中にのみ存在する。眠れぬ長い夜に酸欠で霞んだ脳がつくりだした、都合のよい幻だ。しかしその幻は次第に私の中で明瞭なかたちを取り始め、やがて私にとってかけがえのない友人となった。

彼に名前はない。名前などつけたら、かえって彼が実在しないことがはっきりしてしまうからだ。私は彼をただ〈彼〉と呼んでいた。〈彼〉は私のたった一人の幼馴染で、理解者で、そして救世主《ヒーロー》だった。

〈彼〉のいる虚構の世界で、私は幸福だった。

〈彼〉のいない現実の世界で、私は幸福ではなかった。

幼い頃、私にとって世界は息苦しい場所だった。これは比喩ではない。確かに精神的にも息が詰まる場所ではあったが、それ以前に、肉体的に息が詰まった。文字通り、呼吸もままならなかった。精神的にも胸が痛い場所ではあったが、それ以前に、肉体的に胸が痛んだ。文字通り、胸が張り裂けそうだった。

息苦しい。息が詰まる。息も絶え絶え。皆こうした慣用句を何気なく使っているけれど、実際のところ、本当に呼吸が止まりそうになった経験のある人間がどれだけいるのだろう？　誰もが無意識に呼吸をしている。眠っていてもできる。普通に生活していたら、窒息するような機会なんてまず訪れない。

当時の私は呼吸に真剣だった。一日の大部分を、呼吸について考えながら過ごしていた。熟練のカメラマンが空間の光量を読み取るように、私は空間の酸素濃度を読み取った。誰もが意識しない空気の存在を、手に取るように感じていた。そして人々が寝静まる頃になると呼吸に全神経を集中した。夜の帷《とばり》から細い管をシュノーケルみたいに突き出して、懸命に空気を取り入れた。

極小の機械で架空の過去を脳に刷り込めるほどテクノロジーが発展した現代において、

喘息は絶望するほど深刻な病ではないというのが一般的な認識だ。事実、よほど重症でない限り、正しい知識をもって対処すれば健常者と同じように生活できる場合がほとんどだ。問題は、その正しい知識というものを私の両親が持ちあわせていなかったことだ。彼らはそれを「ときどき咳が止まらなくなる病気」くらいに捉えていた。花粉症にすらなったことのない二人にとって、気道が閉塞し呼吸を制限される感覚は永久に理解できないものだった。

いや、本質的な問題はおそらくそこではない。足りなかったのは病歴でも知識でも愛情でもなく、もっとも初歩的な想像力だ。私の両親は理解というものを根本的に誤解していた。対象を自分の世界に近づけることはできても、自分の世界を対象に近づけることはできない人間だった。その狭い枠の内側で、いびつに完結していた。

さらに悪いことに、彼らはテクノロジー全般に対して根拠のない不信感を抱いていた。どの時代にも必ずいる手合いだ。〈自然〉の二文字に過剰な価値を見出してしまう素朴な思考回路の持ち主。病院なんかに連れていったら病気になる、などといったうさんくさい本に書かれた冗談みたいな俗説を本気で信じていた。薬が健康を損ない、治療が寿命を縮め、すべての病は医者たちによって仕組まれた巧妙なマッチポンプであると思い込んでいた。多分そういう病気だったのだろう。

彼らにとっては最初からそこにあるものだけが善であり、そうでないものはすべて悪だった。そうした信条に振り回されて消耗し続けた私は、必然的に、彼らとは正反対の信条を身につけることになった。つまり、そこにあるものを憎み、そこにないものを愛するようになった。

そのような経緯で、〈彼〉は生まれた。

思い出すのは長く暗い夜のことだ。

その頃、私は夜に怯えていた。今も怯えているが、原因は当時とは異なる。どちらがましかと問われたら、どちらも最悪だとしか答えられない。苦痛にましも何もない。だが苦しみの量が同じなら、やはり子供の方が心がやわな分絶望は大きいだろう。

一日を終えてベッドに潜り込んだ辺りから、私の呼吸は乱れ始める。まず、軽い咳がある。それは苦痛が私のドアをノックする音だ。こうなってしまったらもう眠ろうとしても無駄だ。咳は着実に悪化していき、午前二時前後にピークを迎え、なおも一晩中続く。まるで私自身の身体が私を眠らせまいとしているみたいに。

仰向けでは息が苦しいので、丸めた毛布を抱え込むようにして座る。時間が経つにつれてその姿勢はどんどん前のめりになっていき、最終的には蹲《うずくま》るような姿勢になる。傍からは、何かに許しを乞うているように見えるかもしれない。苦痛を知らない胎児に戻りたがっているようにも見えるかもしれない。どちらでもない。その姿勢が一番楽なだけだ。

一番目立つ症状は咳だが、咳は苦痛の本質ではない。真に私を責め苛《さいな》むのは呼吸困難だ。ただ息を吸って吐くということが、誰もが生まれたときから無意識に行っているその基本的動作が、夜の私には大仕事になる。自分の喉が浮き輪の空気栓になったところを想像してみてほしい。もしくは肺が硬いプラスチックになったところでもいい。息を吸うのもままならなければ、吐くのもままならない。

呼吸ができないという感覚は、なんの捻りもなく死の恐怖に直結している。いずれこの喉は完全に塞がってしまうのではないか。ビニール袋を吸い込んだ掃除機みたいに機能しなくなってしまうのではないか。そのとき私は唸り声を上げることさえできないだろう。助けを呼ぼうとして必死に物音を立てて、けれども誰にも気づいてもらえず、怯え、恐れ、戦《おのの》き、いくつもの悲鳴や呪詛《じゅそ》を喉に詰まらせたまま息絶えるのだ。そう思うと恐怖で涙が出た。

私の部屋は両親の寝室からやや離れたところに位置し、私の寝るベッドもそこにあった。四歳までは両親と同じ寝室で寝ていたのだが、五歳になって少し経った頃にベッドを移された。「そっちの方がトイレが近くてあなたも助かるでしょ」と母は白々しく弁解していたが、どう考えてもそれはただの隔離措置だった。一晩中咳をして眠りを妨げてくる私が我慢ならなかったのだろう。気持ちはわからないでもない。

何かあったらすぐに呼べとは言われていたが、発作の最中に廊下を挟んだ対角線上にある部屋で眠っている両親を起こすほどの大声が出せるわけもなく、私にとってその隔離措置は死刑宣告同然だった。それに、仮に必死の思いで這うようにして寝室まで行ったとして、彼らは別に何もしてくれない。私はいつまでも自分の発作に慣れることがないが、両親はいつしか私の発作を見るのに慣れてしまっていた。よほど重篤な発作でない限り放っておいても朝方には治まるということがわかってくると、それからは私がいくら苦痛を訴えても聞き流すようになった。

七歳くらいまでは、大発作を起こすと夜間救急に連れていってもらえた。表から車のエンジンをかける音がして、病院に行けることがわかると、私の不安は急速に去っていった。病院の匂い、点滴、吸入器といったものを思い浮かべるだけで心が落ち着いた（私は病院という場所が大好きだった）。そしてその安心感のためか、病院に着くまでの三十分ほどの移動時間に発作が治まってしまうということもしばしばあった。そういうことを何度か繰り返すうちに、両親は私の詐病を疑い始めた。この子は親に構ってほしくて大袈裟に咳をしているだけなんじゃないか、と。

病院に近づくだけで発作が和らぐというのは喘息患者にはありふれた話なのだけれど、あの頃の私にそんな知識はなかったし、自身の病態について理路整然と説明できるほどの客観性もまだ獲得していなかった。両親の疑念は日増しに強まっていった。激しく咳き込む私を見て、父は「お前の咳は大袈裟だ」と疎ましそうに言い、母も「本当にそんなに苦しいの？」と訝《いぶか》るように言った。その後、彼らは私が発作を起こしても見て見ぬふりをするようになった。

一度、どうしようもなくなって、自分で救急車を呼んだことがある。そのときはしばらく両親から口をきいてもらえなかった。一週間ほどしてようやく声をかけられたと思ったら、開口一番に「お前のせいで恥をかいた」「うちに金が余ってると思ってるの？」と叱責された。多分この人たちは私が死んでくれた方が嬉しいのだろうな、と幼心に思った。他者に何かを期待する能力は、このときにあらかた失われてしまった。

とにかく時間が過ぎるのを待つしかなかった。私は時折巣穴から顔を出すようにして枕元の時計の夜光針を眺め、一秒でも早く夜が明けることを祈った。苦痛が大きいほど時間の歩みは緩慢になり、もどかしさのあまり時計の風防を破って針を直《じか》に摑みぐるぐる回してやりたいという衝動に駆られたことも何度となくあった。夜が短いというそれだけの理由で、私は夏が好きだった。

明け方になると少し呼吸が楽になって眠ることができ、束の間のまどろみの中、私は〈彼〉を夢想した。しかしそれから二時間後には起きて学校に行かなければならなかった。この病気の困ったところは、咳をしているとき以外はちっとも具合が悪そうに見えないところだ。身体が怠《だる》いから休みたいと親に訴えても、もちろん聞き入れてはもらえない。体温計の数字や皮膚の発疹《ほっしん》のような目に見える証拠がないと信じてもらえないのだ。

おかげで私はいつも睡眠不足で、日中は常にぼんやりしていた。頭がかすかに痛み、視界はぼやけ、あらゆる音が一枚壁を隔てて聞こえた。淡く霞のかかった世界の中で、苦痛と空想だけがただリアルだった。

年齢を重ねるにつれて私の病状は少しずつ軽くなり、喘息は徐々に心身症的な側面を強めていった。環境の影響を受けにくくなった代わりに、不安やストレスに敏感になった。こんなことをしたら発作が起きるかもしれない、こんなところで発作を起こしてはいけない、そのように発作について考えること自体が最大の誘因になった。

もしこのとき精神的な支えとなる人がそばにいたら、私の喘息はもっと早い段階で完治していたのかもしれない（もちろん、医療機関で適切な治療を受けられればそれに越したことはなかったのだが）。この人なら助けてくれる、この人ならわかってくれる、この人なら庇《かば》ってくれる、そう思える人が隣にいてくれたら、少なくとも不安が引き起こす発作の数は激減していたことだろう。

私には友人がいなかった。六歳の冬から春にかけて胸膜炎で入院していたせいで、小学校生活のスタートが遅れたせいもある。「他人様に迷惑をかけるといけないから」と外出を禁じられていたせいもある。運動ができなくて、周りの子供たちと同じように遊べなかったせいもある。遠足や運動会といった行事をほとんど欠席していたせいもある。

でも最大の原因は、私の性格にあった。病は私を卑屈で自罰的な人間にした。私の肉体は当たり前の生活を送ることもままならない出来損ないであり、私という人間はそこにいるだけで周囲に多大な迷惑をかける厄介者なのだ、という意識があった。それは確かに一つの真実ではあるのだけれど、生後十年に満たない子供には真実と向きあう義務などない。気にせず図々しく生きていればよかったのだ。

でも私にとって一番近しい存在である二人は、卑屈な態度をあらためさせるどころか推奨さえした。お前は色んな人に迷惑をかけて生きているのだからせめて下を向いて生きろ、と言外にほのめかしていた。私は私を呪うように教育され、その教えを常に実行していた。友達なんてできるはずもなかった。

学校にいい思い出は一つもない。特に地元の公立小学校に通っていた頃、私はとても惨めな生き物だった。

　当時の私には、背中を丸めて歩く癖があった。長い距離を歩くときなど、呼吸を楽にしようとすると自然とそうした歩き方になってしまうのだが、この癖をよく同級生にからかわれた。私の歩き方を真似て笑いを取っている男の子を見てからは、この人たちの前で大きな発作を起こしてはいけない、と警戒するようになった。彼らはそれを、私をからかうための格好の材料にするだろう。そして何年にもわたって物笑いの種にし続けるだろう。絶対にこれ以上弱味を見せてはならない。そうやって気を引き締めるほど、教室の空気は薄くなっていくようだった。

　私の病弱を知り、気遣って仲間に入れてくれる人もごく少数だがいた。そういう人は最初はとても親身になって私に調子を合わせてくれるのだが、ある一定の期間が過ぎてしまうと、次第に私の神経質なふるまいに苛立ちを覚えるようになり、一緒にいるだけで様々な行動を制限されることをうっとうしく思うようになり、やがて疲弊して去っていった。もっとひどいときは私を憎むようになった。そうして結局、私は一人になるのだった。

　とにかく感情を昂《たか》ぶらせないようにすること、発作の予兆を感じ取ったら何をなげうってでも保健室にいくこと。この二つを徹底することで、私は同級生の前で醜態を晒《さら》すことを辛うじて防いでいた。実際、その努力はある程度まではうまくいっていた。でも小学四年生の冬、私は教室のど真ん中で重度の発作を起こすことになった。

　私がお守りのように持ち歩いている吸入器を見て、ある男子生徒が何かからかうようなことを言った。それがきっかけだった。無視してしまえばよかったのだけれど、彼の言い方があまりにひどかったので、私はついかっとなって言い返してしまった。反撃が来ると思っていなかった男子生徒は困惑し、腹を立てた。そしてその怒りを自他に向けて表明すべく、私から吸入器を引っ手繰《たく》り、教室の窓から投げ捨ててしまった。

　私はパニックを起こした。吸入器を取りにいこうと駆け出しかけて、直後、今までに経験したことがないくらい強烈な発作に見舞われた。

　その日のことは、今でもよく夢に見る。

　クラスメイトの反応は概ね予想通りだった。彼らは発作を起こした私を同情や庇護の対象ではなく滑稽で気味の悪いものとして受け取った。それからというもの、私は教室にはほとんど顔を出さなくなった。小学校生活残りの二年ちょっとを、私は保健室のベッドの上で過ごした。

　もっとも保健室にも私の居場所はなかった。脱落者たちのあいだにもカーストやグループは存在する。保健室には保健室の社会があり、私はそこにも溶け込めず爪弾きにされていた。保健室登校の生徒にもうまく養護教諭に取り入ることのできる生徒とそうでない生徒がいて、当然私は後者だった。

それでも、安住の地とまでは呼べなくても、教室に比べれば保健室は天国にも等しかった。私はそこで一人本を読み、積年の睡眠不足を取り返すように昏々と眠り続けた。五年生の林間学校の日も六年生の修学旅行の日も、私は保健室で眠っていた。それを特に残念だとも思わなかった。

ある程度の睡眠時間を確保できたおかげか、それともクラスメイトの目に怯えて過ごすストレスから解放されたおかげか、学年でも一、二を争うほど小柄だった私の体軀はその二年間で平均より少し下程度にまで成長した。喘息に関する知識も身につき、中学生になると人並みの生活を送れるようになったが、その頃にはもう孤独が骨の髄まで染みついていて、誰かと友達になりたいとは思えなくなっていた。

妙な話だけれど、今さら友達なんてつくったら、小学時代の私に申し訳が立たない気がしたのだ。現在の私が孤独を否定してしまったら、過去の私自身を否定することになる。あの苦痛塗れの六年間は純粋な消耗に過ぎなかったのだと認めることになってしまう。

彼女が暗黒の日々に見出した孤独の発明を、私は受け継いでやりたかった。あなたの受けた苦痛は決して無駄ではなく、今もこうして私の中に息づいているんだよ、と励ましてやりたかった。

私は孤独な中学生活を送り、孤独な高校生活を送った。その選択が正しかったのかどうかは未だにわからない。しかし、仮に過去をなかったことにして普通の人と同じように生きたところで、結局はどこかで無理が生じて破綻していたのではないかと思う。そして今以上に孤独になっていたのではないだろうか。

学校生活の思い出はそんなものだ。休日は、自室でじっとしていた。両親から不要な外出を禁じられていたのもあるが、そもそも外に出てやりたいこともなかったし、会いにいきたい人もいなかった。勉強をする気も起きなかった。学校の授業を聞くだけで学年上位の成績を維持することができていたし、いくら勉学に励んだところで、大学に進むことを両親が許してくれるとは思えなかった。だから学校図書館で借りてきた本を読むか、父が使わなくなったレコードプレイヤーで音楽を聴くかしていた。

読書にも音楽にも気が向かないときは、張り出し窓から往来を眺めた。私の家は高台にあり、窓からは色々なものが見えた。春なら桜並木、夏なら向日葵畑、秋なら紅葉、冬なら裸並木。それらを飽くことなく眺めながら、私は一度も会ったことのない幼馴染に思いを馳せていた。

本当をいえば、私には家族が必要だった。友達が必要だった。恋人が必要だった。

そのすべてを兼ね備えた存在を、私は夢想した。必然的に〈彼〉は幼馴染になった。それは家族のように温かく、友達のように楽しく、恋人のように愛おしい、何から何まで私の好みに合致した、いってみれば究極の男の子だった。

もしあのとき〈彼〉がいたらどうなっていただろう？　私はその仮定を細部に至るまで緻密にシミュレーションした。過去の記憶を一つ一つ取り出して、そこに〈彼〉の存在を組み込み、思い出の中で泣いている私を一人一人救済していった。

あのとき、〈彼〉と出会っていたら。

あのとき、〈彼〉が助けてくれていたら。

あのとき、〈彼〉が抱き締めてくれていたら。

今頃私は、どんな人生を送っていただろうか。

そうした空想が、私にとって唯一の避難所《シェルター》だった。

＊

人生の転機は十六歳で訪れた。

学歴も職歴もない人間が義憶技工士の職に就くには、今のところ方法は一つしかない。

大手のクリニックが定期的に行う公募に応募して、クリニックから送られてくる〈履歴書〉に沿った義憶を作成して提出し、それが認められればそのまま雇用される。小説の新人賞をイメージするのが一番わかりやすいだろう。門戸の狭さもちょうど小説家と同じくらいだ。最終的には才能がものをいう点も同じで、死にもの狂いで勉強しても箸にも棒にもかからない人もいれば、時間潰しに書いた義憶で最大手のクリニックに採用される人もいる。年齢も経歴も関係なければ、専門知識もいらない。小説家がワードプロセッサの機構や製本技術に精通している必要がないように、義憶技工士も脳科学やナノテクノロジーに精通している必要はない。

そもそも義憶技工士のやっていること自体、ほとんど小説家と同じようなものだ。小説家と義憶技工士とで異なるのは、小説家が想定する読者が数千数万規模であるのに対し、義憶技工士が想定する読者はたった一人だけという点だろう（もちろん小説家の中にもたった一人の読者を満足させるために執筆している者はいるだろうが）。小説家が内部からの要請に従ってものを書くのに対し、義憶技工士は外部からの要請に従ってものを書く（もちろん小説家の中にも外部からの要請に従ってものを書いている者はいるだろうが）。依頼人の〈履歴書〉に目を通し、どこまでもプラグマティックに物語を綴る。詩人がパトロンに十四行詩《ソネット》を捧げるように、といえば少しは聞こえがよいかもしれない。

とてもシンプルな世界だ。仕事の内容がシンプルだからというのもあるし、義憶技工士がまだできて間もない職業だからというのもある。今後は義憶関連の法律も徐々に整備されていき、それに従って物事が煩雑になっていくのだろう。しかし私はそうなる前に義憶技工士をやめてしまったから、この世界のシンプルな部分しか知らない。

私は十六歳で義憶技工士の職を得た。あれから四年が過ぎた現在でも、十六歳の義憶技工士は十六歳の小説家と同じくらいめずらしい。

義憶技工士という職業があることを知ったのは十五歳のときだ。進路希望調査の空欄を埋めるために職業一覧をなんとなく眺めていて、ふとそれが目に入った。父の仕事が歯科技工士だったから、技工士の三文字に反応してしまったのかもしれない。特に期待もせずその職種概要を読んだ私は、しかし、直感的に悟った。

これは私のためにある仕事だ。

その直感は的中していて、一年後の夏、私は当時最年少の義憶技工士としてそれなりに名の知られたクリニックで就業することになった。努力らしい努力をした記憶はない。誰に教わるでもなく、〈履歴書〉を読み通してキーボードに指を置いたその瞬間から、私は自分が何をすべきかを十全に理解していた。

義憶技工士を目指すなどと打ち明けても親の了承を得られるとは思わなかったから、先に結果を出して事後報告的に公募に受かったことを伝えた。それが非常に門戸の狭い職種であり、高校の勉強に支障のない範囲で続けることができ、何より金になる（学費の足しになる）ということを強調すると、両親は不承不承就業を認めてくれた。

仕事の手順はこうだ。クリニックから私のもとに、依頼人の〈履歴書〉が送られてくる。〈履歴書〉に書き込まれる情報は催眠状態で引き出されたものなので、そこに嘘偽りはない。私は〈履歴書〉に目を通して、依頼人にとって必要と思われる架空の過去を作成する。何回か〈編集屋〉とやりとりして細かい手直しを加え、義憶を最良のかたちに整えてクリニックに提出する。この一連の工程を、大体一ヶ月以内に終える。

作成手順は人それぞれだが、私はまず〈履歴書〉を暗記するくらい徹底的に読み込むことにしていた。こんなものをつくろうという方針は一切立てず、とにかくそれを熟読する。やがて依頼人が自分と近しい人間であるかのように錯覚し始める。それでもなお〈履歴書〉に読み耽《ふけ》る。そうしているうちに、ある時点で私は依頼人の魂の核みたいなものに触れることになる。それは同情とか共感を超えて憑依《ひょうい》とでも呼ぶべき状態だ。

そのとき私は、その人以上にその人になる。依頼人が心の奥底で希求しているものを、依頼人以上に明瞭に察知することができる。本人が自覚していなかった欠落を浮き彫りにし、その穴にぴったりと嵌《は》まるピースを探し当てて差し出すことができる。そうして、これはほかの誰でもなくあなたのためにつくられた記憶なのだ、という感覚を与えることができる。

自分自身の穴を埋めるための空想を続けてきた私は、この捉えどころのない作業を息をするように——いや、それよりもずっと容易に——行えた。私はすべてが欠けた人間だったから、あらゆる欠乏に対応できた。ある種の願望充足的な物語をつくる上では、欠落というのはもっとも重要な資質でさえあるようだった。私は何にでも憧れることができた。

どれだけ偉大な作品を書き上げたところで読者はたった一人だし、どれだけ稚拙な作品を捏《でっ》ち上げてもやはり読者はたった一人だ。だから義憶技工士の中にはいい加減な仕事をする者も大勢いる。出来不出来の客観的な指標がないので、どれだけ雑な仕事をしても「あなたとは感性が合わなかったようですね」で済まされてしまうのだ。読者が一人である以上、過去作とのアイディアの重複や自己模倣が責められることがないので、ひたすら代表作の焼き直しを続ける者も少なくない。

だから良心的な義憶技工士とそうでない義憶技工士とのあいだで、義憶のクオリティには大きな差が出る。そして優秀な義憶技工士にはリピーターが何人もつく。一度義憶でいい思いをした顧客は、大抵二つ三つと義憶を買い足していく。不安なのは最初だけで、一歩踏み出してしまえば、それからは過去を整形する快感に取り憑かれることになる。

従って、短期的に見れば五十パーセントのクオリティの義憶を大量生産した方が儲けはよいが、長期的に見れば九十パーセントのクオリティの義憶を少数生産した方がずっと得をする。粗製濫造の義憶技工士からは次第に客足が遠退いていく。そしてこの狭い世界において、一度失われた信用が回復することは滅多にない。義憶の購入者たちは保守的だ。杜撰《ずさん》な仕事をするとわかっている義憶技工士に一か八かで依頼をするような物好きはそういない。

私は丁寧な仕事を心がけていた。納期も厳守したし、勉強も欠かさなかった。責任感があったというのではない。依頼人の期待に応えたかったというのでもない。単純に、この仕事が好きだったのだ。

履歴書を読み込み架空の過去を思い描くことは、他人の生を生きることでもあった。自分自身の生にうんざりしている私にとって、それは趣味と実益を兼ねた理想的な職業だった。私は在学中から勉学をなおざりにして仕事に打ち込んだ。授業中もずっと上の空で、頭の中はそのとき引き受けた依頼人の履歴書のことで一杯だった。他人の人生に浸りすぎているせいで、ややもすると自分が地方の公立高校に通う十代の少女であることを忘れそうになった。

私の仕事は評判を呼び、そのうち見たこともない額のお金が口座に振り込まれるようになった。働き始めた最初の年に、私の年収は父の年収を大幅に超えてしまった。金稼ぎに興味はなかったが、通帳に記入された金額をぼんやり眺めていると、自分が社会に認められたような気分になれた。私はこの世界にいてもいいんだ、と生まれて初めて感じることができた。娘が勝手に進路を決めたことを両親は快く思わなかったようだけれど、私は稼ぎの半分を家に入れており、それが家計の大きな助けになっていたので、向こうもあまり強くは出られないようだった。

数字には確かな手触りがあった。私は暇さえあれば通帳を開き、そこに並ぶ数字が膨らんでいくのを見て励みにした。小さな頃、ポケットの吸入器をこっそり何度も取り出して心を落ち着かせていたように。

十八歳のときに両親と金銭的な問題で衝突し、このままでは一生彼らに搾取されることになると思い、実家を飛び出した。無理を言って叔母の家に数ヶ月間置いてもらい（こちらがお金を出している分には親切な人だった）、その後叔母の知人が経営する古いマンションに部屋を借りて自活を始めた。

一人暮らしを始めてからも相変わらず孤独ではあったけれど、それは純粋に一人ぼっちで感じる妥当な孤独であり、集団の中で不当に押しつけられる孤独よりはずっとましだった。教室的な孤独ではなく、自室的な孤独。そして仕事に精を出している限り、私は空想から空想へと忙しなく渡り歩かねばならず、とても寂しさなんて感じている余裕はなかった。

定期的に病院に通ううちに、いつしか喘息も治っていた。私は一人で生きていく自信を身につけ、がんじがらめの鎖からようやく解き放たれた。

展望は明るかった。これから私の本当の人生が始まるんだ、と思った。

その予感は正しい。しかし、「本当」がいつでも善の性質を持っているとは限らないということを、当時の私は失念していたように思う。

十九歳で、新たな病が見つかった。

09　ストーリーテラー

義憶技工士という職業が生まれたきっかけともいえる新型アルツハイマー病《AD》と従来のアルツハイマー病とを比較したとき、もっとも顕著な違いは記憶の失い方にある。

従来のＡＤの記憶障害が老眼的であるのに対し、新型のそれは近眼的だ。ＡＤは初期から近時記憶の障害が目立つが、遠隔記憶が障害されるのは症状がある程度進行してからだ。一方、新型ＡＤはこれと正反対で、遠隔記憶障害は初期症状であり、近時記憶障害は末期症状として現れる。ＡＤは近くのものから見えなくなるが、新型ＡＤは遠くのものから見えなくなる——もちろんこれは過度に単純化した比喩に過ぎない。だが、新型ＡＤの性質を手っ取り早く説明するためにこういった表現が一般的に用いられている。

近眼が若者にもめずらしくないように、新型ＡＤは若年性ＡＤよりもさらに若い層で罹患しうる。十代での発症も数件報告されている（何を隠そう私がその一人だ）。ＡＤは未だ謎の多い病だが、新型ＡＤはそれ以上に霧に包まれた病だ。ＡＤ同様、複数の遺伝的要因や環境要因が絡まりあった多因子遺伝疾患ではないかという説が最有力だが、一部では変異したナノロボットが真犯人ではないかとも囁かれている。新種の感染症が間接的な原因になっていると推測する学者もいる。様々な意見が入り乱れているが、今のところ決定的な説はない。要するにほとんど何もわかっていないのだ。無論、治療法もない。

従来のＡＤに比べ、新型ＡＤの記憶喪失は非常に規則的だ。まるで保持しきれなくなったログファイルが古いものから自動削除されていくように、一番古い記憶から順番に蝕まれていく。幼児期を忘れ、児童期を忘れ、思春期を忘れ、青年期を忘れ、中年期を忘れる。やがて直近数日の出来事しか記憶できなくなる。

もっともゴール地点は従来のそれも新型のそれも同じだ。記憶の侵食が現在に追いついたとき、患者は失外套症候群を呈し、ほどなく死に至る。記憶障害ばかりが注目されがちだが、何よりそれは死と直結した病であり、ひとたび発症すれば助かる見込みはない。現時点での致死率は百パーセントだ。アルツハイマー型認知症の平均余命は発症から七、八年程度だが、新型はその半分に満たない。

ＡＤ患者が末期には自己認識さえ不能になり一種の恍惚状態に陥るのに対して、新型Ａ

D患者は死の間際までエピソード記憶以外には目立った障害が現れない。高次脳機能障害や見当識障害は認められず、思考能力も正常で、人格の変化もこれといって生じない（近時記憶に関してはむしろ強化されるという研究報告もあるが、これは単に遠隔記憶が失われて記憶の競合が生じにくくなるためだろう）。日常生活を問題なく送ることができるし、ほとんどの仕事には支障を来さない。幻覚も妄想もないので、周囲の人間にとってはありがたい話だろう。

だが本人にとって、これは地獄にほかならない。どこまでも鮮明な意識を保ったまま、自分という人間が失われていく過程を直視しなければならないのだ。ADが鈍い痛みとともに内部からじわじわと食い殺される病だとしたら、新型ADは麻酔もなしに四肢を少しずつ切断される病だといえる。恐怖の質が異なるが、一般的には後者の方が苦痛が大きいと考えるだろう。

それゆえ、新型AD患者には症状が進行し切る前に自ら命を絶ってしまう者も少なくない。自分が自分でいられるうちに何もかも終わらせてしまいたい、と彼らは言う。

薬によってある程度まで症状の進行を遅らせることはできるが、その性質上、新型ADは発見が遅れやすい。即時記憶や近時記憶に問題が生じた場合はすぐにそれとわかるが、幼児期や児童期の出来事が思い出せなくなったからといって即座に病と結びつける人はそういない。定期的に昔のことについて語りあう相手がいるのでもない限り、初期の新型ADを自覚するのは難しい。十代後半の記憶が失われ始めた頃になって、慌てて医療機関に駆け込むというのがほとんどだ。

だから患者の大部分は子供時代の記憶がない。このことは、しばしば最愛の人間を忘れてしまう以上の悲劇として語られる。ある患者はその精神状態を「常に知らない町で迷子になっているような気分」と形容していた。結局のところ、私たちにとって本当に大切な記憶は人生の序盤に集中していて、中でも真の安心は幼児期にしか享受できないものなのだろう。真の安心——チャーリー・ブラウンが「親の運転する車の後部座席で寝ること」と表現したような完全無欠な安心。そんなもの、私にはそもそも最初から与えられていなかったのだけれど。

私の場合、病が見つかったのはまったくの偶然だった。利き手に痺れを感じたので病院に行ったら脳のCTを撮られ、そこに新型ADの兆候が出ていたのだ（なお、痺れの原因は単なる疲労の蓄積だった）。

病を告知された日の帰り道も、心は平穏そのものだった。新型ADがどんな病気かは知っている。有効な治療法がないことも、患者に自殺者が多いことももちろん知っている。

それが死に至る病であることも。にもかかわらず、絶望に沈むこともなければ、悲嘆に暮れることもなかった。涙は一滴も流れず、空腹を感じる余裕さえあった。

とはいえ、いずれは実感が湧いてきて何も手につかなくなるだろうと思い、とりあえず一ヶ月の休暇を取ることにした。それまで私は働きすぎなくらいだったから、申請はあっさり受理された。

それから十日ほど無為に過ごしたが、やはり恐怖も後悔も微塵もなかった。あるのは困惑だけだった。なぜ私はこんなに落ち着いていられるのだろう？　何かを根本的に誤解しているんじゃないだろうか？　あるいはまだ現実を受け入れる用意ができていないだけかもしれない。

私は部屋に閉じ籠もり、観たくもないテレビをあてもなく観続けた。これまで二十四時間フルタイムで――夢の中でさえ――仕事のことを考えていたワーカホリックの私には、余暇時間の正しい過ごし方がわからなかった。この数年間、休日はすべて義憶のバリエーションを増やすためのインプットに充ててきた。本も映画も音楽も旅行も、私にとってはよりよい義憶をつくるための学習教材に過ぎなかった。それらを行動の選択肢から外してしまうと、途端にびっくりするくらい手持ち無沙汰になった。私は本当に仕事のことしか考えていなかったのだな、としみじみと思った。

さらに三日が経過し、困惑は違和感に変わった。私はその違和感をどうにかして言葉に置き換えようとして、ベッドに横になったままあれこれと思考を巡らせた。そしてある時点でそれに気づいた。

思えば最近、フラッシュバックに襲われる頻度が激減していた。湯船に浸かっている最中やベッドに潜り込んで眠りの訪れを待っているとき、不意に昔のことを思い出して惨めな気持ちになることがほとんどなくなっていた。理由は考えるまでもない。トラウマを含んだ子供時代の記憶が、病によって消失しつつあるからだ。私が感じ続けていた違和感の正体はそれだった。記憶を失うにつれて、私は恐れを感じるどころか、むしろ生きやすくなっている。

よくよく振り返ってみれば、私には忘れたくないことなど一つもなかった。忘れたくない人が、忘れたくない時間が、忘れたくない場所が、何一つとしてなかった。

私はその事実に愕然とした。そもそも普通の人であれば、自分の記憶が失われていくことがわかったら、何より先に忘れたくないことを書き留めるだろう。何度もそれを読み返して、脳裏に焼きつけようとするだろう。しかし、私はそうしなかった。私にはその必要がなかった。忘れられるものなら忘れてしまいたい苦い思い出を取り除いてしまうと、あとはがらくたみたいに無価値な記憶しか残らなかった。

　喪失の恐怖を味わわずに済む余生を喜べばいいのか、喪失するものさえ手に入れられなかった半生を嘆けばいいのか、私には判断がつきかねた。ただ一ついえることは、記憶喪失によって心の傷が癒やされるにつれて、少しずつ人恋しさというものが私の中に芽吹き始めていることだった。観たくもないテレビを観続けていたのは、ひとえに人の声を聞いていたかったからだ。

　寂しい。今の私は、その感情を素直に認めることができた。裏を返せば、病前の私には寂しさを認める余裕すらなかったということだ。心的苦痛の一部が取り除かれて心にゆとりが生まれて、初めて私は自分が孤独を選択してきたのではなく孤独が自分を選択してきただけなのだという現実を受け入れられるようになった。将来にわたる感情の蓄積を考慮する意味がなくなったので、精神的不感症のふりを続ける必要がなくなったともいえる。

　その欲求に逆らってもしかたないように思えた。私は医師に勧められるがまま、都内の新型ＡＤ患者サロンが催す交流会に参加することにした。患者同士で悩みや不安を共有することを目的とした会で、そこに行けばたくさんの同病者と知りあえるという。

　苦痛とはどこまでいっても個人的なものであり、たとえ同病者だろうと分かちあうことはできないのだと私は喘息から学んでいた。だから病気に関して前向きになったり不安が取り除かれたりといった変化は最初から期待していなかったが、それでも構わなかった。

私はただ、生まれて初めて感じることのできた健全な寂しさを、健全なやり方で埋めてみたかったのだ。ベッドの中の空想のような不健全なやり方によってではなく。

*

義憶技工士は比喩を用いない。小説の読者や映画の観客と違い、義憶の所有者はそこにあるものをそこにあるものとしてしか認識しない。ここに描かれている情景はなんのメタファーなのか、ここで挟まれる挿話はなんのアレゴリーなのか、といったパズル的読解を行わない。与えられた物語に過剰な意味を見出そうとはせず、人生を享受するように義憶を享受する。だから私たちも芸術的野心など持たず、ただ心地よいエピソードを連ねることに終始する。このため、物語を仕事にしている人々のあいだで、義憶技工士はファストフード店みたいな扱いを受けている。

それでいい、と思う。私は立ち食い蕎麦も回転寿司も好きだ。なくなったら寂しい。

だからといって、比喩そのものの存在を軽視しているわけではもちろんない。それは時として、語り手の意図を超えて事物の核心を抉り出すことすらある。私たちの使う言葉は、私たちよりもずっと賢いのだ。

たとえばそのとき、学校の教室程度の広さの部屋に円形に並べられた十脚の椅子とそこに座っている九人の悩める同病者を見て、私は「百物語でも始まりそうな雰囲気だな」と思った。なんということはない比喩だが、この比喩は私の意図しないところで真実を掘り当てていた。彼らがこれから語る話によって私は背筋を凍りつかせ、恐怖で吐き気を催すことになる。そして十人目の語りに差しかかる頃、この世ならざる者を呼び寄せてしまうことになる。

メンバーは年齢も性別もばらばらで、予想通り私が一番年少だった。ちょっと気後れしたが、深呼吸して席に着き、周りに向けて小さく会釈した。そしてあらためてその場にいる一人一人を観察した。皆、一様に沈鬱な表情をたたえていた。自分が世界で一番不幸であると疑わない目をしていた。こういう光景を何かの映画で見たな、と私はふと思う。二十秒くらい考えて、そのタイトルが『ファイト・クラブ』だったと思い出した。あの映画を観たとき、私は十七歳だった。ということは、少なくとも十七歳以降の記憶はまだ残っているのだろう。

ペットボトルのお茶が全員に配られたが、口をつける者は一人もいなかった。他の参加者としきりに目配せしあっている人たちは、おそらく今回が初参加ではない。知りあいがいないのは私一人かもしれない。

そこにいる誰もが小綺麗な格好をしていて、私は今さらのように自分の外見を意識した。服と靴は三年前に買ったもので、装飾品の類は一切身につけていない。化粧はしていないに等しく、寝不足と不摂生で肌が荒れ、一度も染めたことのない黒髪はほったらかしすぎて幽霊みたいになっている。人前に出るような格好ではない。

交流会が終わったら髪を切りにいこう、と思った。

咳払いが聞こえた。

「それじゃ、ぼちぼち始めようか」私の左隣に座っている四十がらみの男性が口火を切った。「誰から始める？」

数人が顔を見あわせて、曖昧に首を振った。

「では、いつも通り私から……」

彼は苦笑いを浮かべ、慣れた調子で語り始めた。

――私はもう、妻のことを半分も思い出せません。

どこかで聞いたような話、というのが率直な感想だった。大学を卒業してすぐに結婚し、借金して店を始め、貧乏時代を妻と切り抜け、やがて仕事が波に乗り、子供が生まれ、さあこれからだぞというときに病気が見つかった。自分の死も怖いが、それ以上に妻子を忘れてしまうのが怖い。認知症で家族の顔がわからなくなった祖母のことを思い出す。自分もあいう風になってしまうのかと考えると、いっそその前に命を絶ってしまいたいと思う。云々。

男性の話が終わると、まばらな拍手が起きた。私も小さく手を叩いたが、正直にいうと「ずいぶん幸せな人生を送ってきたんだなあ」としか思えなかった。同情より羨望が先立ってしまう自分が情けなく、拍手の力を強めた。

それからは、時計回りに各々の悩みを語っていくことになった。新入りの私を気遣って、私の順番が最後になるように取り計らってくれたのかもしれない。誰もが最初の男性のように淀みなく喋れるわけではなく、中には終始つっかえながら辿々しく語る人もいて、私は内心ほっとした。

四人目の図書館司書をしているという女性の話には、印象的なエピソードがいくつか含まれていた。彼女の語りを聞いているうちに、無意識に「このエピソードはちょっと弄れば義憶に使えそうだな」などと考えてしまっている自分に気づき、慌ててその不埒《ふらち》な考えを払いのけた。こんなときまで仕事のことを考えてどうする。他人の打ち明け話を飯の種にしようなんて失礼極まりない。私は義憶技工士の回路を閉じ、義憶を享受する人々のように同病者たちの話を素直に聞くことを心がけた。

六人目の話が終わり、小休憩が挟まれた。左隣の男性が、交流会の印象を尋ねてくる。

私はそれに無難な言葉を選んで返しつつ、それまでの六人の話を頭の中で一通り振り返ってみた。そしてふと、あることに思い至ってぞっとした。

皆、親族と友人と恋人の話しかしていない。

百物語が再開される。七人目、家族と友人の話。八人目、恋人と友人の話。九人目、親族と友人と猫の話。やっぱりそうだ、と私は確信する。過程こそそれぞれだが、私以外の全員が「最後の砦は身近な人間との絆なのだ」という結論に落ち着いている。

右隣の初老の女性が話を締め括ろうとしている。私は何を話すべきだろうか、と考える。当初は、記憶を失う恐怖さえない虚無について語るつもりでいた。しかし、この流れで取りを務める私がそんな話をしたら、顰蹙《ひんしゅく》を買うのではないか。皆がせっかく積み上げた親密な空気に水を差すことになるのではないか。

私の絶望は、図らずもこれまでの九人分の絶望に対する皮肉として響いてしまうのではないか。

私は一度閉じた回路を再び開いた。頭を執筆時のそれに切り換えて、新規の物語を立ち上げた。

この場に相応しい話をしよう、と思った。

目を閉じて、意識を集中する。ここまでの九人分の語りをどろどろになるまで咀嚼し、エッセンスを抽出する。そこにいくつかの私的事実――あるいは私的事実の延長線上にある願望――を混ぜ込んでオリジナリティを演出、さらにノイズとなる情報をあえていくつか投入して虚構の露骨さを緩和し、リアリティを偽装する。

白馬の王子様の役には、幼い頃からずっと空想の中で育んできた〈彼〉を採用した。

一連の工程を、私は三十秒足らずでやってのけた。時間に余裕があったので、完成した話に気の利いたタイトルまでつけてみせた。

新型ADに罹患してからというもの、私のストーリーテラーとしての能力は衰えるどころかぐんぐん成長していた。なぜかはわからない。脳に悪影響を及ぼすはずの飲酒や喫煙が執筆に好影響を与えるのと同じ理屈かもしれない。余計なことを忘れるにつれ、思考から贅肉が削ぎ落ち研ぎ澄まされていく感覚があった。

女性の話が終わったようだった。拍手が収まると、「さあ、あなたの番ですよ」とばかりに九人が私に注目した。私は右の肺にそっと左手を添えて短く深呼吸すると、今しがたできあがったばかりの――でもある意味では物心ついたときから構想し続けていた――架空の過去を語り始めた。

「私には、幼馴染がいます」

話を終える頃には、その場にいた人々の半数が涙ぐんでいた。中にはハンカチを取り出して目元を拭っている者もいた。私の嘘は誰の語った話よりも真実らしく響き、聴衆の心を揺り動かしたようだった。

拍手が鳴り止むと、メンバーの一人――猫の話をしていた女性だ――が言った。

「今日、ここに来てよかったわ」彼女は老眼鏡を外して目尻を擦り、丁寧にかけ直した。「素敵なお話を聞かせてくれてありがとう。あなたはとっても不幸だけれど、とっても幸せ者ね。最高のパートナーに恵まれているもの」

なんと返せばいいのかわからなくて、私はぺこりと頭を下げた。それから口々に、残りのメンバーが私の話の感想を述べた。温かい言葉を投げかけられるたびに、強張った笑顔の裏側に罪悪感が募っていった。

どうやら私は少々やりすぎてしまったようだ。考えてみれば、自分の手がけた物語に対する反応を直に見るのはこれが初めてだった。まさかここまで大きな反響があるとは思わなかった。物語の持つ魔力というものを、こんなところで再認識させられるとは。

「こんなに若いのにお気の毒だわ」「今度、その人もここに連れてくるのはどうかな。皆で歓迎するよ」「理解者がそばにいてくれるというのは、心強いね。僕も妻がいなかったら今頃自暴自棄になってしまっていたと思う」「あなたの話を聞いていたら、私も彼氏に会いたくなっちゃった」

私は乾いた笑いを浮かべながら彼らの言葉に肯いていた。そして肯けば肯くほど惨めになっていった。この人たちは、本当は私の話が作り話だと知っていてわざとからかっているんじゃないだろうか、と勘繰りさえした。そして善良な人々を欺いた挙げ句に被害妄想まで抱く自分にほとほとうんざりした。

適当な理由をつけてメンバーとの連絡先の交換を断り、私は会場をあとにした。帰りの地下鉄ではずっと放心状態だった。窓ガラスに映った私の顔はひどくうつろで、まるで何かの抜け殻みたいだった。それは夏の終わりとともに風化して、ばらばらに崩れ落ちてしまいそうに見えた。

二度と交流会なんて行くものか、と思った。

＊

夏の始めから終わりまで、私は一人きりでいた。

もはやテレビもラジオもつけなかった。心の支えだった通帳を眺めるのもやめた。今ではそこになんの慰めも見出せなかった。最低限の生活費と三途の川の渡し賃さえあればそれで事足りてしまう私には、手に余る代物だった。

通帳に並ぶ数字は、私がなんでもできるのになんにもできないことを示していた。普通の人は、これだけの時間的・経済的余裕があったら、友達と遊んだり家族と過ごしたり恋人とデートしたりするのだろう。短い余生を精一杯楽しむために、贅沢な旅行をしたり、豪華なパーティーを開いたり、派手な結婚式を挙げたりするのだろう。

私にはまったく使い途がなかった。ペット飼育可の物件に引っ越して猫でも飼おうかとカタログを捲ってみたが、すぐに考え直した。あと三年生きられるかわからない人間がペットなんて飼うべきではない。自分の面倒すら見切れない人間に、そんな大役が務まるはずがない。

大体、人間とうまくつきあえないから猫に癒やしてもらおうなんて動機が不純すぎる。つきあわされる猫が可哀想だ。猫というのは、猫がいなくても生きていける人によってなんとなく飼われるべき自由な生き物なのだ。私のように猫がいないと生きていけなくなりそうな人間が飼うと、猫を不幸にしてしまう。

人恋しくなると、私はマンションのベランダに立ち往来を行く人々を眺めた。自室に籠もって張り出し窓から外を眺めていた頃に逆戻りしたみたいだ。結局のところ、私はあの頃から何も変わっていなかった。

その夏、私は主に原始的な欲求を満たすことだけを考えて過ごした。

日中は部屋の隅の壁にもたれて古いレコードを聴き、頻繁にレコードをひっくり返したり取り換えたりして時間を潰した。余生を意識し始めてからというもの、もともと好きだった音楽がさらに好きになった。特に、以前は退屈だとばかり思っていた古い唄の魅力が増した。伴奏や旋律がシンプルであるほど一音一音をじっくり堪能できて、それらは私の乾いた心の深層まで染み込んでいった。音楽を聴くのに疲れると、レコードの溝やジャケットをぼんやりと眺めて耳を休めた。

日暮れに駅前のスーパーマーケットまで歩いていき、店内を何周もしてじっくり食材を選び、寄り道せずマンションに帰った。部屋に戻ると、近所の古書店で気まぐれに購入したレシピ本を開き、掲載されているレシピに一ページ目から順番に挑戦していった。分量や時間などを愚直に守り、工夫も妥協も一切せず、とにかくレシピ通りに調理することを徹底した。料理が完成すると、誰に見せるわけでもないのに丁寧に盛りつけ、色んな角度から点検した。そしてテーブルにつき、ゆっくり味わいながら食べて食欲を満たした。

食後は長風呂をして、身体の隅々まで丁寧に洗った。清潔にしたいからというのではなく、気持ちよく眠りにつくためだ。浴室を出ると夜が更ける前に寝床に入り、朝の二度寝も合わせて十時間ばかり眠って睡眠欲を満たした。

残り一つの欲求については、あまり考えないようにしていた。幸い、一人きりで静かな生活を送っている分にはそういう欲求の存在自体を忘れることができた。

薬はときどき思い出したように飲むだけだったので、新型ADの症状はじわじわと進行していた。やがて私は、子供時代の私をあれほど苦しめた喘息の日々をすっかり忘れてしまった。それについては特になんの感慨も抱かなかった。

終わりの日は着実に近づいていた。にもかかわらず、私は進んで時計の針を回してさえいた。見方によっては、消極的で緩慢な自殺をしていたともいえる。

レコードを聴いているとき、料理をしているとき、湯船に浸かっているとき、ベッドに横になっているとき。何も考えないようにすればするほど、かえって私の脳は活発に働いた。

患者サロンの交流会でとっさに拵《こしら》えた〈彼〉に関する物語が、頭の上をぐるぐると回っていた。

あのとき、話にリアリティを与えるためにつけ加えたいくつかのディテールのせいで、私の中の〈彼〉の存在はさらに実在感を増していた。初めて人前で〈彼〉について語った、というのも大きかったと思う。私は私の口から語られる物語を、あたかも他人の物語を聞くように聞いた。その場にいた他人の耳を通じて自分の物語を聞いた、と言い換えてもいいかもしれない。このフィードバックによって〈彼〉は一種の客観性・社会性を獲得し、より手触りのある存在へと成長した。生命を持った存在に近づいた。

孤独が深まるほど、絶望が深まるほど、〈彼〉の物語はまばゆく輝いた。私はその物語を何度も一からなぞり、細部に微修正を加え、推敲に推敲を重ね、またそれを一から読み、虚空を見つめて微笑んだ。

それは精神的な自傷行為だった。空想は劇薬で、ささやかな喜びと引き替えに、私の体内には透明な毒液が溜まっていった。

ある日、色んな偶然が重なって、とても難易度の高い料理をつくりあげることに成功した。思わず写真に撮りたくなるくらいの出来映えで、味も素晴らしかった。私は無意識に、〈彼〉が食べたら喜んでくれるだろうなあ、と想像した。その一瞬、確かに私は〈彼〉が架空の人物であることを完全に失念していた。

直後、〈彼〉なんて存在していないのだという事実に思い当たり、頭がまっしろになった。

それから数秒置いて、私の中で何かが壊れた。

スプーンが手から滑り落ち、床に当たって耳障りな音を立てた。拾おうとして屈んだところで不意に身体中の力が抜け、そのまま床に頽《くずお》れてしまった。

虚無感が臨界点に達して、これ以上耐えられなくなった。

気づけば、声を上げて泣いていた。

このまま死にたくない、と思った。こんな終わり方はいくらなんでもひどすぎる。私はまだ何一つ本物を手に入れていないのだ。

死ぬ前に、たった一度でいいから誰かに褒めてほしかった。労ってほしかった。哀れんでほしかった。小さな子供を相手にするように、無条件にすべてを受け入れて、優しく包み込んでほしかった。私の孤独を百パーセント理解してくれる百パーセントの男の子に百パーセントの愛を注がれてみたかった。そうして私の死後、その死を嘆き悲しみ、一生消えない傷として心に刻みつけてほしかった。私を死に至らしめた病を憎み、私に優しくしなかった人々を恨み、私のいない世界を呪ってほしかった。

空想なんかで満たせるはずがなかったのだ。私の中の私は、今もずっと泣き続けていた。

生まれたての私も一歳の私も二歳の私も三歳の私も四歳の私も五歳の私も六歳の私も七歳

の私も八歳の私も九歳の私も十歳の私も十一歳の私も十二歳の私も十三歳の私も十四歳の私も十五歳の私も十六歳の私も十七歳の私も十八歳の私も、皆、今の私のように膝を抱えて赤子のように咽《むせ》び泣いていた。たとえ記憶がなくなっても、泣き声は反響し続けていた。彼女らを癒やすには現実的な救いが必要だったが、どこを見回してもそんなものは見当たらなかった。

失うものがないから怖くない、なんてただの強がりだった。私は何一つ手に入れられずに死んでいくのが怖い。身体の震えが止まらなくなるほどに。

でも、今さらどうすればいいのだろうか。生まれてこの方たった一人の友人もできたことのない私に、一体何ができるというのだろうか。百パーセントの男の子どころか、五十パーセントの友達を得ることも叶わないのではないか。

同僚に相談してみる？　同業者に連絡を取って事情を打ち明けてみる？　そんなことをしても、得られるのは通り一遍の同情だけだ。いや、下手をすると相談相手を喜ばせることになるかもしれない。自分が同僚や同業者からやっかみを受けていることは知っている。私は自分の悪口を色んなところで見聞きしたことがある。たとえ運よく私に敵意を持っていない人間を引き当てたとしても、「敵意を持たれているかもしれない」と私が思うだけで究極の信頼関係は成立不可能になる。正直にいって、私は彼らが怖くてたまらない。

ならば、いっそ街で知らない人に声をかけてみる？　SNSで友達を募集してみる？　まさか。そんなやり方で真の理解者を見つけられるはずがない。砂漠で一本の針を探すようなものだ。場合によってはものすごく不快な経験をするリスクもある。

三十パーセントの同情や四十パーセントの理解や五十パーセントの愛なら、あるいは死ぬ気で努力すれば見つけられるかもしれない。でもそれでは駄目なのだ。私を、私たちを救うには、百パーセントの男の子がどうしても必要なのだ。

人はそれを分不相応な高望みと言うだろう。これまで人づきあいを疎《おろそ》かにしてきた人間が今さら究極の愛を得ようだなんて虫がよすぎる話だと罵るだろう。五十パーセントの同情でもお前にはもったいないくらいだと嘲るだろう。しかし、義憶技工士としての直感が私に告げているのだ。あなたが救われるには、究極の男の子に抱き締めてもらうほかないんだよ、と。私の内側で長い時間をかけてかちこちに凝り固まった孤独をほぐすには、もはやそれ以外の方法はないのだ。

私はそれからの何日かを泣きながら過ごし、しかしそれでも〈彼〉について考えることをやめようとはしなかった。ここまできたら、いっそ肉が削げて骨が見えるまで自傷してやろうと思ったのだ。

　薬を飲むことをすっかり忘れてしまい、病状は一気に進行した。十五歳までの記憶を失い、義務教育時代の息苦しさを忘れた。人生の四分の三を虚無に覆い隠され、私の人生は本格的にからっぽに近づいていた。

〈彼〉のことを考え続けた。

　レコードを聴くのをやめて、料理をつくるのもやめた。立って歩くのさえ億劫で、枕を携えて芋虫みたいに部屋の中を這い回り、ベッドに寝そべり、床に寝そべり、キッチンに寝そべり、玄関に寝そべり、洗面所に寝そべり、ベランダに寝そべった。それでも身体にまとわりつく倦怠感は一向に取れなかった。

〈彼〉のことを考え続けた。

　あれほど楽しかった義憶づくりにも嫌気が差し、他人の〈履歴書〉が視界に入るだけで軽く吐き気がした。何を見ても嫉妬の念しか湧かず、不足のない人生を送りながらあまつさえ幸福な義憶を欲しがる人々が憎らしくてたまらなかった。

〈彼〉のことを考え続けた。

　そうしてある日、あどけない狂気が私を捉えた。

　いつものように〈彼〉の思い出をひとしきり噛み締めたあと、ふと私は思ったのだ。

人は、一度も会ったことのない相手を、ここまで鮮明に思い描けるものなのだろうか。
人は、一度も会ったことのない相手を、ここまで一途に愛せるものなのだろうか。
空想上の存在にここまで入れ込めるなんて、どこか間違ってはいないだろうか。
私は何か、致命的な勘違いをしているのではないか。
あるいは。
もしかして。
ひょっとしたら。

〈彼〉は架空の人物ではなくて、実在する人物なのではないか。

病によって記憶の肝要な部分が失われてしまっただけで、実は私には本当に幼馴染がいて、私はそれを自分の空想だと思い込んでいるだけではないか。
実に浅ましい妄想だった。病前の私が他人の口から聞いたら、一笑に付すような話だ。しかしそのときの私からすれば、それは天啓にも等しい閃きだった。とうに正気など失われていた。私はその仮説にすがりついた。今や私にとっては、病がもたらした記憶の空白が最後の希望だった。

＊

一年半ぶりの帰郷だった。

〈彼〉が実在しているという妄想にとらわれた私はいても立ってもいられなくなり、翌朝の始発列車に乗り込んで故郷に向かった。

もちろん、〈彼〉と再会するためだ。

鞄には中学時代の卒業アルバムが入っていて、私は移動中に何度もそれを読み返した。電車内で十九歳の女が一人で卒業アルバムを読み込む姿はいかにも異様だったけれど、土曜早朝の下り列車はがらがらで、見咎める人はいなかった。

私はアルバムに載っている顔写真と名前をすべて頭に叩き込んだ。同級生の顔は一つ残らず見覚えがなく、まるで知らない学校のアルバムを間違えて持ってきてしまったみたいだった。〈彼〉のイメージに近い印象の男の子を探してみたが、表情が固定された写真から見つけ出すのは難しそうだった。記憶の中の〈彼〉には具体的な姿がなく、印象や雰囲気でしか捉えられないのだ。それを見極めるには、動作や表情の変化といった連続的な情報が必要だった。

授業風景や校内行事を写した写真の中に、私の姿は見当たらなかった。常に辛気くさい顔でうつむいていた私には、被写体としての魅力がなかったのだろう。アルバムの中の中学生たちは瑞々しく、私はそこに今の自分からは既に失われてしまったものを見て取った。あと一年もしないうちに、私は二十歳になるのだ――もしそれまで生き延びられればの話だが。

正午前に、故郷の駅に到着した。千葉の片隅にある冴えない田舎町だ。十八歳で都会に出たときはひどく遠いところまで来てしまったような心細さに襲われたけれど、こうして久しぶりに帰ってきてみると大した距離でもなかった。私は改札を潜り、狭い駅舎を抜けて外に出た。

故郷は初めて訪れる町のようだった。空も緑も海も、何もかもが私によそよそしかった。郷愁なんて抱きようもない。古ぼけた喫茶店やシャッターの降りた商店などを眺めているとかすかに既視感を覚えないでもなかったが、それはテレビや本を通じて見知った風景を実際に目にしたときのような感覚に近く、対象を自分自身の過去に結びつけることはできなかった。

私は携帯端末の地図で現在位置を確認し、大まかなルートを構築し終えると、肺の上に左手を置いてゆっくり深呼吸してから歩き出した。もし両親と鉢あわせしてしまったらどうしようかと気が気ではなかったが、久しぶりに目的を持って身体を動かしていることへの高揚感を覚えてもいた。

小学校、中学校、商店街、公園、公民館、図書館、遊歩道、病院、スーパーマーケット。私は地図を頼りにあちこちを散策した。日曜だというのに、ほとんど人とはすれ違わなかった。出歩いている人が少ないというより、単純に人口が少ないのだろう。都会の暮らしに慣れた今では、まるで外出禁止令が敷かれた町を歩いているかのようだった。これからつくりものの人間を住まわせるためのつくりものの町のようにも見えた。

空は青く晴れ渡っていて、遥か遠くに巨大な入道雲が見えた。夏の日射しに輪郭を溶かされたノスタルジックな風景の中を歩きながら、いつしか私はこの町を舞台にした物語を空想していた。

もし、私が〈彼〉と離れずこの町でずっと暮らすことができていたら。

きっと私は義憶技工士なんかにはならず、今頃は普通の大学生として人生を謳歌していたことだろう。奨学金を得てアルバイトをしながら〈彼〉の近所に住み、半分同棲みたいな生活を送りながら、料理をつくってあげたり家事を手伝ってやったりして若妻を気取っていたことだろう。

そのうち、私は町の至るところに可能世界の私たちの影を見るようになった。その世界で、私は幸福だった。小学生の私は、〈彼〉の漕ぐ自転車の荷台に乗って〈彼〉の背中にしがみつきながら笑っていた。中学生の私は、浴衣を着て〈彼〉と手を繋いで花火を見上げていた。高校生の私は、学校帰りに人目を盗んでバス停の陰で〈彼〉と短いキスを交わしていた。大学生の私は、〈彼〉とスーパーマーケットに行って荷物を半分持ってもらい、夫婦みたいに寄り添って歩いていた。

もはや空想というより回想だった。そうした光景を、私は実体験のようにありありと思い浮かべることができた。ほとんど狂気の沙汰だ。どうやら私は、この土地に住む想像力の怪物に取り憑かれてしまったらしかった。

町は狭く、半日で主要な建物や施設を回ることができた。いうまでもなく収穫はゼロだった。一度老人に声をかけられただけだ。交番までの道を訊かれて、この町の人間ではないからわからない、と答えた。そう答えるしかなかった。

夕焼けは枯れかけの向日葵を思わせる色をしていた。昼間の熱がまだ残っている堤防に腰かけ、私は海を眺めた。靴を脱いで傍らに置き、靴擦れで痛む足を潮風に晒した。自動販売機で買ったミネラルウォーターを半分飲み、残りは足にかけた。冷水が傷口に染みた。

傷が乾くと、そこに薬局で買った絆創膏を貼りつけた。

　そもそも町には若者がほとんどいなかった。小学生から中学生くらいの子供はたびたび目にしたが、私くらいの年代の人間は一人も見かけなかった。町は半分死にかけていて、今後持ち直す見込みはまずなさそうだった。あとは朽ち果てていくだけだ。もっとも、町よりも私の方が残された時間はずっと少ないのだけれど。

　身体中が軋んで、頭が朦朧としていた。しかし、いつまでもこうしているわけにはいかない。靴を履き、膝に手をついてふらふらと立ち上がる。卒業アルバムの入った鞄を摑んで肩にかけた。

　そのとき歩道の方から若者の声がして、私は反射的に振り返った。十四歳くらいの男の子と女の子が並んで歩いていた。男の子は散歩でもするような軽装だったけれど、女の子は綺麗な浴衣を着ていた。濃紺の生地にさりげない花火柄があしらわれた浴衣で、頭には小さな紅菊の髪飾りをつけていた。私はしばしのあいだその女の子に見とれていた。自分もあんな浴衣を着て恋人と歩いてみたかったな、とちょっぴり嫉妬した。

　町のどこかで祭りをやっているのだろう。私は二人のあとについていくことにした。二人は商店街を抜けた先で右に折れ、田圃沿いの隘路《あいろ》をまっすぐ進み、踏切を渡り、やがて行く手に大きくも小さくもない神社が見えた。祭りの音と、祭りの匂いがした。

もし運命の再会というものがあるとしたら、と私は思う。

その舞台には、この場所こそが相応しいのではないか。

私は境内を夢遊病者のようにさまよい、〈彼〉の姿を探し回った。もちろん顔なんてわからない。声だって知らない。それでも、一目見ればわかるだろうという確信があった。向こうもこちらを一目見ればわかってくれるだろうという確信があった。一度は偶然の再会を信じられず、そのまますれ違ってしまうかもしれない。でも、何歩か進んだあとで、絶対に〈彼〉は振り返ってくれるはずだ。

私は人混みを掻き分け、シャボン玉のように膨れ上がった空想の恋人を求めていつまでも歩き続けた。


屋台が店仕舞いを始める頃には、さすがに私の心も折れかけていた。祭りの音が力尽きたように止み、祭りの匂いが風に散らされ、祭りの光が闇に吸い込まれてしまうと、耳が痛くなるほどの静寂だけが残った。私は石段から腰を上げ、神社をあとにした。

あれほど長いあいだ屋台の前をうろついていたのに、何も食べていなかった。飲食店を探してとぼとぼ歩き回り、駅前にまだ営業している食堂を一軒だけ見つけた。魚の焼ける香ばしい匂いに誘われて、私は店に入った。

テーブル席に着くと、一日分の疲労がずっしりとのしかかってきた。これ以上一歩も歩けそうにない。ろくにメニューを見ずに焼き魚の定食を注文し、店員が持ってきた氷水で喉を潤しながら、テレビの野球を眺めるともなく眺めた。

カウンター席の一人客が日本酒を注文するのを聞いて、私もお酒を飲んでみようかな、と思った。大勢で騒ぎながら飲むものというイメージがあったからなんとなく避けてきたけれど、ほんの一時でも嫌なことや辛いことを忘れられるというのなら、飲んでみるのも悪くないかもしれない。今さら健康に気を配ることもないだろう。

身を捩《よじ》ってカウンターの方を向き、店員を呼んだ。先ほどの女の子が注文していたのと同じお酒を頼むと、店員は機械的に注文内容を読み上げて戻っていった。年齢を確認されなくてほっとすると同時に、ちょっと寂しくもなった。私はとっくにお酒を飲んでも問題のない年齢に見えるのだろうか。

席を立ち、手洗いの鏡で自分の顔を観察してみる。長年表情を動かさない生活を続けていたせいか、そこには生気とか活力といったものがまるで感じられなかった。疲れ切った二十代半ばのシングルマザーみたいだ。頭の中は十四歳くらいで止まっているというのに。

席に戻ると、日本酒とお猪口がテーブルに無造作に置かれていた。おそるおそる一口飲んでみると、なんともいえない嫌な味がした。グラスを手に取り、氷水で後味を掻き消す。

わざと飲みづらい味にしているんじゃないかと疑うほど、苦くて臭くて甘ったるかった。こんなものを好んで飲む人の気が知れない。

それでも無理をして半分ほど飲むと、少しずつ身体がぽかぽかしてきた。これが酔うという感覚なのだろうか、と私はお猪口の底の渦巻き模様を覗き込みながら考えた。

何かが心の隅に引っかかっていたが、その原因に心当たりがなかった。私は温かいお茶を注文するために、もう一度カウンターを振り向いた。店員を呼ぼうと左手を口に添えかけて、しかし、そのままの姿勢で固まってしまった。

カウンター席の女の子の横顔に、見覚えがあった。

咄嗟に、電車の中で読み返した卒業アルバムの写真と彼女の顔を照合する。四年分の加齢による影響を取り除くと、中学三年時の同級生の一人の顔と綺麗に重なった。髪型や体型は多少変わっているが、間違いない。クラス委員長を務めていた女の子だ。

やっと、知っている人に出会えた。

考えるより先に身体が動いた。私は彼女に近づいて、声をかけた。

「あの……私のこと、覚えてますか？」

元委員長はお猪口を手にしたまま目を瞬《しばたた》かせた。自分と相手のどちらが酔っ払っているのか判断しかねている、といった顔だった。ひょっとして人違いだろうかと一瞬不安になったが、おそらくそうではない。中学時代の私が影の薄い存在だったというだけの話だ。

　彼女はばつが悪そうに笑った。

「ええっと、ごめん。ヒントとかない？」

「中学三年生のとき、同じクラスでした」

　彼女は少し考えるような素振りを見せてから、膝を叩いた。しかし肝心の名前が出てこないらしく、「あの、喘息の……」から先の言葉が続かなかった。

　私は苦笑いして、自分の名を名乗った。「喘息の松梛《まつなぎ》灯花です」

「そうそう、松梛さんだ」腑に落ちた様子で彼女は肯いた。

「席、ご一緒してもいいですか？」と私は尋ねた。普段の私からは考えられない言動だったけれど、そのときはもう必死だったのだ。

「え？　ああ、いいよ」

　私は店員に頼んで席を移動させてもらい、彼女の隣に腰を下ろした。今になって、日本酒の酔いが回り始めていた。私は卒業アルバムの顔写真しか知らない同級生との再会を大袈裟に喜んでみせ、彼女は印象が薄く名前も忘れていた同級生との再会をやはり大袈裟に喜んでみせた。話はまるで嚙みあわなかったけれど、たとえおぼろげでも私のことを覚えている人間に会えて嬉しかった。

「松梛さん、今は何やってるの？　大学生？」

その通りだと私は答えた。この町に来てから二度目の嘘だった。義憶技工士をやっているなんて言っても信じてもらえないだろうし、ようやく出会えた同級生にあまり奇異な印象を与えたくなかった。夏期休暇を利用して帰郷している大学生、ということにしておくのが一番角が立たなそうに思えた。

「東京の大学か。羨ましいなあ」彼女はとくに羨ましくもなさそうに言った。

「そっちは何やってるの？」

「私？　私は――」

それからひとしきり彼女の近況が語られた（失礼を承知で言えば、田舎町に理由もなく残っている人間の話が往々にしてそうであるように、おそろしく平凡で退屈な話だった）。現在の仕事に就くまでの経緯を聞き終えたとき、閉店時間を知らせる『蛍の光』が店内に流れ始めた。「ん、もうこんな時間か」と元委員長は腕時計を見て言った。

彼女が会計を済ませるのを後ろで待ちながら、私はなんとはなしに『蛍の光』の正確な歌詞を思い出そうとしていた。でも最初のワンフレーズ以外は全然思い出せなかった。もともと覚えていなかったのかもしれないし、あるいは新型ＡＤの影響かもしれない。

「はかなきわたしのこいごころよ」という明らかに誤りの歌詞が、しつこいコマーシャルソングみたいに耳について離れなかった。

別れ際、ふと思いついたように元委員長は言った。

「一年くらい前から、隔月で、地元に残ってる同級生で集まって飲んでるんだ。同窓会みたいな感じでさ。もしよかったら、松梛さんも参加してみない？」

彼女とこのまま別れるのが惜しくて、どうにかして引き止められないものかと思案していた私にとって、それは願ってもない話だった。あまりに理想的な運びだったので、一瞬真顔になってしまったくらいだ。私は慌てて笑顔をつくり直し、ぜひ参加させてほしいと言った。

日時と場所を教わると、私は礼を言って元委員長と別れた（彼女は用事があって次回の同窓会は欠席するらしかった）。終電でマンションに帰り、シャワーを浴び、足に絆創膏を貼り直した。それから洗面所の鏡の前に立ち、自分の顔をじっと見つめた。

自分が今まで年相応のあれこれを疎かにしてきたことを、痛烈に自覚した。

これまで、外見なんてほとんど気にしたことがなかった。私は人間の外見というものを単なる容れもののかたちとしてしか認識していなかった。本の表紙やレコード盤のジャケットと同じで、本質とは無関係なものという風に捉えていたのだ。

でも中身がからっぽに近づくにつれて、だんだんと容れもののかたちが気になるようになってきた。確かにそれは人間の本質ではないかもしれない。しかし、かくいう私も本を表紙で選んで買ったことがないとはいえない。レコードをジャケットで選んで買ったことがないとはいえない。中身を知ってもらいたいと思ったら、視覚的要素にも気を遣わねばならないことは否定しようのない事実だ。そもそも私の中身なんて、他人に自慢できるほど立派なものではない。そして何より、外見というのは恋をする上でもっとも重要なファクターの一つなのだ。

全身を整えよう、と思った。二十年弱の遅れを、少しでも取り戻さなければならない。同窓会は二週間後だった。その二週間を、私は容姿の改善に費やした。

翌日、私は簡単な朝食を済ませると、美容院やメイク教室やエステサロンといった店をウェブで調べ上げ、片端から予約を入れていった。それから書店に赴き、様々なジャンルのファッション誌や美容情報誌の類をやはり片端から購入し、それらを二日かけて試験前の受験生のごとく徹底的に読み込んだ。髪や顔の整え方がある程度わかったところで次はブティックを訪ね、店員と相談しながら服や靴を買い漁った。

合計すると凄まじい額の出費になったけれど、私としてはようやくお金の使い途ができてほっとしたくらいだった。どうせあの世までお金は持っていけないのだから。

とにかく思いつくことはなんでも試した。金に糸目をつけず、恥も外聞もかなぐり捨てて、私は綺麗になる努力をした。ひょっとしたら私のことを記憶してくれているかもしれない誰かに好感を持ってもらえるように。ひょっとしたら実在しているかもしれない〈彼〉をがっかりさせないために。

頭がおかしかったのだ。

その二週間で、私は劇的な変貌を遂げた。もとがひどすぎたというのもあるが、少なくとも、町で不意に目に入った鏡の中の自分を見てうんざりするようなことはなくなった。綺麗とまではいかないかもしれないけれど、確実に年相応にはなった。

もともと勉強の要領はよく、与えられた条件の中から最適解を導き出すのが得意だったので、ある程度こつを摑んでからは化粧も服選びも難なくこなせるようになった。化粧は自身の顔面をキャンバスにした油絵みたいなもので、服選びは季語を重視する俳句のようなものなのだと捉えるようになってからは、それらに対して抱いていた苦手意識もどこかに行ってしまった。そして屈折した感情が取り払われてしまうと、容姿を磨くのはただただ楽しかった。給料の大半を美容に注ぎ込む人たちの気持ちがやっと理解できた気がした。

鏡を前にして、笑顔の練習をしてみる。昔から、私は自分の笑顔が嫌いだった。私の笑顔は他人を不快にするのではないか、という根拠のない不安があったのだ。

その不安が、ようやく消えた。私は鏡の中の私に向けて屈託なく微笑みかけることができた。
今なら臆することなく〈彼〉に会える。そう思えた。

*

そうして、その日が訪れた。
詳細は割愛して、結論だけ述べる。
私を覚えているクラスメイトは、一人もいなかった。
会合の始めから終わりまで、私は端の席で、飲み慣れない酒をちびちびと飲んでいた。
帰り道、気持ち悪くなって道端で吐いた。
それでいくらか正気を取り戻した。
仕事に専念しよう、と思った。
私にはもうそれくらいしか残されていないのだから。

10　ボーイミーツガール

それからの半年間、私は仕事に没頭した。

この時期に手がけた義憶は、自分でも首を傾げるくらいに出来がよかった。現実に愛想を尽かして（もしくは尽かされて）虚構への執着が増したから、というのとは少し違う。余生を意識し始めたことで自分が生きていた証をこの世界に残したくなったから、というのとも違う。起爆剤となったのは、新型ADのもたらす忘却だった。

記憶が失われればそれだけ創造力も落ちそうなものだが、実際は正反対だった。忘却は義憶づくりに好ましい影響を及ぼしていた。知識を奪わず経験のみを奪う新型ADは、私のようなタイプの創作者には追い風になる。自身の経験からの引用で義憶を組み立てる義憶技工士にとってその症状は致命的だろうが、私のように無から義憶を創造する義憶技工士にとって経験の忘却はさして問題にならない。それどころか、視野狭窄からの脱出、固定観念の破壊、客観性の獲得、ワーキングメモリの解放による処理速度の向上等々、恩恵の塊だ。

芸術家連中が喫煙や飲酒を愛好するのはもしかしたらこれが理由なのかもしれない、と私は思った。閃きを鍵とする職種に限っていえば、忘却は立派な武器の一つなのだ。それによって私たちは、百行目や千行目をあたかも一行目のように書き出すことができる。大人の自由と子供の自由を両立できる。

アイデンティティの拠り所が記憶の一貫性なのだとしたら、私は日に日に誰でもない誰かに近づいていた。その年の初冬には、私は自分のことを依頼人と義憶のあいだに設置された濾過装置のようなものと捉えるようになっていた。それはある種の創作者が理想とする「滅私」の状態に極めて近いものだった。鍛錬によって得られる滅私と異なるのは、それが私という人間が文字通り滅しつつあることによる二次的な現象に過ぎなかったという点だろう。その年のうちに、十八歳までの記憶が失われた。私の中に残されている私は、もう一割に満たなかった。


十六歳で義憶技工士になってから一貫して在宅で仕事をしてきた私だが、十九歳の秋頃から、少しずつオフィスに顔を出すようになった。一人でじっとしていると気が狂いそうになるからだ。散々孤高を気取ってきたせいで今や私に声をかける同僚は一人もいなかったけれど、他人の存在を身近に感じられればそれで十分だった。自分が何かに属しているという感覚を、ほんのちょっとでもいいから味わっていたかった。

病気のことは秘密にしていた。私は仕事が回されなくなることを何よりも恐れていた。そうなったら、いよいよ私の存在意義がなくなってしまう。この世界に居場所がなくなってしまう。新型ADの症状は、黙っていれば気づかれることはまずない。休暇から戻るなり猛然と仕事に取りかかる私を見て、同僚たちは「久しぶりの休みがよい気分転換になったんだろうな」くらいにしか思っていないようだった。

一度だけ、飲み会に誘われたことがあった。クリスマスの数日前のことだ。ヘッドフォンを着けて黙々とコンピュータに向かっていると、背後から肩を叩かれた。振り返ると、同僚の一人――二十代後半の女性で、名前は忘れてしまった――が遠慮がちに何かを言った。内容は聞き取れなかったけれど、口の動きから察するに、「すみません。今、大丈夫ですか？」と訊かれたようだ。私はヘッドフォンを外し、彼女に向き直った。

これから同僚の数人と飲み会をするのだが、よかったらあなたもどうか、と同僚は言った。私はしばらく放心状態で彼女を見つめていた。誘う相手を間違えているんじゃないのか、と周囲を見回した。でもそのときオフィスに残っていたのは私たち二人だけだったし、彼女の目は明らかに私の目をまっすぐ覗き込んでいた。

嬉しくなかったといえば嘘になる。でも私は反射的にこう答えていた。

「ありがとうございます。でも、年内に仕上げなくちゃいけない仕事がまだいくつか残ってるんです」

精一杯の愛想笑いを浮かべて（いや、ひょっとしたらそれは自然に出てきた笑顔だったのかもしれない）、私はその誘いを辞退した。同僚はちょっと残念そうに微笑み、「身体、気をつけてくださいね」と労いの言葉をかけてくれた。

オフィスを出るとき、彼女は私に向けて小さく手を振った。こちらも手を振り返そうかと迷っているうちに、彼女はドアを閉めて去ってしまった。

私は上げかけた手を下ろして、デスクに頬杖をついた。何気なく窓の外に目をやると、いつの間にか雪が降っていた。私の知る限りでは今年初めての雪だった。

同僚が最後にかけてくれた言葉が、いつまでも耳の中で反響して心地よく鼓膜を震わせていた。「身体、気をつけてくださいね」。たったそれだけの言葉が死ぬほど嬉しかったし、たったそれだけの言葉にこんなにも救われてしまう自分が死ぬほど悲しかった。

餓死寸前の人間に消化能力が残っていないのと同じで、私にはもはや人の好意を受け入れるだけの余裕が残っていなかった。もしかすると、さっきの誘いが私の人生最後のチャンスだったのかもしれない。でも仮にそうだったとして、私にはそのチャンスを活かすことはできなかっただろうとも思う。だからどちらにせよ同じことだ。

＊

直接会って話がしたい、と最後の依頼人は要求してきた。

決してめずらしいことではない。〈履歴書〉の情報だけでは不十分だから義憶技工士に直接要望を伝えたい、と言ってくる依頼人は山ほどいる。大抵の人は、自分の望みは自分が一番よく知っていると思い込んでいる。だからあれこれと注文をつけてくるのだが、仮に義憶技工士がその注文に忠実な義憶をつくったとしても、依頼人が満足することは少ない。確かにここには私の注文が反映されている、しかし決定的な何かが欠けているんだ、と彼らはもどかしそうに言う。自身の願望を正確に把握するにも技術や慣れがいるのだということを、そこでようやく理解する。私たちはままならない人生を送る中で願望を抑圧するのに慣れすぎてしまっており、心の奥底に沈んでいるそれをサルベージするには専門的な訓練が必要になるのだ。だから依頼人と義憶技工士が直接対話してもあまり得られるものはない。弊害の方がずっと多い。

しかしそれとはまた別の観点から、私は義憶技工士が依頼人と顔を突きあわせることに否定的な考えを持っていた。義憶に不純物が混ざることになるから、というのが主たる理由だ。もし依頼人が義憶の作者たる私と会って私という人間を知ってしまったら、彼らは義憶を回想する際、付随的に私のことを思い出すようになるだろう。義者の行動や言動の裏に、私の影がちらつくようになるだろう。そしてそのたびに、義憶が所詮つくりものであるという認識を深めていくことになるだろう。

それは私の望むところではなかった。義憶技工士というのはあくまで黒子に徹するべき存在なのだ。可能な限り顔出しも発言も控えるべきだし、仮にどうしても人前に出なければならないときは、義憶から自然に想像される人物像を逸脱してはならない。そしてできるだけ非現実的にふるまわなければならない。私たちは依頼人に一種の夢を提供しているのであり、夢の国の案内人がそこら辺にいる普通の人間であってはならないのだ。

そのような信条に従い、私は依頼人に直接会わないという方針を貫き通していた。けれども、四月下旬に私のもとに届いた一通の手紙は、その信条を大きく揺るがせた。この人と会って実際に話をしてみたい、そう思わせる魅力的な何かが手紙の文章には込められていた。一つ一つの単語が慎重に選び抜かれており、それらの語がこれ以上ないというくらい適切な順序で並べられている。しかもそれでいて、「じっくり練られた文章」という気配が巧妙に隠されており、物書きを生業にしている人種でなければただの読みやすい文章で片づけてしまいそうなシンプルで風通しのよい文章だった。今まで私は依頼人から何通もの手紙を受け取っていたが、これほど好感の持てる文章を書く人は初めてだった。

依頼人は高齢の女性だが、義憶技工士という真新しい職業のことを正確に理解し、その仕事に敬意を払っていた。義憶購入者の話を聞いて歩くのが趣味で（私は「実際に起きたこと」よりも「起きるべきだったこと」の方により深い関心があるのです、と彼女は手紙に書いていた）、その過程で私の名を知ったらしい。

彼女は私の手がけたいくつかの義憶について感想を書いていたが、その感想は驚くほど要を得ていた。まさにそこに力を入れてつくったのだ、という部分のみを的確に賞賛していた。依頼人本人にさえそこまで丁寧な感想をもらったことはないのに。

この手紙の送り主に会ってみよう、と思った。ここまで私の仕事のスタイルを理解している人が直接会いたいというのなら、きっとそれだけの事情があるに違いない。手紙に記載されていたメールアドレスに返事を送り、五日後に会う約束を取りつけた。

これはとても微妙な話なので差し支えなければクリニックの外でお会いしたい、と依頼人は手紙に書いていた。何がどう微妙なのかは一切説明がなかったが、私は深く考えずに承諾した。誰にとっても、義憶に関する話は多かれ少なかれ微妙なものだからだ。

当日、指定されたホテルに赴き、コーヒーラウンジで依頼人を待った。ホテルといっても片田舎にあるひなびたホテルで、建物に属しているあらゆるものがみすぼらしく汚らしかった。絨毯は全体的に色褪せていて、腰かけた椅子は嫌な音を立てて軋み、テーブルクロスには目立つ染みがあった。ただ、コーヒーは値段の割にやけにおいしかった。その空間はなぜだか私に子供の頃何度か利用した病院を思い出させた。落ち着く場所だな、と私は目を閉じて小さくつぶやいた。

依頼人は待ちあわせの十分前に現れた。七十歳と聞いていたが、年齢以上に年老いて見えた。身体はひどく痩せこけ、動作のどれをとっても覚束《おぼつか》なく、椅子に座るのさえ重労働といった具合で、まともに会話が成立するのだろうかと内心不安に思った。しかしそれは杞憂で、いざ口を開くと彼女はとても若々しく明瞭な声で話した。

依頼人はまず、私にわざわざ足を運ばせてしまったことを丁重に詫びた。足が悪く、不慣れな道を歩く自信がなかったらしい。素敵なホテルですね、と私が言うと、彼女は身内を褒められたかのように嬉しそうに肯いた。それから、あらためてこれまでの私の作品に対する感想を仔細に述べた。手紙以上に丁寧かつ情熱的な感想で、私はただただ頭を下げて恐縮するしかなかった。面と向かって誰かに褒められるということに免疫がないのだ。

感想をひとしきり言い終えると、彼女は居住まいを正し、小さく咳払いした。そして本題に入った。

鞄から取り出した封筒を、彼女はテーブルに置いた。封筒は二つあった。

「一方は私の、もう一方は主人の〈履歴書〉です」と依頼人は言った。

私は二つの封筒を交互に見つめた。

「二人分の義憶をご依頼なさる、ということでしょうか？」

困惑気味に尋ねると、彼女はゆっくりと首を振った。

「いいえ、そうではありません。主人は四年前に他界いたしました」

慌てて非礼を詫びようとする私を遮って、彼女は言った。

「私と主人の義憶をつくっていただきたいのです」

その二つのあいだにどのような違いがあるのか、私はちょっと考え込んだ。なんだか謎かけをされているみたいだ。

依頼人は封筒の上に片手をそっと慈しむように置き、語り始めた。

「私と主人は六年前にこの町で出会い、瞬く間に恋に落ちました。月並みな表現ですが、それは私たちにとって運命の出会いと呼ぶべきものでした。ほとんどの運命の出会いがそうであるように、私たちの恋も当人たち以外からすれば平凡で退屈な代物でしたが、それでも私にとって主人と過ごした二年間は、主人と出会うまでの六十余年の歳月よりも遥かに価値のあるものとなりました」

思い出に耽るような長い間を挟んで、彼女は続けた。

「私たちはあらゆることを語りあいました。この世に生を享《う》けてから現在に至るまで、覚えていることはとにかくなんでもです。互いに話すべき事柄が完全に尽きたとき、私たちはそれが運命の出会いであったと再確認すると同時に、絶望の淵に沈みました。なぜかと言いますと、それは二人の出会いがあまりに遅すぎたからです」

彼女は瞼を伏せ、何かを堪えるようにぐっと両手を握り締めた。

「私たちが老人だから、ということではありません。そこには然るべき邂逅《かいこう》のタイミングがあって、しかし私たちはたった一度のそれを逃してしまったのです。具体的に言いますと、私と主人は七歳で出会っているべき二人でした。その瞬間を逃してしまったら、もう十代でも二十代でも同じことです。取り返しはつきません。半ば諦めがつく分、老齢になってから巡り合ったことはかえって幸運だったのかもしれません」

そして彼女は遂にその依頼内容を口にした。

「もし、私たちが七歳で出会うことができていたら。その仮定的過去を、あなたに再現していただきたいのです。実在人物を義憶に組み込むことが義憶技工士の倫理規定に違反していることは重々承知しております。それでも私は、どうしてもあなたにこの仕事を引き受けていただきたいのです」

強い意志の感じられる口調だった。私がコーヒーカップを握ったまま呆気に取られていると、依頼人はテーブルの二つの封筒を目で示した。

「あなたほどの義憶技工士でしたら、この〈履歴書〉をお読みになれば、私の申し上げたことがご理解いただけると思います」

私は無言で肯き、おそるおそる封筒に手を伸ばし、それを鞄にしまった。

「今の話を聞かなかったことにしてくださっても結構です。もしお引き受けいただけるようでしたら、報酬は正規の料金の五倍お支払いいたします」

そうつけ加えてから、彼女は上品に目を細めた。

「いつも通りのあなたの仕事をしていただければ、それで十分ですから」

依頼人が去ったあと、私は鞄にしまった〈履歴書〉を取り出してその場で読み始めた。本来〈履歴書〉は人目につく場所で読んではならないのだが、そもそもこれは正式な依頼ではないし、何より「あなたならこれを読めば私の言っていることが理解できる」という言葉が気になってしかたなかったのだ。

彼女の人生は、彼女の文体に似て丁寧で適切で心地よかった。決して最良とはいえないものの、確かに最善を尽くしたといえる人生だった。そこには自身の可能性の限界に打ちのめされた上で初めて成り立つ敗北の美学があった。夫と出会うまでの彼女の生き方は静かに自己完結していて、それは病前の私が理想としていた生き方に限りなく近かった。〈履歴書〉は二人が出会った直後に作成したものらしく、その後彼女の人生がどのような変貌を遂げたかについては、残念ながらわからなかった。

あっという間に依頼人の〈履歴書〉を読み終えてしまった私は、コーヒーのお代わりとチョコレートケーキを注文して素早く平らげ、続いて依頼人の夫の〈履歴書〉に取りかかった。そして三分の一を読み終えたところで、依頼人の言っていた意味を理解した。

彼女の言う通りだった。この二人は、七歳で出会っているべきだった。それより早くても、それより遅くてもいけなかった。それはきっちり七歳でなければならなかったのだ。

もし七歳のときに出会えていれば、彼らは世界で一番幸せな少年と少女になることだってできただろう。そのごく短い期間、少女は少年の心の鍵穴にぴたりとはまる鍵を、少年は少女の心の鍵穴にぴたりとはまる鍵を、それぞれに所有していた。その鍵を互いに差し込んだとき、二人のあいだに完全な調和がもたらされるはずだった。

でも現実には、二人は七歳で出会うことができなかった。結局彼らが巡り合えたのは半世紀以上あとで、その頃にはどちらの鍵も完全に錆びついてしまっていた。間違えた鍵穴を試しすぎたばかりに、すっかり磨り減ってしまっていた。それでも二人には、互いの鍵がかつては自分にかけられた鍵を解錠しえたものであることがちゃんとわかった。

それは見方によっては幸運なことかもしれない。二人が出会えずに人生を終える可能性だって十分にあったのだ。

にもかかわらず、私には、二人の遅すぎる出会いが世界一残酷な悲劇に思えた。

私はその依頼を引き受けることにした。依頼人も言っていたように、義者のモデルに実在人物を用いるのは義憶技工士の倫理規定に抵触している。違反行為が発覚すれば私の立場も危うくなる。だが、知ったことではなかった。どうせこの先長くないのだ。そしてその短い余生に、これほどやり甲斐のある仕事が再び舞い込んでくる可能性はゼロに近い。

のみならず、私は依頼人の老婦人に対してとても親密な感情を抱いていた。かつての〈少年のいない少女たち〉の一人として、彼女を救うためにやれることはなんでもやってあげたいと思った。

久しぶりに心が湧き立つ題材を与えられて、私は興奮していた。出会うべきだったのに、出会えなかった二人が、出会えていた過去を捏造する。それはある意味で、この世界の在り方に対する抗議だった。もっといえば、復讐だった。本来はあの二人はこうあるべきだったんだ、という代替案の提示。私ならあの二人をもっとうまく機能させてやれたんだ、という後知恵的な指摘。とにかく私はこの世界に難癖をつけてやりたかった。その行為を通して私は間接的に、私を救えなかった世界を気持ちよく断罪することができた。

もしかしたらあの依頼人は、義憶技工士にならず新型ADにも罹患しなかった世界における私の未来の姿なのかもしれない、とふと思った。そしてその思いつきを自分で笑い飛ばした。近頃、自己と他者の境界があやふやになってきている。いよいよ私の脳にもがたがきたのかもしれない。

仕事は楽しかった。私は運命の出会いを捏ち上げ、あくまで現実に起こりえた可能性の範囲内で二人にとっての最適解を導き出し、並行世界の依頼人の魂を救済した。時間遡行をして過去に介入し、歴史を改編するかのように。

一ヶ月後、義憶が完成した。二人分の〈履歴書〉から一つの折衷的な義憶をつくるという初の試みにもかかわらず——あるいはだからこそ——それは私の義憶技工士人生における最高傑作となった。私はその義憶を〈ボーイミーツガール〉とひそかに名づけた。

完成した義憶を〈編集屋〉を介さずナノロボットに書き込んで依頼人の女性に郵送すると（この時点で彼女は脳卒中で亡くなっていたのだが、私がそれを知ることはない）、町に出て酒を浴びるように飲んだ。泥酔した私はなんとか嘔吐することなく帰宅し、横になろうとしてベッドまでふらふらと歩いて行き、テーブルに足をぶつけて転倒した。肘をしたたかに打ちつけて、しばらく呻いた。立ち上がる気力も起きず、私は目を閉じてそのまま床に伏した。

紛れもない傑作だった。仮に普通の人と同じだけの余命が与えられていたとしても、今後これ以上の義憶をつくるのは不可能だったろう。一生に一度だけ許される奇跡を、私はここで使い果たしたのだ。私に少しなりとも才能があるのだとしたら、それも多分使い果たした。仕事を続けたいという意欲が、今やすっかり失われていた。

もう死んじゃってもいいかな、と思った。最高傑作を仕上げた直後に命を絶つ。キャリアのピークで人生に幕を下ろす。それは創作者としてはこの上なく理想的な死に方だ。ファストフードの調理人にもファストフードの調理人なりの矜持がある。誰がなんと言おうと、私はそこに誇りを見出すことができる。

でも、どうやって死のう？　首吊りも溺死もガスも、できれば避けたかった。喘息時代の記憶はとうに失われていたけれど、肉体は「死ぬときまで息苦しい思いをしたくない」

と切に訴えていた。とすると、飛び降りだろうか。電車への飛び込みも悪くない。誰に迷惑をかけようと構うものか。生者の罵声は死者に届かない。

目をつむったまま考えを巡らせていたら、出し抜けに、全身を虫が這い回るようなおぞましい感覚に襲われた。私は瞼を開けて辺りを眺め回し、壁や天井の白を瞳に焼きつけ、その黒い不安を払いのけた。最近は暗闇が怖い。生理的に、死と結びつくものを恐れてしまうのだろう。私自身は覚悟したつもりでいても、肉体は抗《あらが》い続ける。死の恐怖は最後の瞬間まで私につきまとう。

気を紛らそうとして寝返りを打つと、床に落ちている一束の〈履歴書〉が目に入った。テーブルの上に置いてあったものが先ほど足をぶつけたときに落ちたようだ。

プロフィールの横に貼られている顔写真が、妙に気になった。

若い男の人だ。私と同い年で、誕生日も近い。この若さで〈グリーングリーン〉を購入する客なんてめずらしい。そこそこよい大学に通っていて、外見だって悪くないのに、一体現実になんの不満があるのだろうか。

私は手を伸ばして〈履歴書〉を拾い上げ、身体を反転させ仰向けになってそれを読んだ。そして数行読み進めたところで、雷に打たれたような衝撃を受けた。

やっと、見つけた。
私と同じ絶望を抱えている人。
私と同じ空虚に苛まれている人。
私と同じ幻想に取り憑かれている人。
私が七歳のときに出会うべきだった人。
天谷千尋。彼は私にとって、究極の男の子だった。

＊

私は私のための〈ボーイミーツガール〉をつくることをその日のうちに決意した。

＊

話をつくる、という意識はなかった。私はそれを、あたかも過去を回想するように綴ることができた。私の十本の指は自動筆記装置みたいにひとりでにキーボードを叩いた。当然だ。私は物心ついたときから、その構想をこつこつと練り上げてきたのだ。これまでに見聞きした物語や詩や唄などから気に入った断片を寄せ集めてつくったパッチワーク。表層的な記憶が消えても、それは事物への選好というかたちで私の精神の奥深くに刻みつけられていた。私はそれらを適切に配置して書き写すだけでよかった。

そのようにして書き上げられた義憶は、しかし、私が今までにつくった義憶の中でもっとも拙い作品になった。新型ADの症状が遂に義憶技工士としての才能まで破壊してしまったから、ではない。主たる原因は、それがほかならぬ私自身のための義憶であったことだ。

思うに、優れた義憶をつくる上でもっとも重要なのは、依頼人に対する冷徹な視線なのだ。依頼人に感情移入することが大切なのはいうまでもないが、一方で、私は義憶の主人公である依頼人とはどこまでも無関係な人間でなければならない。なぜか？　人は自分のことだけは冷静に考えられないからだ。義憶技工士が依頼人になりきってしまったとき、想像の勢いは瞬く間に失われ、その作品世界はどこまでも予定調和的で退屈なものと化す。ゆえに、感情移入はあくまで対岸からのものでなければならない。私はその禁忌をことごとく破った。

それでも私は〈ボーイミーツガール〉を完成させた。それは荒削りながらも、純粋な祈りが込められた義憶になった。仮にこの作品を広く公開したとして、多分誰も褒めてはくれないだろう。願望充足的すぎるし、独り善がりすぎるし、幼稚すぎるとけちをつけられるだろう。でもそれでいいのだ、と私は思う。他人に認められなくたって構わない。これは私のための物語なのだから。

　私がつくった〈ボーイミーツガール〉は一つだけではなかった。天谷千尋視点だけでなく夏凪灯花（本名である「松梛」の子音を一つだけ入れ替えた。いかにもヒロインめいた苗字だ）視点も並行作業で仕上げ、それを自分自身の脳に植えつけた。

　義憶には、新型ADのもたらす忘却に対し一定の耐性があると言われている。だからこうしておけば、症状が最終段階に入り私自身の記憶がすべて消え去っても、〈夏凪灯花〉としての義憶だけはしばらく残る。

　そのとき私は、本物の〈夏凪灯花〉になれるのだ。

　初めのうちは、天谷千尋の依頼した〈グリーングリーン〉にこっそり私のかけらを忍ばせる以上のことをするつもりはなかった。たとえ現実的な関わりが持てなくとも、この世界のどこかで私を想ってくれている人がいればそれで十分だった。その事実だけで、私は穏やかに死んでいけるはずだった。

けれども、人の欲には終わりというものがない。遠い町で私のために祈りを捧げているかもしれない彼に思いを馳せているうちに、私の死んだ心に小さな火が灯った。こうして私が彼を求めているように、彼も私を求めているのではないか。思い出の中だけではなく、私との現実的な関わりを求めているのではないか。そんな期待が胸の中で音もなく膨らんでいった。

そうして五月の末、星の綺麗な気持ちのよい夜に、私は〈幼馴染計画〉を立案した。

この偽りを、真実に変えよう。

夏凪灯花として天谷千尋に会いにいき、積年の夢を叶えよう。

一人の女の子として愛されながら死んでいくために、残されたすべてを捧げよう。

そう心を決めた。

もちろん、その実現には多くの困難を伴う。天谷千尋は夏凪灯花と過ごした日々がつくりものであることを知っている。義憶を真実のように錯覚させようと思ったら、私はどこまでも完全に夏凪灯花という義者を演じ切らなければならない。彼が自分自身の手で記憶を書き換えてしまうくらい、夏凪灯花の実在を希求させなければならない。成功の見込みは限りなく薄い。

それでも、やってみる価値はあると思った。自分にはその資格がある、とも思った。私はその奇跡に賭けてみることにした。

　赤の他人の人生を巻き込んだ一方的な〈幼馴染計画〉は、そのようにして始動した。最初に決めたのは、出会いは夏にしよう、ということだった。あの日、故郷の地で空想した運命の再会を再現したかったのだ。また、ある程度準備期間を設けた方が天谷千尋の中で夏凪灯花という存在が大きくなるだろうという目論見もそこにはあった。

　夏までにはまだおよそ二ヶ月の猶予がある。残された時間は一秒だって無駄にできない。クリニックに病のことを伝え退職届を出して諸々の手続きを終えると、私は昨年の夏の取り組みを再開した。あのときよりも徹底的に、あのときよりも明確な目的意識を持って。少しでも、彼の理想に近づけるように。彼の目に、私が〈ヒロイン〉として映るように。死ぬ前に、ほんのちょっとでいいから、素敵な恋ができるように。

　立案当初は梅雨明けの対面を予定していたが、彼に会うまでに何もかもを完璧にしておきたくて、その予定は一週間、二週間と延期された。本番を迎える前に死んでしまったら元も子もないとはわかっていたけれど、生活に張りが出てきたおかげか、新型ADの進行は一時的に緩やかになっていた。

　私が離職してからほどなく、クリニックが倒産したという報せが耳に入った。設備投資の失敗やら何やらの不運が重なった結果らしい。意図せず、沈みゆく船から脱出するかたちになったわけだ（もともとあのクリニックは私一人でもっていたようなものなので、私がとどめをさしたといえなくもないのだけれど）。これは私にとって好都合だった。今後天谷千尋が自身の義憶に何か疑問を抱いたとしても、問いあわせ先は既に閉院している。カルテには数年間の保存義務があるので請求して取り寄せることも不可能ではないだろうが、そのためにはかなり煩雑な手続きを踏む必要がある。少なくとも彼が真実に行き着くまでの時間稼ぎにはなるだろう。かつて私を気遣って飲み会に誘ってくれた同僚のことだけは、少しだけ気にかかったけれど。

七月末になってようやく、私の心身は私の求める水準に達した。私の心は高校時代の私よりも瑞々しく、私の身体は高校時代の私よりも若々しくなっていた。思えば、十代の頃の私は仕事に夢中になるあまり食事も運動も睡眠も疎《おろそ》かにしていて、本来の年齢よりずっと老けて見えた。目は血走り、唇は乾き、手足は骸骨みたいだった。あの頃はあの頃で楽しかったから、当時の生き方を否定する気はない。最初からこれくらいの容姿に生まれついていたらもっと幸福な人生を歩んでいたんだろうな、と思わないでもなかったけれど、もしそうなっていたら、私は多分義憶技工士にはなれず、この広大な世界でたった一人の究極の男の子を見つけ出すことも叶わなかっただろう。

だから私は自分の運命を憎まない。

天谷千尋がアルバイトに出ているあいだに引っ越しの作業を終えた私は、その翌日、浴衣を着て町に出かけた。浴衣というものをこの年になるまで着たことがなかったので、今のうちに慣れておきたかった。

浴衣と髪飾りは、故郷を訪れたときに見かけた女の子とそっくりなものを選んだ。濃紺の生地にさりげない花火柄があしらわれた浴衣と、小さな紅菊の髪飾り。誰に会いにいくわけでもないのに、髪型まで丁寧に整えていた。〈夏凪灯花〉ならそうするだろうと思ったからだ。自分のことを隅々まで見てくれる男の子が常に隣にいた女の子なら。

電車に乗ってからしばらくして、車内に私以外にも浴衣を着た女性が多数いることに気づいた。どうやらどこかで祭りがあるようだ。私は彼女らと一緒に電車を降り、浴衣の集団のあとについていった。慣れない下駄での歩行に苦闘しながら、まるで昨年のあの日を繰り返しているみたいだな、と思った。でも前回と今回とでは決定的に異なる点が一つある。今回私が想定している相手は、幻ではない。

大規模な祭りだった。町全体が活気に満ち溢れ、熱を発していた。色取り取りの提灯や幟《のぼり》が表通りをけばけばしく彩り、人の群はそれ自体が意思を持った巨大な生き物のように蠢《うごめ》く。無数の太鼓が雷雨のごとく鳴り渡り蟬の声さえ掻き消している。表通りには神輿《みこし》が列を成し、青い法被を着て捻り鉢巻きをした担ぎ手たちの掛け声とともに揺れ動いていた。

目も眩むような熱量に、私は足を止めて立ち竦《すく》んでしまった。今の私に、そうした生命の荒々しい躍動は少々刺激が強すぎた。

それでも私は夏の狂躁に背を向けなかった。雑踏を掻き分け、歩を緩めず進み続けた。まるでその先で誰かと待ちあわせでもしているみたいに。

やがて、私は何かに導かれるようにして神社に辿り着いた。そうなることは最初からわかっていた。

もし運命の再会というものがあるとしたら、と私は再び思う。

その舞台には、この場所こそが相応しいのではないか。

あの日と同じように、私は境内をさまよい歩いた。義憶に導かれ、私と同じように神社に辿り着いているはずの天谷千尋の姿を探し求めて。

そして、出会ったことのない二人は再会した。一度はすれ違い、でも何歩か進んだあとで振り返って、互いの姿をはっきりと認めあった。

私の世界の歯車が、ようやく嚙みあった夜だった。

最大の誤算は、天谷千尋の強迫的なまでの虚構アレルギーだった。典型的な機能不全家庭で育った彼は、その原因であり結果でもある義憶の存在を激しく憎んでいた。その憎悪は、彼が内に秘めている究極の女の子を求める気持ちを僅かにだが上回っていた。たとえどれだけ自身にとって好ましい事物を前にしても、そこにほんの少しでも虚構の成分が含まれていれば、彼はそれを拒絶することになった。

〈履歴書〉を一読すれば、その程度のことは容易に見抜けたはずなのだ。しかし、私は見落とした。暗唱できるくらいに天谷千尋の半生を読み返しておきながら、その根幹にあるものの前を素通りしていた。彼の人生と自分の人生との相似点ばかりに目がいき、真っ先に読解すべき部分をないがしろにしてしまった。

　でも、しかたのないことだったのかもしれない。刻一刻と終わりが近づいているこの状況で、冷静な判断を下せという方が無理な話だ。当時の私には自分にとって不都合な真実を想像するほどのゆとりはなかった。その上、恋は人を盲目にする。

　彼の注文が〈グリーングリーン〉だったというのはカウンセラーの早合点であり、実際に注文したのは〈レーテ〉だったと知っていれば、その後の展開も違っていただろう。しかしその情報がクリニックにもたらされる頃には、私はとうに退職届を提出して職場を離れてしまっていた。そして〈グリーングリーン〉を欲しがるような人が虚構を憎んでいるなどとは考えもしなかった。彼もまた私と同じように、あらかじめ失われた青春時代を取り戻したいと願っている青春ゾンビの一人と決め込んでいたのだ。

それでも、天谷千尋がただ嘘を憎むだけの人間だったら、まだ対処のしようはあったかもしれない。問題をさらにややこしくしていたのは、彼が、状況が理想的であればあるほど疑心暗鬼に陥るタイプの人間だったということだ。普通の人間は多かれ少なかれ物事を自分にとって都合よく解釈するようにできているが、彼は正反対だった。何を前にしても、ひとまず最悪を想像してみずにはいられないようにできていた(この傾向もまた、平常心の私であれば〈履歴書〉から読み取れていたはずだった)。

天谷千尋は私の演出する〈夏凪灯花〉に恋をしていた。それは間違いない。しかし同時に、その感情を認めることを頑なに拒んでいた。もしくはその感情を認めつつも、一時の気の迷いとして片づけようとしていた。彼にとって希望は失望の種でしかなく、精神の均衡を保つにはそれらを徹底的に排除する必要があったのだ。私の話を信じる信じない以前の問題で、彼は幸福そのものを疑っていた。病前の私が寂しさを感じることさえできなかったように、彼は幸せな夢を見ることさえできなかった。

よくよく考えてみれば、私だって同じ状況に置かれたら同じ反応をしていただろう。こんな都合のよいことが自分の身に起きるはずがない。自分がこんなに幸せになっていいはずがない。となれば、何か裏があるに違いない。きっとこの人は、ほんの一瞬私に夢を見せたあとで、隙を見て奈落の底に突き落とすつもりなのだ。絶対に気を許すものか、と。

私は毎夜自室に戻るたびに頭を抱えた。どうすれば、あの厄介な二重の防壁を突破できるのか。どうすれば、彼に嘘と幸せの両方を信じてもらえるのか。やはり、時間をかけて地道に信用を積み重ねていくしかないのだろう。しかし私にはもはやそれだけの時間が残されていない。ここ数ヶ月の進行具合からいくと、おそらく私はこの夏の終わりとともにすべてを失うだろう。記憶のみならず、命までも。

あるいは、私は少々やりすぎてしまったのかもしれない。いっそのこと、綺麗な女の子になる努力などせず、計画を発案した時点で、ありのままのみっともない姿で彼に会いにいくべきだったのかもしれない。五年の歳月を経て変わり果てた〈夏凪灯花〉として、彼を最初から失望させておくべきだったのかもしれない。そうしていれば、少なくともここまで警戒されることはなかったはずだ。かえって親近感を得られたかもしれないし、信頼を築くための時間だって二ヶ月分多く確保できた。

彼にとって都合のよい幼馴染を演じ続けていれば、いずれ彼も私にとって都合のよい幼馴染になってくれるんじゃないかと単純に考えていた。しかし――自分が『北風と太陽』における北風の戦略を採用してしまっていたことに、私はようやく気づいた。

でも、今さら引き返すことはできない。時間は巻き戻せない。

いったいどうすればいいのだろう?

手料理を目の前で捨てられたとき、不思議と怒りは湧いてこなかった。これはきっと私に対する罰なのだ、と思った。分不相応な幸せを願い、義憶技工士の立場を利用して他人の記憶に土足で上がり込み、彼の平穏を破壊したことへの報いだ。

初めから何もかも間違っていたのだ。私は虚構の外側に出るべきではなかった。他者との交流を望むべきではなかった。自己充足的な箱庭の王として、どこまでも一人きりで完結しているべきだったのだ。そうしていれば誰にも迷惑をかけることはなかったし、こんなに傷つくこともなかった。

天谷千尋が本心からそのような行動を取ったわけではないことは、彼の表情から容易に見て取れた。彼は彼の世界を守るために、〈夏凪灯花〉という一つの象徴を乗り越えなければならなかったのだ。料理を捨てて皿を私に突き返した彼の声には、激しい動揺が窺えた。私を傷つけようとして振り下ろした刃が跳ね返り、彼自身をも傷つけたようだった。

しかし、いずれにせよこれが引き時だった。彼の仕打ちによって、私の心は修復不可能なダメージを負ってしまった。これ以上演技を続けられる気がしなかった。彼から敵意を向けられることに、あと一秒だって耐えられる気がしなかった。

それでも最後の気力を振り絞り、彼の部屋を出るまでは〈夏凪灯花〉としてふるまった。そして自室に戻ったあと、枕に顔を埋め声を押し殺して泣いた。

結局、私は自分のことは何一つ満足にやれないんだな、と思った。あれだけ血の滲むような努力をして得たものといえば、最愛の人に拒絶される悲しみだけだ。そんなものは、できれば知らないまま死んでいきたかったのだけれど。

それからは彼に会いにいくことをやめて、自室から一歩も出ずに過ごした。もう空想もしなかったし、策略を巡らせもしなかった。レコードを小さな音量でかけ、ひたすら雨を眺めた。最後の希望の一滴も絞り尽くしてしまったあとでは、不思議と気分は穏やかだった。余生に期待するものがなくなった今、もはや私の心を乱すものは何もない。長旅の帰りの列車に揺られるような心地よい倦怠感とともに、私は審判の日を待った。

私の旅はもうすぐ終わろうとしていた。

ベランダに蝉の死骸を発見したのは一週間後のことだった。

その日は風の音で目を覚ました。台風がすぐ近くまで来ているようだった。私は窓際に立ち、嵐に蹂躙される町の様子を眺めた。吹きすさぶ風が街路樹をへし折らんばかりに激しく揺さぶっていた。店先の看板を倒し、花壇の花を散らし、自販機のごみ箱をひっくり返していた。何者かがその破壊行為によって世界を再編しようとしているみたいでもあった。私は眼下の光景を隅から隅まで見やり、それからベランダの床に小さな蟬の死骸を発見した。

夏の終わりを告げにきた使者は、ベランダの真ん中で行儀よく息絶えていた。わざわざ裏林から飛んできて、ここを死に場所に選んだのだろうか。それとも強風に煽られて制御を失い、やむを得ずここに不時着したのだろうか。そして嵐が収まるのを待っているうちに寿命が尽きて、志半ばで死んでいったのだろうか。

私はそこに込められたメッセージを読み取ろうとして、じっと死骸を観察した。もう八月も半ばを過ぎた。おそらくこの台風を境に蟬の数は激減するだろう。蟬の鳴き声が途絶えるのと私の命が尽きるのと、どちらが先だろうか。できれば、あの喧《やかま》しい鳴き声が聞こえるうちに死にたかった。その方がいくらか寂しさも紛れるだろうから。

そのとき、私はふと気づいた。

何も、定められた死を律儀に待つ必要はないのだ。

待ち切れなければ、こちらから迎えにいってやればいい。

思えば、私は数ヶ月前に一度はその決断を下しているのだ。最高傑作を仕上げたところで自ら命を絶とうと思い立ち、しかし天谷千尋の〈履歴書〉を見つけて急遽計画を変更した。もしそれを見つけなかったら、私はあの時点で自殺していたはずだった。

　今一度、私はその選択肢を検討してみた。このまま生きていても、私にはこれ以上できることがない。どうせ何をやっても裏目に出るのだから、余生を楽しもうなんて考えるだけ無駄だ。であれば、さっさとけりをつけてしまった方がいい。この心の凪《なぎ》が損なわれてしまわないうちに。

　一週間ぶりに部屋を出た。ドアを開けて風を直に浴びたとき、私の身体のどこかが小さく警告を発した。喉の奥がかすかに疼《うず》いた。おそらく喘息時代の名残だろう。台風が近づくたびに発作を起こしていた頃を、肉体がまだ覚えているのだ。

　私は傘を差して雨の中に踏み出した。この強風ではいずれ傘が壊れてしまうかもしれないが、別に構わない。今日の私は、帰りのことを考えなくてよいのだから。

　目的地は最初から決まっていた。そもそもこの辺りで飛び込みや飛び降りを行えるような場所は相当限られている。そして私は、どちらかといえば列車に飛び込むよりは高所から飛び降りる方が自分には相応しいと考えていた。飛び降りで確実に死のうと思ったら、四十メートル以上の高さがいると聞いたことがある。すると必然的に、アパートから三十分ほど離れた国道沿いのマンションくらいしか条件に適《かな》う場所は残されていない。

私はそこに向かった。

古いマンションで、非常階段には申し訳程度にフェンスがかけられていたが、比較的小柄な私でも簡単に乗り越えることができた。防犯カメラは見当たらなかったし、仮に見つかったとしても、私がこれから用を済ませるまでに五分とかからない。台風のおかげで出歩いている人はほとんどおらず、私がフェンスをよじ登っている姿を見咎められることはなかった。

コンクリートの階段を、私は一段一段踏みしめるようにして上がっていった。長いあいだ掃除されていないのか、階段にはうっすらと苔が生えていて、それが雨で濡れてぬるぬると滑った。飛び降りをするなら晴れの日の方が望ましかったけれど、天候が回復するのを待っていたら決意が揺らいでしまうかもしれない。それに一週間ぶりの青空なんて見たら、長雨がもたらしてくれた静かな諦めもどこかに吹き飛んでしまうかもしれない。となると、やはり今日が最適なのだ。

十五階まで登り切ると、私は中腰になって息を整えた。下の階と比べて、最上階付近は苔も黴も生えておらず清潔だった。息切れが収まり、身体の火照りが引くと、私は非常階段の手すりを摑んだ。腕に力を込めて身を乗り出そうとしたそのとき、足下に落ちている何かが目に入った。

屈み込んで、それを拾い上げる。花火だ。コンビニエンスストアやスーパーマーケットで売っている、手に持って火をつけるタイプの花火が一本だけ落ちていた。マンションに住む子供がこっそりここで遊び、持ち帰らずに残していったのだろう。

私は壁にもたれかかり、花火を顔に近づけ、花の匂いでも嗅ぐみたいに火薬の匂いを嗅いだ。

灯花。それが私の名前だ。どことなく花火を連想させる、七月生まれの私に相応しい名前。

その名前をまともに呼んでくれた人は、しかし一人もいなかった。父母は私のことを二人称代名詞でしか呼ばなかったし、同級生や同僚は私のことを苗字で呼んでいた。誰かが私の名前を口にするときは、必ず松棚の姓とセットだった。だから私は義憶の〈彼〉に何度も私の名前を呼ばせた。けれども、現実の天谷千尋が私の名前を呼んでくれたのはたったの一度きりだった。初めて言葉を交わしたあのとき、疑問符つきの小声で呼ばれた。それだけだ。そんなものは数のうちに入らない。

あるいはその名前は、私の運命を示唆していたのかもしれない。花火のように、一瞬の輝きの後、儚《はかな》く燃え尽きて灰になるだけの人生。打ち上げ花火は上昇の末に夜空に朱《あか》い花を咲かせるが、花火をひっくり返したような名前の私は、これから下降の末に地面に朱い花を咲かせようとしている。

　皮肉な符合に、私は思わず笑ってしまった。演技以外で笑うのはずいぶん久しぶりだった。おかげで少し気が楽になった。

　いつの間にか風が止みかけていた。私は手すりから身を乗り出し、手持ち花火を指で弾いて落とした。花火は重力に従って落下し、アスファルトに音も立てず着地した。

　さて、次は灯花《わたし》の番だ。

　裸足になり、脱いだ靴を丁寧に揃えると、瞼を閉じ左手を胸に当てて深呼吸した。そして最後に、心のうちで天谷千尋に謝罪した。私の独り善がりな計画にあなたを巻き込んでしまってごめんなさい。


　私が花火を見つめて考えごとをしていたのは、せいぜい十秒かそこらだったはずだ。人間の長い一生において、十秒という時間はほとんど誤差みたいなものだ。あと十秒長生きしていれば何もかも違っていたのに、なんて話は聞いたことがない。

　けれども今回に限っては、その十秒が私の運命を大きく分けた。

　あるいはあの花火は、私の身代わりになってマンションから落ち、その十秒を稼いでくれたのかもしれない。似た者同士のよしみで。

ずいぶんあとになって、そう思った。

非常階段から身を乗り出しかけたそのとき、電子音が鳴った。

初め、私はそれが何かの警告音だと思った。不法侵入者に対して今さらセンサーが作動したか、誰かが私を怪しんで通報したか。でもその音は私の服のポケットから鳴り響いていた。携帯端末を取り出し、ディスプレイに表示された名前を見て私は頭がまっしろになった。

天谷千尋。

雨に濡れた瞼を拭い、もう一度確認する。天谷千尋。

間違いない。それは彼からの電話だ。

私は深い混乱に陥る。なぜ今になって彼から電話がかかってくるのだろう？　まさか、ここにきて私の嘘を信じる気になったのだろうか？　それとも遂に私の正体に気づき、私を糾弾する用意が整ったのだろうか？　どちらも同じくらいありえないことのように思えた。たとえ嘘を信じようと正体を見抜こうと、彼は自分から電話をかけてくるような類の人間ではない。限りなく受け身であり、こちらから働きかけない限り、その個人的真実の中で自己完結するような人間だ。自分から謝罪しにきたり自分から詰問しにきたりというのは彼のキャラクターにそぐわない。

数秒の思考停止の後、我に返る。とにかく電話に出なければならない。震える指で通話ボタンを押そうとする。その瞬間、雨と汗で湿った手から端末が抜け落ち、宙を舞った。一度は捕まえかけた端末は、私の手のひらの上で二度跳ね、一瞬空中で静止したかのように見えたが、直後無情に十五階分の距離を落下していった。私は靴を履き直して飛び降りるような勢いで階段を駆け下り、フェンスを乗り越え、息を切らしながら端末を拾い上げた。ディスプレイは粉々に砕け、電源ボタンを押しても当然反応はなかった。

確かめなくては、と思った。彼が電話をかけてきた理由を知るまでは、まだ死ぬわけにはいかない。

この田舎町でタクシーをすぐに捕まえられたのは僥倖《ぎょうこう》だった。運転手は目的地を聞くと無言で車を走らせた。道は空いていて、ものの数分でアパート前に到着した。私は釣り銭も受け取らずに車を降り、二階までの階段を駆け上がった。

そして、そこで信じられない光景を目にした。

天谷千尋は私の部屋の前に立ち、必死にドアを叩きながら、私の名前を呼んでいた。靴を履いておらず、部屋から慌てて飛び出してきたことが見て取れた。ずいぶん長いあいだそこに立っていたらしく、全身が雨で濡れていた。

数拍置いて、私は何が起きているのかを理解した。

彼は台風のせいで私が喘息の発作を起こしたと勘違いしているのだ。

私が部屋で蹲り、身動きが取れなくなっていると思い込んでいるのだ。

そして、そんな私を助けようとしているのだ。

——ばかだなあ。

自然に、笑みがこぼれた。

私は彼の視界から隠れるようにして階段に座り込み、彼がドアを叩く音を背中越しに聞いた。

それから、今しがた耳にした言葉の響きを噛み締めた。

幸福な錯覚の余韻に、じっくりと身を浸した。

胸のうちから温かいものが込み上げてきて、知らぬ間に涙が頬を伝っていた。

視界がぼやけ、夏の風景が滲んだ。


名前を、呼んでもらえた。


今は、それだけでいい。

ドアを叩く音が止んだ。私はそっと顔を出して、千尋くんの様子を覗き見た。

彼はドアの横の壁にもたれ、ぼんやりとした表情で煙草を吸っていた。
いつしか風は止み、雲の切れ間から差す陽の光が彼の顔を照らしていた。
私は洟を啜り、涙を拭いて立ち上がった。
そしてとっておきの笑顔をつくって、彼にこっそり近づいていった。
もう少しだけがんばってみよう。そう思った。

11　君の話

九月の末、大判の封筒が僕のもとに届いた。中身は灯花の〈履歴書〉と、彼女からの短い手紙だった。

僕はまず手紙に目を通し、それから〈履歴書〉を読んだ。手紙の内容は簡潔で、彼女が新型ＡＤであるという告白と、義憶を利用して僕を欺こうとしたことへの謝罪が綴られていた。それに比べると〈履歴書〉の分量は膨大で、読み通すのに四時間かかった。

僕は寝食を忘れてそれを何度も読み返した。彼女が義憶技工士だった頃に依頼人の履歴書を丸暗記するまで読み込んでいたみたいに。

そこにはすべての答えがあった。〈履歴書〉が書かれたのは灯花が十八歳のときらしく、彼女がどのような経緯で〈幼馴染計画〉の発案に至ったかは想像するしかなかったが、彼女の半生を知った今、それは難しいことではなかった。

天谷千尋という依頼人の〈履歴書〉から一種の運命を感じ取った彼女は、「二人が七歳で出会っていたら」という仮定に基づいた義憶を作成し、互いの脳に植えつけることによって思い出の中の二人を救済しようとした。のみならず、その偽りを真実に変えようとして、僕の前で幼馴染を演じることにした。

残された期間を、〈夏凪灯花〉として生きようとした。

おそらく、真相はそんなところだろう。

ばかだなあ、と思った。そんな回りくどい手段を選ばなくても、ただ〈履歴書〉を僕に渡して、「私たちは運命の二人なんです」と伝えさえすれば、それで済む話だったのに。最初から彼女の〈履歴書〉を見せてもらえていたら、僕は手放しで彼女を愛することができたのに。偽物の記憶なんかに仲立ちされなくとも、最初から僕たちは究極の二人だったのに。

彼女が最後まで虚構の力しか信じられなかったことを、僕は悲しく思った。シャボン玉のようにおぼろげな幸せを追いかけるのに夢中になるあまり、目の前の確かな幸せを見逃してしまう迂闊《うかつ》さを哀れんだ。

そして何より、傷つくことを恐れるあまり、彼女の救難信号に気づけなかった自分自身を呪った。

取り返しのつかないことをしてしまった。

僕は、僕だけは、灯花を救えたはずだったのだ。僕は彼女の孤独を百パーセント理解することができた。彼女の絶望を百パーセント理解することができた。彼女の恐怖を百パーセント理解することができた。

そう、僕が〈レーテ〉を飲めずにいたのは、偽物の〈レーテ〉を飲んだ経験によって、記憶を失う恐怖を知ったからなのだ。自分が自分でなくなっていくような、世界が足下から崩れ落ちていくような、あの底知れぬ恐怖。

彼女はずっとそれと戦っていたのだ。誰一人頼れず、誰一人理解してくれず、誰一人慰めてくれない孤立無援の状態で、祈るような気持ちで、僕の心変わりを待ち続けていたのだ。

それなのに。

僕は灯花に騙されておくべきだったのだろう。デート商法に遭って高価な絵画を売りつけられ、それでもなお池田という同級生の実在を信じ続けた岡野という男のように、どこまでも自分に都合よく物事を解釈するべきだったのだろう。そして彼女の手のひらの上で幸せに踊らされていればよかったのだ。

でなければ、いっそ江森さんのように義憶について徹底的に調べ上げるべきだった。そうしていれば、いずれ僕は灯花のインタビュー記事を発見することだってできていたかもしれない。そこまでいかずとも、せめて十代の義憶技工士が存在することを知っていたら、彼女が僕の〈グリーングリーン〉の制作者であるという真実に自力で到達することも可能だったかもしれない。そうして彼女の孤独を、絶望を、恐怖を、わずかでも和らげてあげられたかもしれない。

しかし、僕は最悪の選択をしてしまった。彼女の言葉を信じようとせず、かといって疑問を積極的に解決しようともせず、申し訳程度の調査をしてみせたあとは、謎を謎のままに放置していた。なぜか？ 彼女に騙されるのも怖かったが、一方で、夢から醒めるのも嫌だったからだ。不信と信用のあいだの「ひょっとしたら」に少しでも長く留まっていたかったからだ。決して傷つけられることのない安全圏から、素知らぬ顔で灯花の愛情を享受していたかったからだ。

そして彼女はすべてを忘れてしまった。つい数日前のことも思い出せなくなり、僕と過ごした短い夏の思い出も跡形もなく失われてしまった。もう僕の顔を見ても誰だかわからないようだ。

数日前アパートの廊下で再会した際に灯花が僕に向けた視線は、〈レーテ〉によって家族の記憶を捨て去った母親が再会時に僕に向けた視線を思い起こさせた。僕を覚えていないのかと尋ねると、彼女は申し訳なさそうに首を振った。

一体何が起きているんだ、という疑問は湧かなかった。

ああ、僕はまた大切な人に忘れられたんだな、とだけ思った。

灯花は大きな鞄を持って部屋を出ていった。おそらく入院の支度のために戻ってきていたのだろう。彼女の後ろ姿を、僕はベランダから見送った。追いかけて話をしたかったが、足が動かなかった。もう一度あの無関心な視線を浴びせられて、正気を保てる自信がなかったのだ。

あと二ヶ月もしないうちに、彼女は歩き方を忘れるだろう。食事の取り方を忘れるだろう。身体の動かし方を忘れるだろう。口の利き方を忘れるだろう。息の吸い方を忘れるだろう。その先には避けようのない死が待っている。

謝りたくても、謝るべき相手は既にこの世界にいない。だからせめて、残りのすべてを灯花に捧げよう。そう僕は心に誓った。この夏だけではなく、僕の余生を残らず彼女のために使おう。彼女がこの世界を立ち去ってしまったあとも、いつまでも、いつまでも。

＊

一刻も早く灯花に会いにいきたかったが、その前にいくつかやっておくべきことがあった。僕は美容院に行って伸びすぎた髪を切り、町に出て新しい服を数着買った。義憶の中の〈天谷千尋〉を思わせるような、品のよい髪型と服にした。アパートに戻ってシャワーを浴び、買ったばかりの服に着替え、それでようやく準備が整った。

鏡の前に立って、自分の顔をまじまじと見つめる。最後にまともに鏡を見たのがいつのことだったか思い出せなかったが、以前と比べて表情から硬さが取り除かれているように感じられた。もちろん、灯花の影響だろう。

僕はバスに乗り、彼女の入院しているであろう病院に向かった。雲一つない快晴だったが、うだるような暑さはとうに過ぎ去っており、車内も快適だった。車窓からの景色は次第に緑の割合を増していき、バスはダム沿いの坂道をぐるりと回って短いトンネルを抜け、小さな向日葵畑の前で停車した。そこで料金を払ってバスを降りた。

バスが行ってしまうと、辺りは静寂に包まれた。僕は立ち止まって周囲の風景を眺め渡した。分厚い林に囲まれた土地で、老朽化した民家がぽつぽつと建っている。ひんやりとした空気には湿った土の匂いが混じっていた。

病院は、二人乗りの自転車で何度も訪れた公園の対岸にあった。灯花がここにいるという確証があるわけではない。ただ、仮にそうだとすれば、彼女がやけにあの病院に関心を見せていたことに説明がつくと思ったのだ。

　正面玄関の前で何気なく二階を見上げると、窓辺に誰かが立っているのが見えた。

　僕はその人物の顔に目を凝らした。

　それは僕の幼馴染だった。

　今度こそうまくやろう、と思った。


　病室には濃密な死の匂いが漂っていた。死臭がしたとか、線香の香りがしたとか、そういうことではない。そこには死の匂いを錯覚させる何かがあった。生きた人間が生活する空間には必ずあるはずの気配が欠落している、とでもいうのだろうか。

　灯花はそこにいた。最後に会ってからまだ一週間しか経過していなかったが、そのあいだに彼女は少し痩せたように見えた。いや、部屋に差し込んだ死の影がそう見せただけかもしれない。

　彼女は窓際に立ち、相変わらず外の風景を眺めていた。いつもの白無地のパジャマではなく、くすんだ青の病衣を着ていた。サイズが合っていないのか、袖と裾が折り返されていた。小脇に抱えた青いノートは、おそらく今の彼女の外部記憶媒体なのだろう。それだけ病状が進行しているということだ。ノートの表紙には何も書かれておらず、安物のボールペンが留められていた。

僕は病室の戸口で足を止めて、灯花の姿を長いあいだ無心で見つめていた。彼女は病室に安住を見出しているらしく、殺風景なその空間の中で、とてもリラックスしていた。病室の側もまた、灯花という存在を自然に受け入れているように見えた。

その調和感は、彼女がここから出ることはもう二度とないのではないかという強い予感を僕に与えた。そしてそれはおそらく事実なのだ。次に彼女が病院を出る機会があるとして、そのとき彼女はもう、彼女だった何かになっているだろう。それを考えるとやりきれなくなった。

灯花はこれから二度目の死を迎えようとしているのだ。

僕はいつまでも声をかけることができなかった。彼女と病室の親密な関係に割って入る勇気が出なかったのだ。それに、できればずっとこうして彼女を少し離れたところから眺めていたかったというのもある。一人でいるときの彼女を見るのは、これが初めてだったから。

やがて灯花はゆっくりと振り向き、来訪者の存在に気づいた。首を傾《かし》げるようにして額に打ちかかった前髪を払い、僕の顔をじっと見た。そして掠《かす》れた声で僕の名前を呼んだ。

「……千尋くん？」

記憶が残っているわけではない。彼女は義憶の中の〈天谷千尋〉と目の前の僕とのあいだにいくつかの共通点を見出し、そこから自然な推論を行っただけだ。初めて灯花と間近で見つめあった僕が、反射的に彼女の名前を口にしたのと同じように。義憶中のエピソードとの状況の重なりあいもまた、想像の助けとなったのだろう。

「灯花」

とても自然に、僕は彼女の名前を呼んでいた。その声音は自分の喉から出てきたとは思えないくらい穏やかだった。意図的に演じなくとも、既に僕は〈天谷千尋〉になりきっているようだ。〈夏凪灯花〉の〈ヒーロー〉に。

灯花は信じられないものを見る目つきで僕を凝視していた。こんなことがあるはずがない、きっと何かの間違いだ、とでも言いたげに。彼女は仕掛け人の姿を探すように部屋の中を見回した。でもそこにいるのは僕たちだけだった。

彼女はひどく困惑した面持ちで尋ねた。

「あなたは……誰ですか？」

「天谷千尋。君の幼馴染だよ」

僕は部屋の隅に重ねられていた丸椅子をベッドの脇に置き、そこに腰かけた。でも灯花は窓辺を離れようとしなかった。ベッドを挟んだ向こう側から、警戒心に満ちた視線を僕に注いでいた。

「私に幼馴染はいません」やっとのことで彼女は言った。

「じゃあ、どうして僕の名前を知ってる？　さっき、僕のことを『千尋くん』って呼んだじゃないか」

灯花は何度か短く首を振り、左手を胸に当てて深呼吸した。そして自分に言い聞かせるように言った。

「天谷千尋は義者です。私の頭の中にしか存在しない、架空の人物です。私の記憶は新型アルツハイマー病によって根こそぎ奪われました。今の私の中に残っているのは、まがいものの記憶だけです。確かに私は天谷千尋の名前を覚えていますが、それはすなわち、天谷千尋が実在しないことを意味しています。実在する人物を義者のモデルに用いることは禁じられていますから」一息にそう言うと、あらためて問いを投げかけた。「もう一度訊きます。あなたは誰ですか？」

新型ADが奪うのは思い出だけだという話は、どうやら本当らしい。義憶の性質に関する知識は依然として彼女の中に留まっているようだ。正常な判断力も。

もちろん僕はこうなることをあらかじめ想定していた。何かそれらしい理屈をつけて彼女を騙す、という選択肢も一度は検討した。でも思い直してやめた。

僕は彼女と同じ方法で、何もかもやり直したかったのだ。

彼女の〈幼馴染計画〉をそっくりそのまま引き継ぎ、その発想が間違っていなかったことを証明したかった。

「君の幼馴染、天谷千尋だよ」と僕はもう一度繰り返した。

彼女は無言で僕を睨みつけていた。相手との距離感を測りかねている野良猫みたいに。

「信じられないなら信じなくてもいい。ただ、これだけは覚えておいてくれ」僕は記憶を失う前の彼女の言葉を借りて言った。「僕は、灯花の味方だから。何があってもね」

＊

一晩考え抜いた末、灯花はかつての僕と同じ結論に至ったようだった。

「私の推定では、あなたは遺産目当ての詐欺師です」

翌日、僕の顔を見るなり彼女はそう言った。

僕はあえて否定せず、どういった思考を経てそのような結論に達したのかと尋ねた。

「後見人の方にうかがったんですが、私、そこそこお金持ちらしいですね。記憶を失って何もわからなくなった私を罠に嵌めて、遺産を手に入れるつもりなんでしょう?」

僕はつい苦笑いした。僕を欺こうとしていたときの灯花もきっとこんな気分だったんだろうな、と思ったのだ。

「何がおかしいんですか」彼女は頰を染めて僕を睨んだ。

「いや、ふと昔のことを思い出して懐かしくなっただけだよ」

「ごまかさないでください。あなたが詐欺師じゃないこと、証明できますか?」

「できないよ」と僕は正直に答えた。「ただ、もし僕が君の言うように遺産目当ての詐欺師だったら、天谷千尋という義者本人を演じようとは思わないんじゃないかな。天谷千尋によく似た誰かを演じた方が、ずっとうまく君の心につけ入ることができると思う」

彼女は僕の反論についてしばらく考えを巡らせていた。そして冷ややかな口調で言った。

「そうとも限りません。既に私が義憶と記憶の区別もつかなくなっているものと思い込んでいたのかもしれません。義憶が新型ADの忘却に耐性があるなんて、普通の人は知りませんからね。もしくは、嘘か本当かなんてどうでもよくなってしまうくらい心が弱っていると思っていたのかも」

「あるいは、義憶の影響力を過大に見積もっていたのかも」と僕は先回りしてつけ加えた。

「でなければ、幼馴染本人を演じなくてはならない事情があったのかも」

「煙に巻こうとしても無駄ですよ。とにかく、〈天谷千尋〉は実在しない人間なんです」

「免許証や保険証を見せたくらいじゃ、やっぱり納得してくれないんだろうね？」

「ええ。そんなもの、いくらだって偽造できますからね。それに、仮にあなたが天谷千尋本人だったとしても、私の幼馴染だったという証拠にはなりません。この義憶自体が、そもそも私を陥れるためにつくられたものかもしれませんから」

　僕は溜め息をついた。本当に、かつての自分自身を見せられているみたいだ。

「あとは、そうですね、愉快犯の可能性も捨てきれません。世の中には、人の心を弄《もてあそ》んで陰から笑うのが好きな人もいますからね」

「君は悲観的すぎるよ。たとえば、昔君に救われた男が今恩返しをしようとしている、みたいには考えられないのかな？」

　彼女はきっぱりと首を振った。「私にそれだけの人望があるとは思えません。余命宣告を受けたっていうのに、家族も友人も同僚も一人も見舞いに来ないんですよ。さぞ孤独で無意味な人生を送ってきたんでしょう。アルバムや日記の類を一切残していないのも、私の過去が思い出すに値しないものだからでしょうね。死ぬ前にすべての記憶を失って、かえってよかったのかもしれません」

「確かに、君の人生は孤独なものだったかもしれない」と僕は認めた。「でも、決して無意味ではなかったよ。だから僕はこうしてここにいるんだ。つまり、君は僕の〈ヒロイン〉で、僕は君の〈ヒーロー〉だから」

「……ばかじゃないですか?」

それから同じようなやり取りが何度か繰り返された。

「あなたには到底理解できないでしょうけれど」と灯花はかすかに震える声で言った。「たとえ虚構であっても、私にとって〈天谷千尋〉の記憶は唯一の拠り所なんです。彼は私の世界のすべてだといっても過言ではありません。あなたは今、その神聖な名を汚しているんですよ。私の気を引こうとして彼になりすましているんでしょうが、逆効果です。私は〈天谷千尋〉を騙《かた》るあなたが憎くてたまりません」

「そう。それは君にとって何より大切な記憶だ」僕は彼女の言葉を逆手に取った。「だからこそ奇跡的に忘却を免れた、とは考えられない?」

「ありえません。大切な記憶だけは残るというなら、そういう事例がいくつも確認されているはずです。私なんかより素敵な思い出を持っている新型AD患者はいくらでもいるでしょうからね」

「でも、たった一人の思い出に君ほど固執している人はいなかった。違うかな?」

数秒の沈黙は彼女の心の揺らぎを雄弁に物語っていた。

それでも彼女は頑なに言った。

「あなたがなんと言おうと、この記憶は義憶に違いありません。話として、できすぎているんですよ。記憶の一つ一つが心地よすぎるんです。私の願望に沿って書かれたという感じがひしひしと伝わってきます。これは確実に私の〈履歴書〉に基づいてつくられた義憶です。暗い人生を歩んできた私は、せめて虚構の中で救われようとしたんでしょうね」

僕が次の反論を口にしようとしたとき、面会時間の終了を告げるオルゴール音楽が院内に流れ始めた。

『蛍の光』。

僕たちは会話を中断して、その曲に耳を傾けた。

彼女が僕と同じ光景を思い浮かべていることに疑いの余地はなかった。

「確かに、これは一種の呪いだ」と僕は笑いながら言った。

灯花はそれを無視したが、かちこちに強張っていた表情が少しだけ柔らかくなったのを僕は見逃さなかった。

「そろそろ帰るよ。邪魔したね。また明日」

立ち上がって背を向けると、彼女が言った。

「さようなら、詐欺師さん」

ぶっきらぼうな口調だったが、敵意は感じられなかった。

僕は振り返り、「明日はもっと早く来るよ」と言い残して病室をあとにした。


それから何日ものあいだ、灯花は僕のことを「詐欺師さん」呼ばわりし続けた。こちらが何を言っても詐欺師の甘言と見て取りあおうとせず、「今日もお勤めごくろうさまです」などと皮肉を吐いたりした。

でもすぐに、僕はそれが演技であることを見抜いた。僕よりもずっと頭の回る彼女は、僕が幼馴染のふりをしてもなんのメリットもないことに早い段階で気づいていた。また、僕が彼女に本気で好意を寄せていることにも。

どうやら灯花は僕に騙されることを恐れているのではなく、僕と親密になることそのものを恐れているようだった。冷淡にふるまっていたのは、おそらく二人の関係に一線を引くためだ。気が緩んで馴れ馴れしい態度を取ってしまいそうになったとき、彼女は僕を詐欺師扱いすることで二人の距離を隔て、自己を律していた。

その気持ちはわからないでもなかった。近いうちにこの世界を引き払うことが確定している身の彼女は、できるだけ手荷物を増やしたくなかったのだろう。今の彼女にとって、「これから手に入るもの」は「これから失うもの」と同義だ。生の価値が高まるほど死の脅威も増していく。彼女は生の価値をゼロに保つことで、文字どおり往生際よく死んでいきたかったのだ。

　とはいえ、完全に僕を切り捨てられるほどの諦観の極地には至れていないようで、僕が病室に顔を見せるとわかりやすく嬉しそうにしていたし、僕が帰る時間になるとわかりやすく寂しそうにしていた。僕が一度感極まって彼女を抱き締めてしまったときもまったく抵抗しなかったし、僕が身体を離すと名残惜しそうに唇を嚙んでいた。時折気が緩んで僕を「千尋くん」と呼んでしまい、そのたびに慌てて「……を騙る詐欺師さん」とつけ加えてごまかしていた。

　僕は一秒でも長く彼女のそばで過ごすために、大学に休学届を出し、アルバイトを辞めた。病室を離れているあいだは新型ADの文献を読み漁り、無意味と承知しつつも彼女を延命する方法を模索した。もちろんそれらの努力は尽《ことごと》く不毛に終わった。

＊

　病室で音楽は聴かないのかと尋ねると、灯花は顔を曇らせた。

「こっちに持ってきていないんです。私が持っていた音源、全部レコードだったので。どうせ一部しか持ってこられないならと、全部置いていくことにしたんですが……」

「今になって後悔している？」

「ほんの少しですけどね」彼女は肯いた。「個室って日中は静かでいいんですけど、夜はちょっと静かすぎるんです」

「そんなことだろうと思った」

僕はポケットから携帯音楽プレイヤーを取り出して、彼女に手渡した。

「君が好きだった歌、一通り入れておいたよ」

灯花はおそるおそる手を伸ばしてそれを受け取った。画面を弄って操作方法を確かめ、イヤホンを両耳に差し込んで再生ボタンを押した。

それからしばらく、彼女は音楽に聴き入っていた。顔つきに変化はなかったけれど、彼女がそれを楽しんでいることはかすかな身体の揺れからわかった。どうやら気に入ってもらえたようだ。

音楽を聴く邪魔にならないように、少し席を外そうと思った。そっと椅子から腰を上げると、彼女は弾かれたように顔を上げた。そして素早くイヤホンを外して「あの」と取りすがるように言った。

「……どこに行くんですか？」

煙草でも吸ってこようと思ったのだと答えると、彼女は「そうですか」と溜め息をつき、再びイヤホンを差して音の洪水の中に戻っていった。

咄嗟についた嘘に従い、僕は建物の外の喫煙室に行って煙草を吸った。三口だけ吸って火を消したあと、壁にもたれて目を閉じ、先ほど灯花が僕を引き止めようとしてくれたことを思い返し、一人静かに胸を震わせた。

理由はなんであれ、今も僕は彼女に求められている。それがたまらなく嬉しかった。


翌日病室を訪ねたときも、灯花は音楽に聴き耽《ふけ》っていた。両手を耳に添えてひだまりで眠る猫みたいに目を細め、ほんの少しだけ頬を緩めていた。

僕が声をかけると彼女はイヤホンを外し、「こんにちは、詐欺師さん」と親しげに挨拶をした。

「入ってた音楽、全部聴いちゃいました」

「全部？」僕は思わず訊き返した。「確か、全トラックを合わせて十時間以上あったはずだけど……」

「はい。だから昨日から寝てません」

彼女は両手で口を覆ってあくびをし、目元を人差し指で拭った。

「一曲残らず、私にぴったりの曲でした。今、ちょうど二周目に入ったところです」

僕は笑った。「喜んでもらえるのは嬉しいけど、ちゃんと寝た方がいいよ」

でも彼女は僕の話など耳に入っていないようだった。ベッドから身を乗り出し、プレイヤーのディスプレイを僕に見せて上気した顔で語った。「これなんか、もう十回以上聴いちゃって……」

そこで何かを思いついたように手を叩き、イヤホンの片方を左耳に差し入れると、もう一方を僕に差し出した。

「千尋くんも一緒に聴きましょう」

僕を詐欺師呼ばわりすることもすっかり忘れているようだった。でも彼女がそうなるのも無理はなかった。半生をかけてつくりあげたプレイリストを、記憶を消して一から聴く。音楽を愛好する人間にとって、これほどの贅沢はあるまい（もしかすると新型ADの忘却範囲に音楽は含まれていないかもしれないが、少なくともその音楽と自分との関係性は忘れているのだろう）。

僕はベッドに彼女と並んで腰かけ、イヤホンを受け取って右耳に差し込んだ。彼女はプレイヤーをモノラルモードに切り替え、再生ボタンを押した。

夏休みのあいだに彼女と何度も聴いた古い歌が、イヤホンから流れ始めた。

三曲目の途中から、灯花の瞼が徐々におりてきた。メトロノームのように振り子運動を繰り返したあと、彼女は僕に体重を預けてきて、膝の上で眠り込んでしまった。ベッドに寝かせてあげた方がよかったのだろうけれど、僕はその体勢から動くことができなかった。慎重に手を伸ばしてプレイヤーの音量を落とし、彼女の安らかな寝顔をいつまでも飽きることなく眺めた。

ふと、僕はこの人を失おうとしているのだ、と他人事のように思った。

それが自分にとって何を意味しているのかを、僕は未だに把握できていない。世界の終わりが自分にとって何を意味しているのかがわからないのと同じことだ。その悲しみは巨大すぎて、とてもではないが僕の物差しでは測りきれない。

いずれにせよ、今すべきは悲嘆に暮れたり運命を呪ったりすることではない。そういうのは一旦全部後回しにして、灯花と二人で過ごす時間を豊かにすることだけを考えるべきなのだ。絶望したければ、すべてが終わったあとでいくらでもすればいい。そのための時間は、うんざりするくらいたっぷりあるだろうから。

一眠りしたあと、灯花はようやく落ち着きを取り戻した。膝の上で眠ってしまったことを謝罪したあと、僕の顔をじっと眺めて、何かを諦めたように深く嘆息した。

「詐欺師さんは、本当に私の喜ばせ方がわかってるんですね。憎たらしいなあ」

呼称が「詐欺師さん」に戻ってしまったことを、内心残念に思った。

「なんか、もう疲れちゃいました」彼女はベッドに仰向けに倒れ込み、気怠げに言った。「ねえ、詐欺師さん。今ここで本当のこと打ち明けてくれたら、私の全財産差し上げますよ。どうせほかに残す相手もいませんし」

「じゃあ本当のことを言うよ。僕はどうしようもないくらいに灯花のことが好きなんだ」

「嘘つき」

「嘘じゃないよ。君だって薄々気づいてるんだろう?」

彼女は寝返りを打って僕に背を向けた。

「……こんなからっぽの女のどこがいいんですか?」

「何もかも」

「悪趣味ですね」

声の調子から、彼女が微笑んでいるのがわかった。

＊

灯花は少しずつ僕の前で笑顔を見せるようになっていった。僕のために椅子を用意するようになり、見舞いを終えて帰る僕に「また明日」と声をかけるようになり、僕の膝の上で午睡するのが日課になった（彼女はあくまで偶然を装っていたけれど）。担当の看護師に聞いたところによれば、灯花は僕のいないところでは僕の話ばかりしているらしかった。「あの子、午前中はずっと窓から表を見張って、あなたが現れるのを今か今かと待ちわびてるのよ」と看護師は僕にこっそり耳打ちしてくれた。

そこまで僕を受け入れているのならいっそ僕の嘘に乗じてしまえばいいのに、灯花は最後の一線だけはどうしても譲らなかった。あくまで僕は遺産狙いの「詐欺師さん」であり、彼女はその「詐欺師さん」との交流を割り切って楽しんでいるだけなのだ、というスタンスを崩さなかった。かつてどこかの誰かがそうしていたように。

ある夕暮れ、僕の肩にもたれた灯花は物憂げに言った。

「詐欺師さんからすれば、今の私は格好の餌食なんでしょうね。すっかり弱り切っていて、ちょっと優しくされたら、すぐ参っちゃいそうですから」

というか、もうほとんど参っちゃってますけどね、と彼女は小声で言い添えた。

「なら、いい加減潔く降参して、僕を幼馴染と認めてくれれば嬉しいんだけど」

「それはむりです」

「僕、そんなにうさんくさいかな?」

読点三つ分くらいの間を置いて、彼女は答えた。

「あなたの好意が嘘じゃないってことは、なんとなくわかります。でも……」

「でも?」

「だって」乾いた声で彼女は言った。「すべての記憶が消えてしまったのに、一人の男の子の記憶だけは消えずに残っていて。家族から見捨てられて友達もいないのに、その男の子だけは毎日欠かさず会いに来てくれて。仕事ができなくなってなんの価値もなくなった私を、それでも好きだと言ってくれて。そんな都合のいい話があるはずないじゃないですか」

「……そうだね。僕も、同じように考えたよ」

彼女は跳ね起き、僕の顔を穴が開くくらい見つめた。

「嘘を認めるんですか?」

「違うよ」僕はゆっくり頭を振った。「君が僕を信じられないのもしかたないと思う。都合のいい話がすべて罠に見えてしまう気持ちは、痛いほどわかる。……でもね、人生にはときどき、そういう何かの間違いが起こりうるんだ。幸福なだけの人生がそうそうありえないように、不幸なだけの人生もそうそうありえないんだよ。君は君の幸せを、もう少し信じてあげてもいいんじゃないかな」

それはかつての自分自身に向けた言葉でもあった。

あのとき僕は、僕の幸せを信じてあげるべきだったのだ。

灯花は僕の言葉を咀嚼するように押し黙っていたが、やがてふっと息を洩らした。

「なんにせよ、今さら幸せになったって、むなしいだけです」

鼓動の高鳴りを押さえつけるように左手を胸に当て、彼女は弱々しく笑った。

「だから、あなたは詐欺師さんでいいんですよ」

でも、彼女が虚勢を張っていられたのもその日までだった。

明くる日、病室を訪れた僕の目に飛び込んできたのは、ベッドの上で膝を抱えて震えている灯花の姿だった。

声をかけると、彼女は顔を上げ、涙声で「千尋くん」と僕の名を呼んだ。詐欺師さん、ではなく。

そしてベッドを下りてふらふらと歩み寄ってきて、僕の胸に顔を埋めた。

僕は彼女の背中を撫でながら、一体彼女の身に何が起きたのかと頭を巡らせた。

でも、本当は考えてみるまでもなかったのだ。

来るべき時が来た。それだけの話だ。

灯花が少し落ち着きを取り戻したのを見計らって、僕は尋ねた。

「義憶まで、消え始めたのか？」

彼女は僕の胸の中で小さく肯いた。

きん、と小さな耳鳴りがした。

一瞬、世界が所定の位置から数ミリずれたような不確かな感覚に襲われた。

義憶の消滅。

それは、彼女が遂に本当のゼロに足を踏み入れたことを意味している。

僕たちに残された時間が、もう半月もないことを示している。

記憶を貪《むさぼ》り尽くした病魔が次に手をかけるのは、彼女の生命そのものだ。

彼女が新型ＡＤだと知らされた時点で、この日が来ることは確定していた。

受け入れていたはずだった。覚悟を決めていたはずだった。

でも結局のところ、僕は何もわかっていなかったのだ。

その日、僕は〈レーテ〉が開発された本当の意味を知った。

人々が極小の機械の力を借りて忘れ去ろうとしていたものの正体を、二十歳にしてようやく理解した。

彼女はそれから何時間も泣き続けた。これまでの人生で飲み込んできた涙を一滴残らず絞り尽くそうとしているみたいに。

窓から差し込む西日が病室を淡いオレンジで満たした頃、彼女はようやく泣き止んだ。ぼやけた視界の隅で、彼女の長い影が揺れるのが見えた。

「ねえ、昔の話をして」

嗄《か》れた声で、灯花は言った。

「私と千尋くんの話をして」

*

偽りの思い出を、僕は灯花の前で語った。

初めて出会った日のこと。僕が彼女を幽霊だと思い込んでいたこと。彼女を自転車の荷台に乗せて町を走り回ったこと。夏休み中毎日彼女の家に通って窓越しに会話をしたこと。新学期に教室で再会したこと。学校に馴染めない彼女の世話係に唯一の知りあいである僕が任命されたこと。毎朝彼女を迎えにいって一緒に通学したこと。平日も休日も片時も離れず一緒にいたこと。絶えず彼女が僕の手を握っていたこと。高学年になると同級生が僕たちの関係をからかうようになったこと。黒板に相合い傘を書かれたこと。僕がそれを消そうとしたら、彼女が放っておこうと言ったこと。薄暗い書斎で何度もレコードを聴いたこと。彼女が得意気に歌詞の意味を解説してくれたこと。休日に彼女の家に泊めてもらったこと。二人でロードショーを見ていたら際どいシーンがあって気まずくなったこと。遠足のバスで隣同士になれたこと。登山中に力尽きそうになった彼女を僕が背負って歩いたこと。林間学校のテントで友達と好きな女の子を教えあったら翌日クラス中に広められていたこと。彼女の方も同様の仕打ちを受けていたこと。フォークダンスでペアになったとき彼女がずっとうつむいていたこと。六年生の夏に彼女が重い発作を起こしたこと。それからしばらく彼女が咳をするたびに気が気ではなかったこと。七夕の短冊に灯花の喘息が治るようにと書いたら彼女が目を潤ませていたこと。中学生になって部活が始まり一緒にいられる時間が少なくなったこと。中学二年生で初めてクラスが別れたこと。それらがきっかけで互いを異性として意識し始めたこと。接し方が少しずつぎこちなくなっていったこと。彼女がいつも僕の部活が終わるのを教室で待ってくれていたこと。蛍の光の歌詞を二人で間違って覚えたこと。三年生になると小学生のときとは違ったかたちで同級生にからかわれるようになったこと。一度開き直って二人の関係についてあることないことを吹聴してみたら以後まったくからかわれなくなったこと。彼女がそれを聞いて顔を真っ赤にしていたこと。体育祭でリレーのアンカーに選ばれたこと。走り切ったあとで倒れてしまい保健室で彼女に看病されたこと。十五歳の夏祭りがどこかしら特別だったこと。彼女の浴衣姿が素敵だったこと。予防線を張り巡らせてずる賢くキスを交わしたこと。そのキスが三度目でも四度目でもなく五度目だったこと。互いに何も感じなかったふりをして現状維持に努めたこと。部活を引退してからは二人で過ごす時間が増えて嬉しかったこと。家族の問題に悩んでいた彼女を慰めるために家からお酒を持ち出して二人で飲んでみたこと。そしてちょっとばかり羽目を外してしまったこと。翌日は気まずくて互いに目を合わせられなかったこと。文化祭準備の最中に周りがよけいな気を回して僕たちを二人きりにしたこと。真っ暗な教室の中でいつもはしないような話をしたこと。ベランダから眺めた月が綺麗だったこと。修学旅行の夜にこっそり逢い引きをしたこと。班ごとの自由行動のとき二人きりで行動するのを周りから黙認してもらえたこと。同じ高校に行けるように二人で図書館に通って勉強をしたこと。図書館からの帰り道に初雪が降ったこと。雪と街灯の下ではしゃぐ彼女に見とれてしまったこと。手を繋いで帰りたかったからお互いわざと手袋を持たないでいたこと。初詣のあと彼女の口数がやけに少なかったこと。その頃にはもう彼女の引っ越しの日が決まっていたこと。バレンタインに例年より凝ったチョコをもらったこと。毎年彼女がくれるチョコの空き箱を保管しているのがばれて笑われたこと。突然引っ越しについて知らされて彼女にきつく当たってしまったこと。初めて彼女を泣かせてしまったこと。後日彼女の家に謝りにいって仲直りをしたこと。離れ離れになっても会いにいくと約束したこと。卒業が近づくにつれて彼女が涙脆《もろ》くなっていったこと。泣きながら笑い、笑いながら泣いていたこと。卒業式のあと二人で町を巡り歩き思い出を語りあったこと。引っ越しの前日にからっぽの書斎でヒーローとヒロインについて話したこと。僕たちのあいだに起きていたかもしれなかったこと。起きてほしかったこと。起きるべきだったこと。

僕は思い出せる限り語り続けた。灯花は子守唄でも聴くみたいに穏やかな表情で僕の話を聴いていた。覚えているエピソードを聴くと「そんなこともあったね」と微笑み、忘れているエピソードを聴くと「そんなことがあったんだ」と微笑んだ。そして手元の青いノートに短くメモした。

僕が七歳の思い出を語っているとき彼女は七歳の少女になり、十歳の思い出を語っているとき彼女は十歳の少女になった。もちろん僕自身にも同様のことが起きた。そのようにして、僕たちは七歳から十五歳までの九年間を生き直した。

義憶に含まれていないエピソードを自分が語っていることに気づいたのは、話も終盤に差し掛かった頃だった。

　灯花のつくった〈グリーングリーン〉には、余白がたっぷりあった。制作時間が足りなかったのかもしれないし、効果的なエピソードを最低限配置するだけで十分と考えたのかもしれない。いずれにせよ、そこには自由な解釈の余地があった。我知らず、僕はその隙間を想像力によって埋めていたのだ。

　必然的な想像に基づいた必然的な挿話を継ぎ足すことで、僕は義憶の細部を補完した。それらの挿話は灯花のつくった物語にとても自然に溶け込み、共振しあい、〈グリーングリーン〉は日ごとにその色彩を増していった。病室を離れているあいだ、僕は二人の物語を推敲し続けた。過去は僕の解釈次第でどこまでも美化できるようだった——僕が僕自身の想像力に嘘をつかない限り。

　しかし、余白を隅々まで埋め尽くしてもなお思い出は不足していた。五日目で、僕は義憶の中身をあますところなく語り尽くしてしまった。再会の約束をして灯花が引っ越していった日のことを話し終えると、あとには何も残っていなかった。

　うつろな沈黙が続いた。

　灯花が無邪気に尋ねた。

「続きは？」

続きはないんだよ、と僕は胸の内で言った。君は七歳から十五歳までの義憶しかつくらなかったんだ。物語はここで綺麗に収束して、その先を唯一知っていたはずの女の子はもうこの世界にはいないんだ。

それでも、ここで物語に終止符を打つわけにはいかなかった。物語は彼女を生に繫ぎ止めている最後の糸だ。その糸を失った瞬間、彼女のからっぽの身体は初風に攫《さら》われてあっという間にどこか遠くへ行ってしまう気がした。

だから、僕は灯花の空想のバトンを引き継ぐことにした。

彼女の物語が終わってしまったのなら、ここからは僕の物語を紡げばいい。

〈グリーングリーン〉の余白を埋めたときと同じ要領で、僕は十五歳から二十歳までの二人の人生を緻密にシミュレーションした。遠く隔てられた二人が、その距離を乗り越えてより強固な愛を獲得するに至る、正当な〈続編〉を拵えた。

僕はそれを語った。灯花は今までと変わりなく、自然に僕の話を受け入れてくれたようだった。

来る日も来る日も、僕は噓を紡ぎ続けた。『千夜一夜物語』のシェヘラザードみたいに、物語を引き延ばせば引き延ばすほど灯花が生き長らえられるのではないかと、祈るような気持ちで。

その二週間、世界には僕と灯花の二人しかいなかったように思う。僕たちは人類最後の生き残りとして身を寄せあい、木漏れ日のそそぐ縁側に腰かけて古い思い出を語らいながら、世界の終わりを見届けていた。

そしてもうすぐ僕は最後の一人になるのだ。

＊

一度だけ、夢を見た。新型アルツハイマー病の特効薬が完成し、灯花がその被験者に選ばれ、病が完治した上、記憶もすべて蘇るという夢だった。退院した彼女を迎えにいき、澄み渡った青空の下で抱きあって喜びを分かちあい、これから二人で本当の思い出をつくっていこう、と指切りしたところで目が覚めた。

安直なハッピーエンドだ、と思った。唐突で、強引で、予定調和的なエンディング。義憶では許されるかもしれないが、それ以外の媒体では間違いなくけちをつけられるだろう。奇跡というのは本筋から外れた場所でのみ存在を許される現象なのだ。

でも、それで構わなかった。安直でも唐突でも強引でも予定調和でもいい。どんなに出来の悪い物語でも構わない。僕はその夢が現実になることを祈った。

だって、それはまだ始まってすらいなかったのだ。僕たちの関係はこれからだったのだ。魂の奥底まで通じあった二人のあいだに本物の恋が芽生え、そのときようやく僕たちの長い孤独な日々が報われるはずだったのだ。

しかし現実には、それは始まる前に終わっていた。彼女が僕を真に理解した頃にはもうエンドクレジットが流れ始めていて、僕が彼女を真に理解した頃には観客が席を立ち始めていた。僕たちの恋は十月の蟬みたいに行き場のないままあっさりと息絶えた。何もかも遅すぎたのだ。

せめて、あと一ヶ月の猶予が与えられていたらどうなっていただろうか？　一ヶ月分の幸福と一ヶ月分の不幸が上乗せされていただろう、というのが一晩考えた末に達した結論だった。可能性を垣間見た分だけ、別れの堪えがたさもひとしおだったろう。

始まった瞬間に終わる恋と始まる寸前に終わる恋、どちらがより悲惨なのだろう？　でも多分それは無意味な問いだ。それぞれの悲劇はそれぞれに最低なのであって、そこに序列をつけることはできないのだ。

＊

物語というのはその気になればどこまででも書き続けることができる。にもかかわらずどんな物語にも終わりがくるのは、書き手ではなく物語自体がそれを求めるからだ。その声を聞いてしまったら、たとえどんなに話し足りなくても、適当に折りあいをつけて物語から立ち去るほかない。『蛍の光』を聞いた買い物客みたいに。

十月のある午後、時計の針が三時を回って間もなく、僕はその声を耳にした。僕は自分の語る物語が終わってしまったことを知った。

挿話を挟み込むだけの余白はまだ一応残っている。けれども余白の量は問題ではなかった。僕の話には、これ以上つけ加えるべきことが存在しない。

それは一つの物語として完成してしまったのだ。

ここから先の書き足しはすべて蛇足になる。語り手としての本能で、僕はそれを理解した。

隣に座って話を聴いていた灯花もまた、元義憶技工士としての直感でそれを理解したようだった。彼女はもう、「続きは？」とは尋ねなかった。数分のあいだ目を閉じて余韻に浸っていたが、やがてベッドから降り、窓際に立って伸びをした。そして小さく息を吐いてから振り向いた。

彼女が何かを言おうとしているのがわかった。でも、言わせてはならない気がした。それを言わせてしまったら、もう後戻りができなくなる。

僕は最後の一葉を繋ぎ止めようと懸命に言葉を探した。でも書き足すべき言葉は一文字だって見つからなかった。

そして彼女は切り出した。

「ねえ、千尋くん」

僕は返事をしなかった。それが精一杯の抵抗だった。

彼女は構わず続けた。

「今日、千尋くんが来るまでのあいだ、ノートを読み返しながらずっと考えてたんだ。どうして君が私にここまで尽くしてくれるのか。どうして君が私の義憶の内容を知っているのか。どうして君が私の幼馴染のふりを続けるのか」

短い沈黙を挟んで、彼女は儚《はかな》げに微笑んだ。

「千尋くん」

もう一度、僕の名前を呼んだ。

「私のくだらない嘘につきあってくれて、ありがとう」

そう。

嘘というのは、いつか必ず露見するものなのだ。

彼女は再び僕の隣にかけ、うつむく僕の顔を下から覗き込むようにして言った。

「先に嘘をつき始めたのは、私の方だったんでしょう？」

僕は長いあいだ黙りこくっていたが、それも無駄だと悟り、観念して「そうだよ」と認めた。灯花は「そっか」とだけ言って目を細めた。

互いに、それ以上の説明は必要なかった。彼女はその驚異的な想像力をもって、青いノートに記されている断片的な情報から、事の全容を見通した。それだけのことだ。

彼女が失望している気配はなかった。かといって、何もかもが偽りであったことを喜んでいる様子もなかった。ただしみじみと、かつて僕たちのあいだで演じられた複雑に込み入った物語に思いを馳せているように見えた。

窓から覗く青空に細い飛行機雲がまっすぐに引かれ、そして消えた。八月の空に鎮座していた巨大な入道雲は跡形もなく姿を消し、今では自動車の擦り傷みたいに掠れた微小な雲がいくつか残るばかりだった。

ずっと遠くの方で、踏切が警告音を鳴らしていた。電車の警笛が聞こえ、走行音が遠ざかり、数秒後ふっと警告音が止んだ。

灯花がぽつりと言った。

「全部、本当だったらよかったのにね」

僕は首を振った。

「そんなことはないよ。この話は嘘だからこそ、本当よりもずっと優しいんだ」

「……そうだね」

彼女は何かを包み込むように両手の指を胸の前で合わせて肯いた。

「嘘だから、優しいんだね」

＊

最後にお願いがあるの、と灯花が言った。それが彼女の最後の嘘だった。

キャビネットの抽斗から取り出した白い粉薬の入った分包紙を、彼女は僕に差し出した。

「これは？」と僕は尋ねた。

「千尋くんの部屋にあった〈レーテ〉だよ。君のもとに最初に届くはずだった、少年時代の記憶を消すための〈レーテ〉」

僕は手のひらの分包紙を眺めた。そして彼女の意図を察した。

このタイミングで〈レーテ〉を僕に返すということは、つまりはそういうことだろう。

「それを、今ここで飲んでほしいの」

僕の予想と一字一句違わず、彼女は言った。

「千尋くんの少年時代を、私だけのものにさせてほしいんだ」

彼女が望むなら、僕が拒む理由はなかった。僕は無言で肯き、病室を出て自動販売機でミネラルウォーターを買って戻った。灯花が用意していたグラスに水を注ぎ、分包紙を割いて中身を溶かした。

そして一息に飲み干した。

苦味はなかったし、異物感もなかった。それは本当にただの水みたいだった。

でも、ほどなく〈レーテ〉は効力を現し始めた。ポケットに何気なく手を突っ込んだらそこにあるべき何かがなくなっていて、でもそれがなんだったのか思い出せない――そんな漠然としつつも切迫した不安が立て続けに僕を襲った。でもそれらの魔手は僕に触れる寸前でどれも灰になり、風に散っていった。忘却の恐怖とはそういうものなのだ。

「始まった？」と灯花が訊いた。

「うん」僕は眉間を指で押さえながら言った。「始まったみたいだ」

「よかった」

彼女は胸を撫で下ろし、

「さっきのは嘘だよ」

それからねたばらしをした。

「……嘘？」

僕はゆっくりと顔を上げた。

寂しげに笑う灯花がいた。


「今、千尋くんが飲んだのは、私に関する記憶を消去する方の〈レーテ〉だよ」

そう言うと、キャビネットの抽斗からもう一方の〈レーテ〉を取り出して僕に見せた。

「こっちが本物」

ぐらり、と視界が揺れる。〈レーテ〉がいよいよ本腰を入れて仕事に取りかかったようだ。肉体が末端から崩れ落ちていくような錯覚に陥り、僕は思わず両手を開いて指がまだそこに十本揃っていることを確認する。

「嘘ばかりでごめんね。でも、これが正真正銘、最後の嘘」と彼女は歌うように言った。

「記憶を失う前の私は、千尋くんに迷惑かけたことを最後まで気に病んでたみたい。それでも一日でも長く千尋くんのそばにいたかったから、すべてを清算する役割を、記憶を失ったあとの私に託したの」

灯花はベッドから立ち上がり、もう一方の〈レーテ〉の分包紙を破ると、開け放した窓からその中身を振りまいた。ナノロボットは風に乗って煙のように消えていった。

彼女はくるりと振り向いて、健気に微笑んだ。

「私たちが出会ったことも、全部、嘘にして終わろう」

枕元の時計に目をやった。〈レーテ〉を飲んでから既に六分が経過していた。三十分で記憶が消え去るとして、残り二十四分。どれだけ足掻こうと、一度飲んだ〈レーテ〉に抗うことはできない。今から胃の中身をすべて吐き出しても、ナノロボットはとっくの昔に脳に到達している。

僕は抵抗を諦め、彼女に訊いた。

「忘れるまで、抱き締めていてもいいかな」

「いいよ」と彼女は嬉しそうに言った。「でも、全部忘れたとき、ちょっと混乱するかもね」

「だろうね」

「私が頼んだことにするよ。死ぬ前に、誰かの温もりを感じたかったから、って」

「それ、本音だろう？」

彼女は笑った。「えへへ」と「んふふ」のちょうど中間くらいの声で。

＊

一分ごとに、灯花は僕に尋ねた。

「まだ覚えてる？」

その都度、僕は答えた。

「まだ覚えてるよ」

よかった、と言って彼女は僕の胸に頬ずりした。

＊

「まだ覚えてる？」

「まだ覚えてるよ」

「よかった」

＊

「まだ覚えてる？」

「まだ覚えてるよ」

「よしよし」

＊

「まだ覚えてる？」

「まだ覚えてるよ」

「でも、そろそろだね」

＊

一時間が経過した。

灯花はそっと僕から身体を離し、呆然と僕の顔を見つめた。

「……なんで、まだ覚えてるの？」

僕は堪えていた笑いを吐き出した。

「嘘つきはお互いさまだよ」

彼女にはその意味がよくわからないみたいだった。

だから僕もねたばらしをした。

「さっき僕が飲んだのは、少年時代の記憶を消去する方の〈レーテ〉なんだ」

「でも、すり替える機会なんて、一度も……」

彼女ははっとして口を噤《つぐ》んだ。

そう。機会はいくらでもあったのだ。

二ヶ月以上遡れば、の話だが。

「もしかして」彼女は息を呑んだ。「最初から、すり替えてたの？」

僕は肯いた。

「灯花なら、絶対にそういう嘘をつくだろうって思ったんだ。だから信じて飲んだ」

灯花の手料理を屑籠に捨てたあの日、僕は彼女を出し抜くためにある細工を部屋に施した。それが、二つの〈レーテ〉の入れ替えだ。

僕はこのように考えた。今のところ彼女が盗んだのは合鍵だけで〈レーテ〉には手がつけられていないが、もし彼女が詐欺師なら、これを見つけたとき確実に悪用しようとするはずだ。僕の少年時代の記憶を消去すれば、記憶領域における〈夏凪灯花〉の占有率が相対的に高まる。僕には彼女しかいなくなる。

もちろん、そのような事態を未然に防ぎたければ〈レーテ〉を彼女の目の届かない場所に隠せばいい話だ。大学やバイト先のロッカーにでもしまって鍵をかけておけばいい。しかし僕はあえて〈レーテ〉を見つかりやすい場所に残しておいた。それは彼女からアクションを引き出すための罠だった。格好の餌を用意して、事態の進展を促そうと思ったのだ。

そして彼女に一杯食わせるために、二つの〈レーテ〉の包みを入れ替えておいた。こうしておけば、彼女が僕の飲み物にこっそり〈レーテ〉を忍ばせてきても、失うのは〈夏凪灯花〉に関する記憶だけで済む。

しかしその後、僕の予想に反して、灯花もまた〈レーテ〉をすり替えた。二つあった〈レーテ〉を、両方とも偽物の粉薬にすり替えたのだ。持ち去られた〈レーテ〉は灯花の手元にあったが、記憶を完全に失う直前に、彼女はそれを用いて僕の頭の中から自分に関する記憶を消していくことを思いついた。まさか二つのレーテが入れ替わっているなんて考えもしなかっただろう。

灯花は未来の自分に伝言を送った（おそらくその伝言は、自身の余命が尽きる直前に届くよう調整されていた）。しかし、過去の自分からの手紙を読んだ灯花はこう思ったのではないか。「私のことは忘れてください」などと言っても、あの天谷千尋が素直に聞き入れるはずがない。そこで、「千尋くんの少年時代を私だけのものにさせてほしい」という嘘をついて包みを入れ替えた〈レーテ〉を飲ませる算段を立てた。

彼女の誤算は、こちらもまた向こうのそういう性向を見抜いていたということにある。「千尋くんの少年時代を私だけのものにさせてほしい」と言われた時点で、僕にはそれが嘘だとわかった。確かに彼女は独善的で身勝手な人間だけれど、最後の最後に僕から何かを奪っていくような人ではない。それは明らかに彼女の行動理念に反している。だって、彼女は〈ヒロイン〉になろうとした女の子なのだ。

僕は彼女の嘘を確信し、躊躇せずに〈レーテ〉を飲み干した。〈レーテ〉が入れ替わったままなら、それは彼女の意図に反して本当に僕の少年時代の記憶を消去するはずだった。

そして僕は賭けに勝った。今、僕の少年時代には灯花しかいない。

「……千尋くんには、敵わないなあ」

灯花はへなへなと脱力してベッドに倒れ込んだ。そして呆れ顔で言った。

「きっと千尋くんは、私なんかより立派な大うそつきになるよ」

「かもしれない」

僕たちは笑いあった。とても親しげに。本物の幼馴染みたいに。

「さて、さっきのが最後の嘘ということだから、次の質問には正直に答えてもらうよ」

彼女はゆっくりと身を起こした。「なあに？」

「忘れてもらえなくて、がっかりした？」

「ぜんぜん」と彼女は即答した。「こうやってまだ千尋くんと話ができることが、たまらなくうれしいよ」

「それを聞けてよかった」

「ねえ、千尋くん」

「何？」

「キスしてみよっか」

「……先に言われちゃったか」

「えへへ」

僕たちはそっと顔を寄せた。そして何かを確かめるためではなく、ただキスをするためだけにキスをした。

*

翌日、灯花の容体が急変した。少なくとも医師はそういう言葉を使った。でも急変という言葉が想起させる緊迫感は、そこからは微塵も感じられなかった。蛍の光が闇夜に音もなく溶け込んで消えていくように、彼女の最期もまた静かで穏やかなものだった。

十月のよく晴れた気持ちのよい朝、灯花はその短い生涯に幕を下ろした。

永遠のように短い夏が、終わりを告げた。

12　僕の話

　八月のある土曜日の午後、二度と会うことはないと思っていた江森さんと原宿の裏通りで偶然に再会した。僕は仕事に一区切りがついて羽を伸ばしていたところで、彼は出張ついでの観光をしていたところだった。一度は人違いだろうと思いそのまますれ違ったが、数歩進んでから互いに振り返り、同時に名前を呼びあった。二十歳の夏に会って以来だから、実に十年ぶりの再会になる。

　僕がこの辺りのクリニックで働いていることを知ると、彼はどこかお勧めの店はないかと尋ねた。特にお勧めはない、と僕は答えた。それならと江森さんは目についた店でビールを一ケース買い、最寄りの公園を調べてそこに向かった。

　僕たちは噴水脇のベンチに腰かけてビールを飲んだ。公園は緑が呼吸する匂いとアスファルトが焼ける匂いに満ちていた。この夏一番の暑さになると朝のラジオで言っていたが、実際とんでもない暑さだ。公園の利用者の多くは木陰に逃げ込んで涼を取っていた。僕はTシャツ一枚だからまだよかったが、スーツ姿の江森さんはシャツの袖を肘まで捲《まく》り上げてハンカチでしきりに額の汗を拭っていた。

仕事の調子はどうだとか、結婚しているのかとか子供はいるのかとか、そういった話題には一切触れず、僕たちは毎週顔を合わせている友人同士がするような取り留めのない会話を交わした。

ひとしきり笑いあったあとで、江森さんは「そういえば」と手を叩いた。

「半年前、思い切って義憶を買ったんだ」

「へえ」と僕は無関心を装って言った。「〈グリーングリーン〉ですか?」

「いや、違う」彼は人差し指を立てて左右に振った。「〈ヒロイン〉っていう、最近開発された新しい義憶にした」

「〈ヒロイン〉」と僕は繰り返した。

「ああ。〈グリーングリーン〉や〈ボーイミーツガール〉も魅力的だったんだが、結局は〈ヒロイン〉にした。何しろこれが俺にぴったりの義憶でさ。一般的な義憶とは違って、単純な偽物の記憶じゃないんだ。偽物の記憶の中に偽物の記憶がある入れ子構造になってて……」

　僕は黙って彼の話を聴いていた。

〈ヒロイン〉の開発者が僕だということは、あえて言わずにおいた。

　世界の終わりにも等しい灯花の死は、けれども現実の世界には微々たる変化ももたらさなかった。そういうものだ。本人の遺言により、通夜や葬儀の類は一切行われず、遺骨も引き取られず、当然墓もつくられなかった。後日灯花の両親に挨拶に行ったら、二人とも娘のことを覚えていなかった。僕の母親と同じ選択をしたのだろう。こうして彼女が生きた形跡はすっかり掻き消されてしまった。まるで松梛灯花なんて人間は最初からこの世界に存在していなかったみたいに。

　僕の生活も元通りになり、彼女と出会う以前の平淡な日常が戻ってきた。ときどき、あの夏の出来事は全部夢だったんじゃないかという疑念が頭をもたげさえした。ごく少数の知人と僕の記憶の中にのみ、灯花は辛うじてその痕跡を留めていた。記憶の中のみの存在。そう考えると、松梛灯花という人間は義者とほとんど変わりがなかった。決定的な違いは戸籍に名前が記載されていることくらいだ。

　それに気づいてからというもの、僕はフィクションを一概につくりごとだからと切り捨てることができなくなった。よくよく考えてみれば、現実に起きたことと起きたかもしれなかったことのあいだに大した違いはないのだ。いや、まったく違いはないといっていいかもしれない。それは同一の製品にブランドロゴやギャランティカードがついているかどうか程度の差異でしかなく、本質的には等価なのだ。

フィクションに対する認識をあらためた僕は、灯花の死から一年後、大学を中退して義憶技工士になった。特別な努力は何一つ必要なかった。灯花と病室で過ごしたあの一ヶ月のあいだに、僕は義憶技工士に求められる技能を一通り身につけていた。試しに公募に応募してみたら、一発で合格してしまった。

生前の灯花ほどではないにせよ、僕はそこそこ名の知れた義憶技工士として第一線で活躍している。依頼は選り好みせずに引き受けるが、得意分野はやはり〈グリーングリーン〉や灯花が生んだ〈ボーイミーツガール〉、そして僕自身が発案した〈ヒロイン〉だ。

同僚は皆そのことを不思議がっている。というのも、僕がこの十年間恋愛らしい恋愛を一度もしていないからだ。なぜ経験したことがない幸福をそれほどまでに鮮やかに描けるのか、と尋ねられたことがある。経験したことがないからだ、と言っておいたが、多分その答えは正確ではない。でもいちいち説明する義理もないのでそれ以上は語らなかった。

つい先日、ある雑誌からインタビューを受けた。インタビュアーの名前に聞き覚えがあったので、ひょっとしたらと思って確認したら、やはり十七歳の灯花にインタビューしたライターと同一人物だった。奇妙な偶然もあるものだ。

「最後に一つうかがいたいのですが」と記者は言った。「天谷さんにとって義憶技工士とは、一言で言うとどのような仕事ですか？」

　少し考えてから、僕はこう答えた。

「世界で一番優しい嘘をつく仕事です」

　僕はそれを灯花から教わった。


　僕は今年で三十になった。結婚はしていないし、特定のパートナーもいない。江森さんを除けば友人らしい友人もいない。中学時代に唯一僕に想いを寄せてくれていた桐本希美とも、あれ以来一度も顔を合わせていない。都心から電車で一時間程度の静かな町に居を構えてひっそりと暮らしている。毎日早起きをしてコーヒーを淹《い》れ、朝日の中で仕事に取り組み、部屋を清潔に保ち、適度な運動を行い、煙草や酒は控え、本を読み、ときどき映画を観にいき、夕方にスーパーで食材を買い、手の込んだ料理をつくり、夜はレコードを聴いて過ごす。健全すぎるくらいに健全な暮らし。あの夏と違うのは、隣に灯花がいないことくらいだ。

僕は未だに彼女の死を乗り越えられていない。乗り越える気がない、といった方がいいかもしれない。少なくとも今後十年は友人も恋人もつくらないだろう。

亡くなった灯花への義理立て、というわけではない。彼女だってこんなことは望んでいないはずだ。今の僕を見たら、きっと彼女は「ばかだなあ」と呆れるだろう。「死んだ人のことなんて忘れて、さっさと幸せになっちゃえばいいのに」と笑うだろう。すまなそうに。哀れむように。少しだけ、嬉しそうに。

だから、僕は灯花以外の人間を愛さない。思い出の中の彼女にいつまでも「ばかだなあ」と笑っていてほしいから、この馬鹿を直さない。

僕は自作の義憶にこっそりある仕掛けを施している。ちょっとしたコンピュータウイルスみたいなものだ。僕と波長が合った人の体内でのみ、そのウイルスは発症する。ひとたびウイルスが発症すると、感染者はこの世界のどこかに〈ヒロイン〉（あるいは〈ヒーロー〉）がいるという幻想に取り憑かれる。今まで自分が手に入れてきたものは全部偽物で、どこかにある本物を手に入れない限り永久に幸せになれないという感覚を常に抱き続けることになる。

僕があなたをそんな目に遭わせるのは、自分の仲間を増やしたいからでも、同じ苦痛を味わわせたいからでもない。この世界のどこかに運命の相手がいる——僕はそれを、一つの真理だと心の底から信じている。そしてその真理を、一人でも多くの人に信じてほしいと願っている。

　運命の相手は存在する。それはあなたにとって恋人となるべき相手かもしれないし、親友となるべき相手かもしれない。相棒となるべき相手かもしれないし、好敵手となるべき相手かもしれない。とにかくこの世界においては〈出会うべき相手〉が一人につき一人ずつ割り振られていて、しかし大多数の人間はその相手に出会うことなく、不完全な人間関係を甘受したまま一生を終えるのだ。

　その相手は、ひょっとしたらいつも利用しているコンビニの笑顔が素敵な店員かもしれない。いつも通勤電車で見かける疲れた顔をしたサラリーマンかもしれないし、いつも通りかかるゲームセンターで授業をさぼっている世を拗《す》ねた学生かもしれない。駅前で怖ず怖ずと道を尋ねてきた荷物の多い旅行者かもしれないし、早朝の繁華街で嘔吐していた可哀想な酔っ払いかもしれない。夜行バスで隣りあわせた寝息のうるさい男かもしれないし、たまたま往来で一度すれ違っただけの冴えない女の子かもしれない。

　いずれにせよ、あなたはその相手と出会ったとき、言葉にできない何かを感じ取る。懐かしい匂いを嗅いだような、子供の頃に訪れた名も知らぬ町を偶然通りかかったような、切ない郷愁に襲われる。でもあなたはその直感を信じてやることができない。常識的な人間は、運命の相手なんてテレビドラマや恋愛小説の中にしか存在しないと理解しているからだ。

そうしてあなたは運命の相手とすれ違う。生涯二度と出会うことはない。何年か、何十年かあとになって、あなたはふとその日のことを思い返す。そして未だに相手の印象が薄れていないどころか、なんでもないはずのその一瞬が、どんな思い出よりもまばゆく輝いていることに気づく。いや、まさかな、とあなたはそれを笑い飛ばす。そんな映画みたいなことがあるはずないじゃないか。そう自分に言い聞かせ、輝きを記憶の奥深くに封印してしまう。

でも、もしあなたが〈ヒロイン〉を信じることのできる人間だったら、話はちょっと違ってくるかもしれない。あなたはその人とすれ違ったあと、直感に導かれるままに振り返ることができるかもしれない。そのとき、もし相手の方も〈ヒーロー〉を信じることのできる人間だったら、やはりこちらを振り向いてくれるかもしれない。あなたたちは束の間見つめあい、互いの瞳の奥にとても重要な何かを見出すだろう。そのまま向き直って歩き出してしまう可能性の方が、もちろん高い。しかし、それでも、ひょっとしたら、あなたたちはどちらからともなく声をかけることができるかもしれない。そしてこの世に生まれてきた意味を初めて知ることになるかもしれない。

僕はそんな奇跡を一つでも増やすために、人々の心の中に適切なスペースを空けておきたいのだと思う。その空白は多くの場合、生きていく上で邪魔になるだけだろう。たとえどんなに充実した日々を送っていても、その欠落感はあなたの人生に小さな影を落とし続ける。そう、これは一種の呪いでもあるのだ。

そのことで、あなたは僕を恨むかもしれない。僕はその恨みを、甘んじて受け入れようと思う。結局のところ、この試みは僕の自己満足でしかないのだから。

＊

その夏の終わり、僕は母校から講演の依頼を受け、十年ぶりに故郷を訪れた。講演後、関係者と簡単な食事を取り、挨拶をして別れると、町を当てもなくぶらついた。これといって関心を引く変化も見当たらず、一時間程度の散歩で十分に事足りた。

ベンチに座って缶コーヒーを飲みながら夕日を眺め、そろそろ帰ろうかと腰を上げたそのとき、浴衣を着た小さな女の子たちが笑いあいながら僕の前を通り過ぎた。僕はその場に立ち尽くしたまま、女の子たちの後ろ姿を呆然と見つめていた。

呼ばれている、と思った。

僕は女の子たちが歩き去った方角に足を向けた。祭りの会場は程近くにあった。ちょうど小腹が空いていたので、屋台でビールと焼き鳥を買い、石段に腰かけて一人で食べた。酒を飲むのは久しぶりだったので、あっという間に酔い潰れてしまった。

短い夢を見た。どんな夢かも思い出せないくらいぼんやりとした夢だったけれど、幸せな夢だったのだと思う。とても悲しい気分にさせられたから。

うたた寝から目覚めると、辺りは闇に包まれていた。涼しげな夜の虫の鳴き声には既に秋の虫のものが混じり始めていた。

ごみを捨てて会場を出ようとしたところで、どこからか破裂音が聞こえた。反射的に顔を上げると、遠い夜空に打ち上げ花火が見えた。隣町で花火大会をやっているのだろう。僕は視線を下ろし、

あの日と同じ風の匂いがした。

無意識に歩を緩める。

肩越しに後ろを振り向く。

人混みの中から、僕はその姿を一瞬で見つけ出す。

彼女もまた、振り向いていた。

そう、それは女の子だった。
肩甲骨まで伸びたまっすぐな黒髪。
花火柄の入った紺色の浴衣。
人目を惹く白い肌。
紅菊の髪飾り。

僕は小さく微笑む。正面に向き直り、再び歩き始める。
さよなら、と背後から聞こえた気がした。

＊

たった三ヶ月のことだけれど、僕には幼馴染がいた。

本書は、二〇一八年七月に早川書房より単行本として刊行された作品を文庫化したものです。

著者略歴　1990年岩手県生，作家　著書『スターティング・オーヴァー』『三日間の幸福』『恋する寄生虫』他多数

HM=Hayakawa Mystery
SF=Science Fiction
JA=Japanese Author
NV=Novel
NF=Nonfiction
FT=Fantasy

君《きみ》の話《はなし》

〈JA1505〉

二〇二一年十一月十日　印刷
二〇二一年十一月十五日　発行
（定価はカバーに表示してあります）

著者　三《み》秋《あき》縋《すがる》
発行者　早川浩
印刷者　西村文孝
発行所　株式会社　早川書房
郵便番号　一〇一 - 〇〇四六
東京都千代田区神田多町二ノ二
電話　〇三 - 三二五二 - 三一一一
振替　〇〇一六〇 - 三 - 四七七九九
https://www.hayakawa-online.co.jp
乱丁・落丁本は小社制作部宛お送り下さい。
送料小社負担にてお取りかえいたします。

印刷・精文堂印刷株式会社　製本・株式会社フォーネット社

ISBN978-4-15-031505-4 C0193

本書は活字が大きく読みやすい〈トールサイズ〉です。